連續殺人鬼 青蛙男

KAERU-OTOKO

中山七里

Nakayama Shichiri

瑞昇文化

導讀／既晴

凶惡犯罪社會——談中山七里的警察小說

I

第二次世界大戰結束，全世界走向史所未有的大規模長期和平。此時，推理小說也有了嶄新的風貌。媒體傳遞，從雜誌、小說的閱讀、替換為廣播、電視的視聽；故事取材，則是從以神探解謎為主的本格推理，演化為警探搜查為主的警察程序小說（police procedural）。

其實，如此轉變，並非無跡可尋。雖然，推理小說只有「破案」一項公式，但總是能夠緊貼時代脈動，契合讀者的心理需求。在戰亂頻仍的時代，本格推理仰賴理性、智能、邏輯破案，擒兇只憑頭腦，不恃武力，提供了大眾渴望的秩序、倫理；在祥和安樂的時代，相反的，大眾追求的是刺激、衝突，警察程序小說以充滿真實感、危機感、速度感、臨場感的罪案搜查過程勝出，經過了數十年的發展，時至今日，已經是現代大眾的娛樂主流了。

警察程序小說的起點，始於美國作家勞倫斯・崔特（Lawrence Treat）的《被害者V》（V As in Victims，1945）。這部作品描述警方為了追查一件車禍肇逃案，偶然發現犯罪現場附近一名目擊者所飼養的貓咪離奇死亡。在那個「微物證據」尚且被「刑警直覺」質疑的年代，性格古怪的鑑識員，堅持解剖貓咪屍體，還應用「分光器」（Spectrometer）檢查凶器，但以科

學方法取得的物證，卻使案件變得更不可思議。故事中必須合理解釋這些物證的種種矛盾，而這也顯示了警察程序小說自本格推理歧出的歷史痕跡。

稍晚，與洛城警局合作製播、取材自真實刑案的廣播劇《警網》（Dragnet，1949-1955），在美國大受歡迎，後來還推出了電視版，是警察程序劇集的轉捩點。今天，我們仍然能從影集《法網遊龍》（Law & Order，1990-）或《CSI犯罪現場》（CSI: Crime Scene Investigation，2000-）看見其影響力的延續。

警察程序推理傳到日本，稱為警察小說。日本的警察小說、電影，始於一九六〇年代。小說以結城昌治《黑夜結束時》（1963）、藤原審爾《新宿警察》（1968）及島田一男《紅色搜查線》（1968）為先驅；電視劇則由《特別機動搜查隊》（1961-1977）、《特搜最前線》（1977-1987）奠定了日本警察劇集的基礎。而《大搜查線》（1997）與《相棒》（2002-）的成功，更使現在日本電視圈建立了「每季必有刑事劇」的慣例。

然而，隨著警察小說的多樣性發展，也出現了各種不同的屬性。有的標榜英雄主義，如大澤在昌的《新宿鮫》（1990）；有的描寫複雜人性，如橫山秀夫的《影子的季節》（1998）；有的描寫團隊組織，如佐佐木讓的《歌唱的警察》（2004）；有的專事獵奇案情，如譽田哲也的《草莓之夜》（2006）。

至於本作，中山七里《連續殺人鬼青蛙男》（2011），則重視解謎。換句話說，原本自本格推理歧出的警察程序小說，在本作又重新匯聚、融合了。戰亂的時代需要本格推理，和平的

時代需要警察程序小說，而現在，恰好是個既和平又戰亂的時代，所以，《連續殺人鬼青蛙男》遂成了創作上的需要、閱讀上的需要。

II

《連續殺人鬼青蛙男》與中山七里的另一部創作《再見，德布西》（2010）一起進入第八屆「這本推理小說了不起」徵文獎的決選。一位作家一次入圍兩部作品，在徵文獎的歷史裡是相當罕見的事。最後，中山以《再見，德布西》與另一位創作者太朗想史郎的《TOGIO》（2010）共同獲得首獎。

《再見，德布西》的評審意見，有香山二三郎「青春音樂小說與有如特技的本格推理之華麗結合」、茶木則雄「在結局出現超大型詭計、高品質的音樂推理」的讚譽，表現出中山七里的創作特徵，是將兩種截然不同的元素巧妙融鑄，形成新穎的閱讀況味。這樣的風格，在同系列的後續作品中都可見到，如《晚安，拉赫曼尼諾夫》（2010）裡有樂器室裡一具大提琴不翼而飛的「密室消失」，或《永遠的蕭邦》（2013）裡有恐怖份子在演奏廳槍殺刑警，偽裝成鋼琴師的「一人二角」，都顯示了中山在開拓音樂推理寫作疆域的同時，對本格推理仍然有絕對性的堅持。

本作《連續殺人鬼青蛙男》，則與《再見，德布西》的青春、成長路線完全不同，原題《災

厄的季節》，描述了埼玉縣飯能市的連續殺人魔「青蛙男」的調查過程，風格寫實、陰暗，但是，同樣有峰迴路轉的佈局、精巧緻密的謎團。

如前文所述，現在是既和平又戰亂的時代。關於肉體、性命的戰爭已經結束，但關於資源、尊嚴的戰爭，卻是方興未艾。居住權、工作權、教育權、醫療權等各種「格差」（社會階層固著、世襲，導致無可改變的差別待遇，形成了不同階層的對立、歧視）出現極端的M型化現象，使社會的衝突不但沒有減少，反而加劇。

愈發劇烈的格差、愈發劇烈的衝突，使大眾的怨氣加深，從而助長社會上的凶惡犯罪。不難發現，所有的凶惡犯罪都來自張牙舞爪的優越感、報復雪恨的自卑感，以及與他人之間無法跨越的心理鴻溝。

在故事中，殺人魔「青蛙男」的作案手法殘虐、冷血，藉由各種匪夷所思的屍體處置手段，表現出一種毫無道德、缺乏憐憫的原始獸性，從而製造出社會上人人自危、噤聲的恐怖氛圍。當警方無法順利逮捕兇手，導致大眾的心理恐慌擋無可擋之時，壓抑在人性深處的暴力就會尋找宣洩的出口，產生實質的破壞。

於是，我們讀到故事裡的網路、媒體，隨著案情的發展，而出現了不同階段的應對態度。當「青蛙男」以神出鬼沒之姿取得優勢之際，群眾膽怯得不發一語；當警方的調查出現一線曙光之際，媒體則興風作浪，散佈搜查總部內的情報，意圖干擾調查；當案情陷入泥淖之際，警方則成為眾矢之的，精神病患的人權也遭到傷害，被視為毒蛇猛獸。

也就是說，從本格推理的角度來讀，「青蛙男」的真實身分、犯案動機固然是最大的謎團；然而，從警察程序小說的角度來讀，探討警察機關與大眾、媒體、法律的交互影響，則是最關鍵的社會議題。也因為本作有著「本格／警察」的雙重特質，才能貼近現代讀者既希望本格的理性秩序、又希望警察程序小說的調查實況描寫之雙重需求。

其後，探討器官移植問題的《開膛手傑克的告白》（2013）、探討人性善惡曖昧關係的《七色之毒》（2013），本作的主角古手川退居配角，舞台同樣都是以埼玉為背景，仍然維持了鮮明的解謎風格，可以說是一貫延續了《連續殺人鬼青蛙男》的創作路線。

此外，這個連續殺人魔「青蛙男」的構想，在《START》（2012）又變成了推理電影的拍攝素材，在同樣的世界觀裡再玩出新的花樣。而《連續殺人鬼青蛙男》裡各人物面對案件的心理狀態，也藉由《START》的大森導演之口，成了演員們的演技指導，兩部作品互相對照，有一種後設的趣味性。

中山七里的不同系列，雖然風格各有差異、各有訴求，但各系列之間的世界觀都是共通的。在某部作品只是個小配角的人物，很可能在其他作品裡擔綱主角。唯一相同的是解謎元素的運用，絕對讓本格推理迷也讚賞、佩服。這不僅使他的作品有更豐富的閱讀面向、更易於領略本格推理的閱讀樂趣，也使人真正體驗到——我們所生存這個時代，確實是一個既和平又戰亂，既美麗又邪惡的時代。

導讀作者簡介／既晴

目前任職於科技業。以推理、恐怖小說創作為主，兼寫推理評論。曾以《請把門鎖好》獲得第四屆皇冠大眾小說獎，近作有《感應》。另擔任過人狼城推理文學獎、浮文誌新人獎、中國華文推理大獎賽評審。

好評推薦

這是一部披著「異常殺人」外衣的小說，詭異的死狀、幼兒般的犯罪宣告，獵奇與童稚的殘忍輔以徬徨卻有味的主角、跌宕起伏的劇情，使讀者如乘雲霄飛車；這也是一部開啟法律、道德議題的小說，日本刑法第39條的探討、關於「精神異常」的標準，以及人群面對凶殘殺人魔的恐慌，讀完不禁捫心自問：正常人的界線在哪？我們是否很容易不知不覺就跨越過去？——推理作家寵物先生

在謎團的營造方面，作者恍如擁有神手般成功轉移了讀者的注意力，令故事的真相多重翻轉，且合理交代了兇嫌的動機，使故事的主題再次定焦於日本刑法第三十九條所生的迷思，進一步將意外性埋藏於整部小說的最後一句話，充分點出世理恆常運作之窈冥行法。作品完成度之高，與後作《開膛手傑克的告白》不分軒輊，同為當代社會派推理的至高瑰寶。——《舟動之穿林吟嘯行》舟動

中山七里真的是一個特別厲害的作家，這是我第二次閱讀他的作品，之前讀的是另一個系列《再見，德布西》，他不僅將乍看之下難以連結的古典音樂和推理元素完美結合，在詭計編排和結局意外性亦是下足功夫，擔任偵探的鋼琴家岬洋介更是一名討人喜愛的男主角，讀來印象深刻。不過，我個人偏愛氣氛陰鬱黑暗，充滿獵奇命案的《連續殺人鬼青蛙男》，兼具前者的優點，既有樂聲點綴，又能滿足感官震撼，佈局巧妙，令人讚嘆。——《有些路，必須一個人走》Saru Saru

因為獵奇殺人的包裝，使得本書主題固然沉重，卻異常吸引人。這類作品兇手為何，其實不是那麼重要，原因與源頭才耐人尋味。作者厲害處之一，在於能夠一再翻轉結果。不過像我這種讀慣推理的老油條，再怎麼翻轉我認為也不會再有什麼驚艷之處──但中山七里做到了。

本書最後一行包含「無限」的可能性，不禁叫人顫抖與「期盼」。期盼所謂的「因果循環」成為事實的一環。──《若無閒事掛心頭，便是人間好時節─siedust 的窩》siedust

我認為『連續殺人鬼青蛙男』不該單純以一部娛樂小說來看待，事實上就像我們前面一再提到的，它不僅拋出思考的議題，也針砭諷刺了許多被社會忽視的亂象，若能仔細品味其中傳達出的意涵，相信對執政者、執法人員、人權研究者、醫療及觀護單位、社會學家、傳播學界等人士都能有所啟發。──《橫濱馬車道六番館（WE LOVE YOKOHAMA）》馬車道爵士

這不僅是利用獵奇、恐怖的行凶手法帶起閱讀引力，更散射出諸多議題邊讀邊思量，邊批判卻又邊困惑，而故事文字仍持續著，真相在行屍般波動後一波接著一波，差點窒息後的解謎紓壓還真不能鬆懈，因為最後一行將讓讀者成為最後一隻青蛙。──《閣樓之窗》飛樑

目錄

一、懸掛

十二月一日

深夜三點三十分。從報紙經銷商出來，一發動電動機車，冷不防地，刺骨寒風撲鼻而來。

「冷……喲！」

志郎不由得憋住氣，繼續上路。騎了幾分鐘，吸進的寒氣很快讓鼻水流出來了。雖不至於狼狽到不能見人，仍慶幸這種時候路上沒車也沒半個人影。

志郎的派報區域是離經銷商最遠的五個區，總共六百份，是經銷商裡份數最多的，可酬勞是按份數計算，當然愈多愈好，而且超過五百份的話，老闆還會提供機車，算是雙重好康。高中未禁止考機車駕照，但若非必要，仍是不允許的。派報雖是工作，然而一大清早騎機車馳騁的快感無可取代，心情雀躍得簡直像自己獨占大馬路般。

跑完住宅區後，已送掉大半。引擎和身體都暖和了，指尖也不再凍僵了。

「再來是……」

吐一口氣，定睛看著下個區域，有問題的大樓就在眼前。位於瀧見町角落的二十層樓大廈，共有六棟，大廈名為「天空舞台瀧見」。在終於泛白的天色下，聳立的大廈群中無一扇窗戶有燈光，看起來就像個黑不隆咚的靈骨塔。

不，這可不是比喻，事實上這個大廈群就被取了綽號「幽靈大廈」，聽起來就很嚇人。每

一棟有八十戶，總共四百八十戶，但是入住的居然不到一成。別說黎明前的此刻，就是家人都回來的黃昏時分，點燈的房間也是屈指可數。

到了現場，還是一如以往感覺到有點毛骨悚然，不過，比起害怕，志郎更覺得沮喪。明明「天空舞台瀧見」這名字取得多氣派，偏偏報紙非得投到每一戶門前的信箱不可。這種規模的大廈，按理說一樓應該有集中的信箱才對。其實「天空舞台瀧見」也有，只是住戶都覺得下來拿報紙太麻煩了。如果這裡是一般的集合住宅，志郎還不至於不情願，因為住戶很集中，送報再方便不過了。但，這幢大廈的住戶數才不到一成，而且分布零散，想到上下左右的移動距離，還是跑透天厝相連的住宅區要效率高多了。

不過，抱怨也沒用。志郎腋下夾著七份報紙，搭一號棟的電梯直達最頂樓的二十樓，把該樓層的報紙送完後，就改走位於角落的樓梯下來。與其一次一次搭電梯，不如走樓梯送下來比較快。

十八樓、十七樓、十六樓──。

一路順暢下到十三樓時，腳步突然停下。

就在暴露於外的樓梯出入口、迎面正前方的屋簷下，吊著那個。三天前眼角就瞥見那個長二公尺左右的東西了，但每次總是趕時間沒多留意，況且十三樓一個住戶都沒有，完全沒停下來的必要。

昏暗中，仍能辨識那個東西是由藍色帆布包著的，而且僅由一個嵌進屋簷、手掌大小的金

屬鉤子吊著，風一吹便晃來晃去。

活像個沙包或巨大的布袋蟲。

今天之所以特別留意，是因為帆布上方開始剝落了，看得到一點點掛在鉤子上的部分。

（咦？什麼啊？）

（——牙齒？）

定睛一看，剛好一陣風吹過來。

異臭撲鼻。

寒風襲來一股帶甜膩的腐臭。

那東西晃動時，剝落的帆布便隨風招展。

呼啦呼啦、吧嗒吧嗒。呼啦呼啦、吧嗒吧嗒。

心底開始發毛，好奇心卻搶先出頭，才起一聲「別去！」就被另一個聲音壓下。志郎上前掀開帆布的一角，沒想到帆布才稍微固定一下而已，便輕易地掀開了，而且立時被風吹跑。露出來的是——

一絲不掛的女性屍體。

嘴巴掛在鉤子上。

呼啦呼啦。

呼啦呼啦。

一看，嘴唇還在微微顫抖。

還有氣嗎？——

不，不是顫抖。

是滿出嘴巴無以數計的蛆在蠕動著。

突然抽筋似地叫了一聲，志郎當場跌倒。反射性地別過臉去，發現剛剛吹落的帆布就掉在地上。帆布邊緣貼著一張紙，紙上的文字很簡單，志郎當場讀起來。

今天我抓到了一隻青蛙喔
我把ㄊㄚ放進盒子裡一直玩一直玩
然後就玩ㄙˇ了。後來想到乾
ㄘㄨㄟˋ把ㄊㄚ弄成布袋蟲的樣
子吧。就在ㄊㄚ的ㄗㄨㄟˇ巴上面裝上鉤子
吊在高高的地方吧。

埼玉縣警接獲通報的時間是清晨六點。搜查一課和鑑識課人員不久便趕到現場了。從高樓眺望，東方天色已然變白，但離太陽出來還得再等一會兒。

一邊吐著白氣，古手川和也拉緊外套領子。寒風凜冽，令人畏寒的原因卻不只這個。

眼前那具女屍隨風搖盪。乾巴巴又蒼白的皮膚上，屍斑從下半身蔓延，白濁的眼球好似要從張開的眼窩滾出來。吊鉤從嘴巴插進去貫穿上顎後，尖端直接從鼻子旁邊突出。除此之外並無明顯的外傷和出血，死狀並不淒慘，但再多看幾眼，心的溫度就會直線下降。一般來說，死狀淒慘的屍體可以看出凶手陰暗但沸騰似的激情，然而這具屍體只讓人感到一逕的寒意。

「最近哪，這樣的屍體愈來愈多了。」

一旁的渡瀨火大地說：

「肚子捅一刀後，丟下屍體落荒而逃，這種乾淨俐落的屍體還真叫人懷念啊。唉，屍體應該沒有高不高興的，但這具屍體鐵定超不爽。你聯想看看啊。南方樹上結著奇異的果實，枝葉滴著血、樹根滴著血，黑色屍體在南方的微風下搖晃，白楊樹下結著奇異的果實。」

「……你在唸什麼啊？」

「一首爵士歌曲的一段歌詞啦，就是比莉．哈樂黛的名曲〈奇異的果實〉……啊，你還太小不知道吧？這首歌唱的是在那個還有奴隸制度的年代，黑人被處私刑吊在樹上的樣子。」

「那麼班長，你是將這個解釋成私刑囉？」

「急什麼急，我只是說聯想看看。」

渡瀨說完便心煩地搖了搖手，但「私刑」這個用辭餘音不絕。不是棄屍也不是分屍，只是將屍體高高吊起來。此舉確實令人感到，除了污辱被害者之外，同時具有示眾意味。事實上也的確留下證據足以證明這個推斷。

「發現的人呢？」

「叫做立花志郎，一個送報的。他負責送這棟大廈，就是在送報時發現的。好像三天前就看到這具屍體被帆布包著了。」

「三天前？這中間都沒被人發現，就這麼一直風吹日曬嗎？哼，難道是因為剛好對到對面那棟的樓梯，形成死角看不見的關係嗎？唉呀，光是吊在十三樓，就夠形成死角了。又不是坂本九①，誰會昂首向前走啊？可是，這個吊鉤是原本就固定在這裡的嗎？」

「是的，據說這棟大廈從開始出售起，就為了掛帷幕而釘上鉤子了。」

「衣服、隨身物品之類的？」

「屍體全身赤裸，只用藍色帆布包著，四周也沒找到類似的東西，找到的就這張紙而已。」

渡瀨接過裝在尼龍袋裡的紙片，用看著餿水般的眼神掃視紙面。儘管眼瞼半開半閉，古手川卻很清楚，這男人的瞳孔宛如無底洞般深不可測，而且映入他視網膜的東西，絕不會看漏。

「『今天，我抓到了一隻青蛙喔』？這是影本吧？呿，犯罪聲明嗎……。喂，菜鳥，你好像對這種案子很感興趣？」

冷不防被丟來這麼一句，古手川窮於回答。自己的確在等待這種獵奇性的、會被媒體大炒

---

①坂本九：一名已故的日本籍歌手及演員。一九六三年發表〈昂首向前走〉（上を向いて歩こう），獲得歷史性的大成功，也是他的生涯代表作。

特炒的案子，也不否認當下確實湧上摻雜著功名心的戰鬥欲。

不過，打從心底升起生理上的嫌惡感，也是事實。

掃過紙片。字不是電腦打的，是手寫的，而且簡直像三歲小孩寫的那樣，每個字大小不一，每一行歪七扭八，隨便哪個字不是斜斜的，就是突然一筆拉得好長，根本不像是要寫給人看的。

「把衣服扒光，是為了隱藏身分嗎？」

「不是，要隱藏身分會先毀容吧，凶手要毀掉被害人的臉根本不成問題。」

「那麼，為什麼？」

「……因為青蛙沒穿衣服啊。」

古手川忽然往大樓底下看。冬日清晨，應該有人聽見警笛聲才對，卻見不到半個看熱鬧的影子。棟與棟之間的小公園雜草叢生，從這裡望去，都能看出遊樂器材生鏽了。和大樓氣派的外觀相比，此情此景多麼寒酸。

大致完成現場蒐證工作後，還在地上爬來爬去的鑑識課員，就被斜眼命令開始搬送屍體。由於吊鉤穿過屍體的嘴巴，大夥兒為了要不要拿出鉤子還爭執了一下，最後，以鉤子本身必須進行鑑識而不得不回收為由，決定連同吊鉤一起從屋簷撤下。這麼一來，害古手川得拿著工具幫忙進行吊鉤的拆除作業了。

先由三個人抓好屍體，然後古手川踩上欄杆，取下固定住吊鉤的螺絲釘。由於姿勢太不自然，還得有一個人幫忙扶住古手川的腰才行。拆除時，古手川突然往下看，與屍體的臉只有幾

公分距離，一見白濁的眼球旁邊有幾隻蛆似要跑出來，連忙撇開視線。已經了無生氣的一張臉。不過並無外傷或變形，只要公布肖像畫，遲早便能確認身分吧。

「要卸下屍體就得三個人力，如果凶手只有一個人，那麼那傢伙鐵定是個大力士。」

奮鬥了五分鐘，終於取下來的屍體就這麼叼著吊鉤包在帆布裡。

「那麼，跟鑑識人員說，這裡交給他們了。喂，菜鳥，走。」

「要訊問管理員我一個人就夠了，何必班長親自出馬。」

「怎樣，有意見嗎？」

「沒、沒有意見啦。」

「和你這樣的菜鳥一組，轄區警員會很頭大。再說，我想找人訓練你，但他們手上案子一大堆，其他又沒人願意。一課永遠都是人手不足啊。要不然你是怎樣？跟我一組不爽嗎？少在那裡囉哩八唆，跟我走就對了！」

一邊悄悄嘆氣，一邊追上渡瀨。雖然嘴巴上說不得已，但他只要待在犯罪現場就渾身充滿幹勁。其他班的警部總是一屁股黏在辦公桌上不動，這個人卻老是找盡各種理由離開縣警本部跑出來。

到了一樓的管理員室，管理員剛到。

「唉呀，一大早把你請過來，真是抱歉，你是管理員辻卷先生吧？我是埼玉縣警渡瀨。」

聲音多麼親切悅耳，偏偏聲音的主人長得一副想揍人的模樣。辻卷嚇得肩膀一抖，向後退

了一步。大概是聽到有緊急變故而倉皇趕到吧，辻卷一開始便神情不安；就算沒有不安，那張貌似老鼠的瓜子臉好寒磣，看起來更可憐了。

「你應該聽說了，十三樓的樓梯附近發現一具女屍，所以之後要拜託你幫忙確認是不是這裡的住戶。對了，發現的人說，三天前就看到屍體吊在屋簷上了。」

「對、對不起，對不起！」

渡瀨並無責備之意，但辻卷頻頻道歉。

「平常大樓都有打掃吧？」

「我、我不是每天都在這裡，我只有一、三、五這樣隔天隔天來，也不是每次都會打掃所有樓層，每一樓差不多隔兩週才會打掃一次。」

「你不是每天來？這麼大的大樓耶？而且總不會全部六棟才一個人管理吧。」

「……我們一共有三個人，我負責第一棟和第二棟。」

「六棟才三個人……是因為人事縮編這種老問題嗎？」

一問之下才知道，當初每一棟都有一名常駐的管理員，後來因為管理費用削減而將人員減半，於是在人手不足與費用不足的情況下，公園及設備就任其荒廢了。

「……所以才會變成這麼一副被蟲蛀掉的狀態啊。說得也沒錯，十三樓這種樓層，是滿容易變成空樓層的。順便問一下，你上班的時間是？」

「早上九點到晚上六點……」

辻卷羞於見人似地低下頭來。

無論被害者是大樓的人或是外面的人，背著那樣的屍體在大樓裡走來走去，不可能不被看見。但管理員六點以後就不在了，加上住戶人數少到這種地步，不被看見就有可能了。這種事沒什麼大不了，誰叫這幢大廈是個空有氣派外觀的僻地。

發生這起命案後，住戶會再更少吧。古手川不由得做了個壞心眼的預測。

訊問後，辻卷被帶去確認死者，但他表示不曾在大樓裡見過這名女性。

儘管覺得會是白跑一趟，還是去訪問了鄰居。令人驚訝的是，不只十三樓，原來十四樓也無人居住，結果，整棟的住戶一一問下來，半點蛛絲馬跡都沒有。

已經在轄區的飯能署成立搜查本部。時間來到中午，以為會直接去搜查本部的，沒想到警車駛向別處。

「班長，到底要去哪？」

「法醫學教室。」

「法？……為什麼？」

「我們走運，今天是光崎教授當班。那位老先生走路雖慢，做起事來可是劈哩叭啦快得要命，這時候應該驗屍驗得差不多了。我們哪能在本部乖乖等報告，又沒有目擊情報，也沒有任何線索，現在只有直接去問那個屍體說什麼了。」

這位向來行動敏捷的上司，讓古手川半厭煩地感嘆。敏捷是渡瀨的優點，但，可靠的反面，

就是常常讓人有被牽著鼻子走的慌張感，古手川不喜歡這樣。別的不說，這麼一來，自己不就無法率先行動了嗎？

派到一課已經一年，很想趕快參與重大案件拘捕犯人——。一動起這念頭，輕輕握起的右手手指便找到了手心上的溝紋。不看也知道，掌心橫切著二條平行的傷痕。古手川不自覺地用左手拇指摩挲那二道軌跡。從前被人指出來後，才知道自己有這個摩挲的毛病。

打開法醫學教室的門，冷不防福馬林的臭氣襲來，刺激之強烈叫人嗆得慌，但渡瀨狀似若無其事，「啊，老師，總是給您添麻煩了。」活力十足地喊出第一聲。

即便這個季節，法醫學教室仍然沒有暖氣之類的設備。這是由於處理的全是屍體，室溫必須長時間保持在五度以下。但也不至於太冷。寬敞倒是挺寬敞的，可是天花板很低，又吊著更低的日光燈，給人難受的壓迫感。偌大的空間擺著四檯表面為不鏽鋼製的解剖檯。地上可能才剛沖洗過吧，汪著好大範圍的積水。全部共八盞日光燈照得室內通亮，但那種青白的燈光讓室內更顯寒氣森森。

角落裡，一位把臉從大碗裡抬起來、白髮全部往後梳的老人正瞪向這邊。光崎藤次郎，法醫學教室的主人。身材短小、五官端整，唯有雙眼如猛禽般銳利。

「你還是一樣煩死人不償命啊。你到底當這裡是哪裡？這裡是大學的校園，也可以算是醫院，而且我們還是在死者的靈前喔。」

「不好意思，我本來嗓門就比較大。」

「還有，注意一下你的態度。反正現場沒留下半點東西，也沒有目擊者，你又沒其他地方可去，就跑來這裡了吧。唉，隨便啦，反正驗屍官已經走了。我馬上吃完了，你們穿上白袍等著。」

渡瀨在被命令之前就伸手去拿白袍了。「喂！」一聲同時丟了一件過來，小聲說：

「快穿。臭味要是沾上西裝，洗都洗不掉。」

一邊急忙披上白袍，一邊不小心看到那大碗裡面是烏龍麵。背對著躺在解剖檯上的屍體大啖烏龍麵，到底神經有多大條啊？

「我說啊，最近你送來的死人都沒個像樣的，上個月那個像是帶骨頭的爛肉廚餘，這次是乾燥過的。」

「唉，世道使然吧。」

「好歹也要跟一下流行嘛，每次每次都死成這德性，有夠受不了。好像是三天前就晾在那了？那地方通風很不錯吧，屍體乾成這樣。反正沒過度腐爛算是走運了。」

呼嚕嚕喝完最後的湯汁，光崎教授慢慢站起來，走近蓋上一大塊布的解剖檯。掀開布，和今早才剛告別的屍體又再見面，只不過，從鼻子突出來的鉤子已經拔掉了。

「就算是冬天，放屍體的地方要是超過攝氏五度，屍體就會開始腐敗。一開始腐敗，體內含有硫黃的蛋白質就會分解而產生腐敗氣體。腐敗氣體會隨著時間開始膨脹，讓眼球、舌頭、嘴唇這些柔軟部分腫脹起來，所以臉部長相會變得跟生前完全不一樣。這點，這個死者運氣不

錯。喂，小子，你有認真在聽嗎？」

一被叫到，古手川立刻乖乖點頭。平時對老人的不敬，全被光崎那不由分說的口氣，以及屍體散發出的猛烈死臭，給嗆得無影無蹤。

光崎教授把手伸進屍體的頸部後面，扶起頭。耳根附近的頭皮已經開始剝落，露出了頭蓋骨。

「後頭部有裂傷。頭皮一剝落，就看見內出血，頭蓋也有受傷。從形狀來推斷，應該是被鈍器毆打的吧，但，這不會一次就造成致命傷，致命傷在這裡。」

光崎教授放下頭部，指著喉嚨。慘白的皮膚上，明顯有兩條像是用馬克筆畫上的紫色繩索勒痕。

「直接的死因是勒緊脖子造成窒息死亡。凶器是細繩索類的東西。力量很大。喉嚨上的擦傷不是普通的深。勒痕有兩條是因為繩子繞了兩圈的關係。其他倒是沒看到毆打的跡象，也沒有性交的痕跡。還有，鉤子的前端是圓的，卻可以貫穿上顎部的骨頭和肉，我推測是組織開始腐爛，沒辦法支撐屍體本身的重量才貫穿進去的。上臂和腹部有瘀斑和繩索勒痕，只不過像是從布上面勒住的，所以不明顯。是搬運屍體時弄到的吧？順便說一下，這名死者就在這幾天接受了植牙治療，應該是拔掉虎牙。」

「死亡推定時間是什麼時候？」

「被吊的前一天，也就是四天前的白天到入夜之間吧？查了一下胃的內容物，有三明治和

綠茶還沒消化。我是從屍斑和下腹部的腐敗狀態推測的，大概是那個時間吧。現階段我能說的，差不多就這樣了。」

「可是，我想問問不能說的部分耶，就是不能寫在驗屍報告上的。老師，你私人的看法是？」

渡瀨那帶幾分傲慢的話，讓光崎教授眉頭一皺。才想說他就要動怒了，但是——

「會直接找法醫問事情的，恐怕就只剩下你了。現在辦案的那些傢伙，全都只想看看報告了事。」

「啊，這麼說來真不好意思。」

「少來，一點都看不出你有什麼不好意思的。幹嘛問我這個老頭子的看法，既然是科學辦案，把一個人私下的看法當成參考，百害而無一利啊。」

「或許這不符合科學辦案原則，但我本來就不是全盤信任科學辦案的，而且我會向一生奉獻在專業上的專業人士請教。」

光崎教授的嘴角微微上揚，然後慢慢走回原來的椅子。

「我聽說現場留下一張奇怪的紙，上面寫著『抓到了一隻青蛙』、『乾脆把牠弄成布袋蟲的樣子』，對吧？」

「嗯。」

「這具屍體上只有最低必要的傷害，並沒有受到其他施暴的跡象。對一般人來說，殺人是

極端的行為，屍體也是極其恐怖的，總會擔心屍體會不會又爬起來，會不會攻擊自己。之所以把屍體破壞、丟棄或藏起來，就是這種恐怖心理作祟。但是，這傢伙哪裡會覺得恐怖，簡直就像在跟大批觀眾說『快來看喔！』。根據我的判斷，把人家的衣服扒得一絲不掛，然後吊在高高的地方，用布包起來……，這傢伙根本不把屍體當屍體看，而是單純把它當成一件藝術品或是人體模特兒之類的。你想聽聽我的個人意見是吧？那我就說了。這傢伙是個如假包換的精神病患，你最好有跟刑法三十九條②格鬥的覺悟吧。」

2 十二月二日

第二天開始，渡瀨等搜查一課十一人和飯能署的強行犯③科合作。形式上是來支援飯能署的，但主導權自然而然移到縣警本部這邊。

媒體披露這起命案，同時公布被害者的肖像畫後，馬上有自稱被害者上司的人主動連絡搜查本部。這個人自稱齊藤，在津久田事務機器銷售公司上班，他說被害人很像他公司的從業員荒尾禮子。

這名自動冒出頭的人全名是齊藤勤，是個髮際線後退的五十歲男子，如果真是一點都不緊張的話，就肯定是個精於堆滿諂媚笑容的典型業務員。所謂百聞不如一見，與其向他問東問西，

渡瀨乾脆直接讓齊藤面對屍體。一看見屍體，齊藤強忍住嘔吐似地按住嘴巴，過了一會兒便確認死者就是荒尾禮子。

於是，問到荒尾禮子現在的住所和老家的地址後，古手川便和幾名鑑識課員前往位於飯能市緒方町的荒尾禮子家裡，渡瀨則待在才剛於飯能署成立的搜查本部，等候各方回報消息。

一行人抵達一棟叫做「聖別莊緒方」的公寓，離最近的車站約半公里。荒尾禮子平時搭電車通勤，很可能就在從車站回公寓的途中遇襲。而且發現屍體的瀧見町就在隔壁。這麼一來，便能縮小凶手範圍了，至少凶手是熟悉這一帶的人。

向管理員說明原委後，借了備分鑰匙。

門牌上用圓體字標明「荒尾」的平假名④〈あらお〉。原本就沒訂報紙吧，門口的信箱中沒有報紙，但塞滿了郵件，有各種廣告單、電費通知單、消費貸款和信用卡公司寄來的催繳通知書。一打開門，是香水味嗎？一股花香溫柔地撫慰鼻腔。這幾天聞到的不是死臭就是福馬林的嗆鼻味，這花香讓人有種賺到了的感覺。

這是一間隔局狹長的單間套房。果然是二十幾歲女生的房間，玄關與走道上都布置了一點裝飾品。雖然年紀和她差不多，但自己那個只是睡覺用的超殺風景宿舍，根本比都不能比。走

②刑法三十九條：日本刑法第三十九條的內容為：心神喪失者之行為，不罰；精神耗弱者之行為，得減輕其刑。
③強行犯：指涉及殺人、搶劫、強姦、綁架、縱火等重大案件的罪犯。
④平假名：日語中表音文字的一種。

到客廳，華麗感更明顯了，色彩鮮艷的抱枕和玩偶堆得到處都是，顏色多到令人有點頭暈。

不過，在房間四處巡視時，華麗感便逐漸隱去，取而代之的是空虛。排在書架上的書類幾乎都是雜誌，有流行雜誌、裝潢特輯、珠寶專門誌、郵購的過期目錄、首都圈美食指南、婚禮雜誌、轉職情報誌，然後是看起來不搭調的自我啟發書——。根本是商品型錄中，有錢也不一定買得到的現貨清單，在這個架上到處都是。荒尾禮子到底渴望多少東西，又到底入手了多少呢？想到先前那些帳單，答案便不言而喻。

最後一擊便是倒蓋在書架上的相框。一翻過來，裡面什麼也沒有。恐怕是她自己抽掉的吧。相框中的空虛，正如實反映出屋裡的空虛。

不意間，彷彿聽見屋裡打哪傳來怨恨和嫉妒的聲音。

古手川開始檢查書桌的抽屜。雖然最近大家都把地址記在手機上，不過還是有人會使用通訊簿來當作備分。而且手機的話，如果不往來就可以立即刪除對方的資料，但寫下來的通訊簿要刪資料比較麻煩。

沒花多少時間就找到了。記事本大小的通訊簿。嘩啦嘩啦地翻頁，看到一個前面打著★記號的男性名字。

桂木禎一。住址和電話號碼，還有出生年月日。泛泛之交的話，並沒有知道出生年月日的必要。

沒錯。就是他。

古手川匆匆抄下內容，又借了一張荒尾禮子的照片，就把後續丟給鑑識課，自己跑出去了。這裡是不折不扣的商店街。死者回家的時段人潮很多，要是出了什麼變故，一定有目擊者才對。

然而，這個希望在經過一個小時的查訪後，就漸漸知道要破滅了。的確，從車站到荒尾禮子的公寓中間全是商店街，但可以說是已經死掉了的商店街。三年前，在郊外開了一家超大型購物商場，把客人都拉走了，因此連在車站前，店鋪拉下鐵門的景象並不稀奇。更令人驚訝的是，一般在車站前都看得到的酒吧和藥局也歇業了。連車站前都這個樣子了，之後的事便不難推知，一過傍晚太陽下山後，就只會有昏暗的街燈和便利商店的燈光而已，一時還會令人錯以為來到虧損連連的地方線無人車站了。感受不到居民的溫度，感受不到生活的氣息。購物客都跑到郊外，晚上想逛街的人都前往東京都心，從車站出來的人都直接鑽進被窩裡，這裡儼然變成一個市郊住宅區了。

只要了解狀況就會覺得理所當然，但不對勁的感覺仍揮之不去。這個國家哪裡亂了套了。民眾回去的地方、想好好休息的地方，卻因為始終讓人搞不懂的經濟效率等原因而空洞化。如果這是所謂的地域振興、再開發，那麼揮舉大旗的領導者，就都只是拼命蓋空屋的混蛋罷了。

結果，腿都快跑斷了，得到的成果卻寥寥無幾得令人沮喪。有三個人表示有時會看見荒尾禮子跟一個男人手挽著手走路，而最重要的星期一那天，卻沒半個人看到她。為慎重起見還跑去車站的剪票口，但找不到一一記得乘客長相的站務員。待大致問過一遍後，日已西沉，如厚

重窗簾般的黑，覆上了整個站前商店街。街上暗得似要滲出墨來，唯有便利商店發白的燈光孤單地浮在那裡。

風，倏地冷颼颼。

回到飯能署的搜查本部，渡瀨出來相迎，但表情比平時都更不悅。才想說是因為接到報告的內容太過貧乏而氣惱，但是——

「被害者的父母從長野過來了，剛剛才看過屍體。」

「啊，那就……」

「好了」這兩個字梗在喉間。古手川不擅應付被害者遺族肝腸寸斷般的場面，但棘手的事還有一個。

「聽說是獨生女。她父母是在當地承包外部裝潢工程的，最近好像都沒工作，經濟拮据，被害人有時還會寄錢給他們。沒想到你找到的那些借款催繳單，好像就是這麼來的。」

「這麼說，金錢這條線的可能性就小了。」

「我一開始就沒把這條線考慮進去，單純的竊盜哪會這麼大費周章。上個月死者有打電話回老家，但完全沒提到交了新男友，或是被奇怪的傢伙糾纏之類的話。他們好像也想不透有什麼理由非殺掉他們女兒不可。」

「會不會這樣？才剛分手，想找個新男人，就進入奇怪的網站，然後被神經病給誘拐了。」

「你開她電腦看了？」

「鑑識課的人正在奮戰中呢。那，現場的鑑識結果出來了嗎？」

「結果有夠誇張的。『從現場周邊採集到成堆包含被害人在內不特定多數的頭髮，現在正在全力分類中。藍色帆布和紙張上都未檢出發現者以外的指紋，雖然從時間點看，這是理所當然的。關於那張紙，筆跡鑑定人的報告已經完成。所使用的紙張是大型廠商製造的中性影印紙，是極為常見的產品，因此要從紙張鎖定末端使用者根本不可能。筆跡是手寫的，沒有使用到尺。如果是故意寫的，那就是經過相當的練習；如果不是故意寫的，那就如同所見，應該是一個精神年齡只有六歲程度的人，或是沒有好好受過義務教育的人寫的……。』喏？沒想到光崎教授私下的意見，會出現在正式文書上吧。」

「報告書是正式見解，老師的是單純的直覺。」

「那種直覺才重要呢。如果你覺得直覺是不科學的，那就誤會大了。聽好了，包括刑警在內，凡是在第一線處理犯罪的人，他的五感中都儲藏著龐大的資料，有屍體的損傷情形、屍斑的出現方式、腐爛的臭氣、鞋印的深度、凶器的觸感、現場的聲音和空氣等等。這些不管本人有沒有意識到，他的網膜、鼓膜、鼻腔、舌尖和指尖都會記憶下來。然後，這些資料被累積起來、細分好以後，就變成判斷的依據了。你剛剛說的直覺，就是從這個龐大資料庫裡迸出來的一個結論，比起經過科學檢查而提出來的正式見解，一點都不遜色。」

正想反駁這種有點自以為是的理論時，一名警察走進來。

「警部，有一個自稱是被害人朋友的男人來了。」
「哪個傢伙？」
「喔，他說他叫桂木禎一。」
不由得和渡瀨面面相覷。那就省下傳喚的麻煩了。但他為何主動出面？是出於想盡一名善良市民的義務呢？還是自知被懷疑，乾脆主動投進敵營好一探動靜呢？
在另個房間初次見到桂木禎一，對他的印象說好是慎重，說壞就是簡直膽小到像個草食性動物，眼神看似溫和卻始終閃爍不定。但話說回來，這種類型的人多的是，幾乎所有人進到警察機關的那一瞬，都會畏畏縮縮的。
桂木一開口便說，上個月底以後就沒跟荒尾禮子連絡了。然後又說，他看了今天的報紙就立刻決定出面。
「咦？你是在電腦軟體公司上班啊？請問你們是怎麼認識的？」
「是因為她來我們公司做影印機的保養……呃，我想看看她。」
「你想的話，我向上面請示看看。那，你剛剛說你們沒連絡了……是分手了嗎？」
「沒有，那是……那是她的說法，我並不這麼認為。最後一次通電話時，也都是她單方面在講，我從沒說過要分手。」
「可是，荒尾小姐好像跟她同事說你們分手了。」
「女生不都愛說些口是心非的話。」

「她家裡相框的照片被抽走了。」

「上個月初我們一起拍了新照片，應該是打算換成新的吧。」

「那麼，你說沒連絡，意思是也沒回簡訊什麼的？」

「嗯，我電話打了，簡訊也發了，但她都沒回。」

突然，古手川對桂木的看法改了。被甩了，但男方不死心，溝通不良的最後就將女方給絞死——。簡單到多麼可笑，但正因為簡單，因此沒什麼瑕疵。

「桂木先生，十一月二十七日星期二的晚上，你人在哪裡？」

「一般人不太會記得一個禮拜前晚上的事吧，偏不巧，我的一週生活可說一成不變……。就是在埼玉市內的爵士吧裡一個人喝酒，然後一點過後離開。我是常客，你們問問老闆就能確定了。」

「然後呢？」

「你是指一點以後的不在場證明？……那還真的沒有，因為我之後就睡覺了。」

「屍體的狀況，你看報紙知道了吧。她的交友圈中，你有沒有想到哪個人可能做出那樣的事？」

桂木搖搖頭說：

「我們都不太跟彼此的同事往來，所以我誰也……他們公司的人沒這麼說嗎？再說，最後跟她碰面的人是誰呢？」

「是我在問你耶。」
「對不起。可是，她不是個會讓人怨恨的人。」
「剛剛你說你們吵架，是為了什麼原因？」
「……這個，不說不行嗎？」
「請你協助我們釐清案情。而且，反正說了荒尾小姐也不會生氣了。」
故意用話激怒對方，但桂木的表情看不出任何變化。
「我們不合，是因為她急著結婚。我們交往才一年而已，但我覺得才一年，她覺得已經一年了，這點我們的認知不同……她再三要我去見她父母，但我總說不必那麼急……雖然這樣，但我並沒有因此不喜歡她。」
「但是，後來她就提分手，也不跟你連絡了。換句話說就是這個意思吧？」
「所以你認為是我懷恨在心？」
「這很平常啊。」
「很抱歉，刑警先生……你有女朋友嗎？」
「……什麼？」
「會願意為了她犧牲生命也在所不惜，你有這樣的女朋友嗎？」
「這和這件命案無關吧。」
「如果沒有的話，你就不會懂我的心情了。如果對方真的比自己更重要，就算無緣在一

起，也會希望她幸福的，怎麼可能反過來懷恨在心？」
淡定的語氣反而令人覺得意志堅定。有點故意咂嘴想讓桂木聽到，但他的表情並無動搖。
「你去過被害人的家裡吧？」
「嗯。」
「她都沒進去什麼奇怪的網站嗎？」
桂木思考了一下，說：
「沒有，我覺得沒有。她的電腦都開著，畫面上的網站我看過幾次，幾乎都是跟時裝流行有關的網站。也沒聽她提起過什麼。」
大致偵訊完，桂木一離開，渡瀨就從門後慢慢走出來。應該聽到一部分內容了吧。
「你這個王八蛋，問個案情也不會嗎！哪有質問的一方被氣昏頭的？到了最後簡直都被對方耍著轉！」
「……那傢伙，意志力超強的……」
「意志力強？剛剛他出去的時候，你沒看到他褲子的膝蓋嗎？」
「褲子的膝蓋？」
「果然沒看到。他的長褲燙得線條直挺挺的，就只有膝蓋部分皺成一團，這表示他在進來之前一直抓著褲子。哪是什麼意志力強，他是在故作鎮定、拼命壓抑，不讓人看出來其實他心裡七上八下的。」

被指謫出來的每一件都有道理，毫無反駁的餘地。
「但是，最後他丟了個梗，所以結果算不錯吧。」
「丟了個梗……什麼意思？」
「那個叫桂木的傢伙，絕不是省油的燈。他一邊回答問題，一邊就在刺探我們這邊到底知道什麼、不知道什麼。他說他是一點以後睡覺的，那麼離現在還有六小時。這個壓抑情緒來刺探警察動向的傢伙接下來會採取什麼行動，你不覺得很有趣嗎？」
「啊？」
「那傢伙會先去看死者。不管真的假的，他一開始就有種說要去看死者。那麼，等他從大學醫院出來，我們就跟蹤他。」
從窗戶往下窺視，桂木剛好走出警署。垂頭喪氣，被風推著似地走向大門口。古手川心想，如果這是演技，也太厲害了。
果然如渡瀨所料，桂木直接前往大學醫院看荒尾禮子的大體。據同行的警察描述，桂木始終不發一語地凝視死者的臉，沒有哭泣也沒有叫喊，甚至連表情都沒改變。
離開醫院已經過九點了。兩人開始跟蹤。
從醫院往最近的車站。以為桂木就要回家了而一時沮喪，沒想到他中途改搭西武新宿線。
隱身在趕著回家的上班族後面，與桂木同一車廂，但保持相當距離。桂木抓著吊環隨電車搖擺，臉上依然讀不出任何情緒。

不意間，桂木的視線落在前面那位坐著、穿西裝的男人身上。男人打開報紙，是埼玉日報的晚報。有一面跳出「瀧見町獵奇殺人」這個標題。桂木的眼睛死盯住那個標題。沒有熱度、空虛的、一動也不動的視線。男人發現後，立刻害怕似地連忙摺起報紙。

過了幾站後，桂木在緒方町下車——是荒尾禮子家附近的車站。

桂木看著車站前面的簡略地圖。於是古手川終於想起來了。雖然還有相當一段距離，但這裡也是離「天空舞台瀧見」最近的車站。凶手一定會重回犯案現場——聽到滾瓜爛熟的教訓，在腦海的一隅甦醒。

千萬別給我幹出從這裡走到現場這種無腦的事啊——一出車站，冷冽的寒風叫人渾身發顫，古手川便在心裡這麼念著。果然有求必應嗎？桂木叫了計程車。時間已經過十一點了，頗擔心能否叫到車繼續跟蹤，幸好這時段的乘客某個程度很固定吧，很快就招到下一部計程車了。

交給計程車去跟蹤，果然注意力就渙散了。車窗的景致一幕幕掃過鬆弛的視野，經過燈光稀落的住宅區後，黯黑的區域愈來愈遼闊。有路燈。但那些以美觀為優先又高聳入雲似的橘黃色燈光，照到地面時光量已大為減弱。路旁盡是成排就要倒塌的廢屋，根本見不到光源。夜風搖曳著高高的草木，又敲打著剝落一半的看板，哐啷哐啷聲甚至傳進車裡。一個大男人要獨自走這條路，也得先有心理準備才行。沿路要是發生個萬一，也會被這深邃的幽暗給隱沒了。要搬運荒尾禮子的屍體，還有比這條路更適合的嗎？在這個光線昏暝、夜魔囂張之地，荒尾禮子

那具被吊起來的屍體，並無不可思議的違和感。居然敢在這種地方蓋那樣不搭調的高樓大廈，古手川不禁感到佩服。

到達目的地，下了計程車後，桂木就站在大樓裡的看板前確認著什麼，然後走向一棟。古手川和渡瀨決定從隔壁棟繼續追蹤桂木的身影。

沒多久，桂木便出現在發現屍體的十三樓。古手川他們待在樓梯的暗處無法看清全貌，但桂木似乎在現場嘎吱嘎吱地來回走動著。只能從欄杆縫隙中偷窺若隱若現的身影，這叫古手川急不可耐，反觀渡瀨，卻狀似了無興趣般心不在焉地眺望著。這是因為現場鑑識工作已經結束，封鎖線也拆了，所以此後就算有人在現場徘徊，也沒必要慌張了嗎？

接著，桂木走出大樓，繞到後面。一追過去，發現後面是各棟的垃圾集中處，桂木正從堆積如山的垃圾中拿起一包。渡瀨見狀便等得不耐煩似地說：

「真的看不下去了。」

然後猛地從暗處跳出。古手川根本來不及阻止。

「桂木先生啊，到此為止吧。」

光這一句，就讓桂木如雕像般動彈不得，臉上寫著：到底怎麼回事啊？

「荒尾小姐當天穿的是燈心絨的褲子和法蘭絨襯衫，外套和圍巾，然後是靴子，還有手提包。這些東西全都沒留在十三樓現場，而且也沒在她家裡，當然，也沒在大樓的所有垃圾桶裡。附帶說一下，大樓的角落裡有一個現在已經不用的小型焚化爐。我們也都查過了，並沒有發現

燒掉衣服或那些東西的痕跡。究竟是凶手拿走了，或者她被搬來這裡時就是赤裸的？就算你是她男朋友，要找到警察找不到的東西，這想法也太瞎了吧。我們這幫人可是靠這個吃飯的。」

「我、我……」

「就算是素人偵探的首度出擊，也太不像話了。凶手在她周邊的可能性還是很高啊。你再這樣到處打探，說不定下回被殺的就是你了。這應該不是她希望的吧。」

原本僵硬的表情緩和下來，警戒心解除了。桂木慢吞吞地站起來。

「……沒有我能夠做的嗎？」

「有啊，你可以提供情報給我們。」

「我知道的已經都說了啊。」

「沒有，你還有沒說的。荒尾禮子是個怎樣的人？我不是問你她會不會被人怨恨這種事。」

出乎意料似地瞪大了眼睛。片刻後，桂木低頭淡淡笑了。

「這種事，對搜查有幫助嗎？」

「看來是只有你知道的事吧，如果這樣，那就是很特別的情報了。」

「是啊……」

桂木追憶似地將視線投向斜上方，壓低聲音開始說。

「禮子是個……很普通的女孩子。是到處都看得到的二十六歲上班族。為了上大學離開家

鄉長野，然後在這裡上班。是個喜歡打扮、旅行和美食的普通粉領族。但是，她好像不太確定目前的工作是不是自己真正喜歡的。她家裡有轉職情報誌不是嗎？那不是最新一期，是二年前的。她根本就沒認真想要換工作。但這樣真的好嗎？她說過，她應該還有別的選擇吧。很可笑對不對？都二十六歲了，腦袋瓜到底在想什麼啊。到底是女孩子，對工作總是沒那麼在乎吧。不過，這樣的人其實很多，也不光是女人，男人也是啊。明天自己會怎樣？後天自己會怎樣？會不會日復一日過著一成不變的生活……。人啊，只要心不定，原本確定的事情有時就會動搖起來。現在回想起來，我們最後一次談話，或許剛好就是處在那種狀態。我覺得她要的就是結婚。」

「對男人來說是起點，對女人來說是終點。是這樣嗎？蠻常聽到的。」

「是啊，煩死了。後來我說，我們這個樣子就算在一起也不會長久。所以她會氣起來都不回我簡訊什麼的也很正常，因為我把她認為的唯一的避風港給毀了。」

語尾微微顫抖。桂木的眼神定住一處，彷彿有誰躲在哪兒似的。

「我太自私了嗎？……我一定是太自私了。老實說，當她提出想早點結婚時，我真的覺得很煩，而且很害怕，一下就在心裡計算馬上結婚的利弊得失。但是，但是，這是遲早的問題，我並不是沒考慮過兩人要結婚的。不論她多愛鬧彆扭、多愛發脾氣，她仍是我生命中很重要的女人，生氣也好哭泣也好，我就喜歡她的樣子……。她是個很溫柔的女孩子。在路上碰到有人發面紙或傳單，她一定會說聲謝謝後才拿。她說如果不理他們，那些發面紙或傳單的人就太可

憐了。你看，明明他們只是陌生人，只是在工作而已。還有，她很喜歡看天空。她曾說，她的家鄉長野的天空好高好高，高得離奇，為什麼都市的天空會這麼低，低得簡直像要被壓碎一樣。而且，對了，她很喜歡小孩，每一次在公園看到小朋友在玩，她就會開心地笑。我問她說，因為那是別人的小孩吧。她說跟這沒關係，小朋友全都很可愛，而且應該沒人不喜歡小孩吧……她應該會是個很棒的媽媽，偏偏……偏偏……」

「畜生！」男人的嘴裡首次飆出咒罵聲。

「為什麼是她？為什麼非是禮子不可？那傢伙到底在幹嘛？把人扒得精光吊起來，這有多可怕，多痛苦啊。要是他殺掉的是其他喜歡在深夜晃蕩、死了也沒人傷心的那種亂七八糟的人不就好了？……畜生、畜生、畜生……」

桂木摀住臉，當場崩潰倒下，彷彿至今強忍住的情緒終於潰堤似的，壓抑的嗚咽聲從指縫間洩出，隨風消散。

3 十二月三日

翌日早上前往搜查本部時，見渡瀨雙手抱胸坐在電腦前，古手川驚愕不已。

「怎麼了，班長？」

「什麼事？」

「呃，電腦……」

「我看電腦很稀奇嗎？」

比在住宅區看見老虎還稀奇——但，不能說出口。事實上，現在總算一人配有一台電腦了，但起初一個班裡只有一台而已，而且，比誰都更高聲爭取那台電腦的，當然就是渡瀨了。只不過，渡瀨興高采烈玩電腦的時間只有最初那三天，之後就像玩膩舊玩具的小孩般，很快把使用權丟給年輕人，只在需要資料時叫他們印出來而已。目前在搜查一課，渡瀨甚至被人在背地裡說壞話，說他是矽過敏的優先人選呢。

渡瀨正在看電腦畫面看得入神。

「到底在看什麼……」

繞到渡瀨後面，一看畫面，無法呼吸。

電腦上，赫見以闇夜為背景吊在屋簷下的荒尾禮子的屍體。

並非鑑識拍的現場照片。古手川瞄了一眼畫面邊邊，才知不是電腦硬碟裡的資料，而是從網站上讀進來的圖片。網站名稱是「屍體寫真大閱兵」。

「班長，為什麼這種網站上會有這張照片……該不會是本部流出去的吧？」

「你眼睛瞎了嗎？看仔細。昨天看到快吐的那些現場照片，跟這個一樣嗎？」

一說，馬上再重新注視圖片，總算了解渡瀨的意思了。背景是暗的，但昨天警察到現場時，天色應該已經泛白了。換句話說，這張照片是在警察抵達之前拍的。

「這種東西，到底會是誰？」

「用膝蓋想就知道了。看這個角度，從頭到手指，整個身體完全是從正面拍的。能夠這樣拍的地點只有一個，拍的人也只有一個。」

「凶手……！」

「是凶手的話，這張照片再討厭，搜查工作也算有進展了，偏偏這張照片只是討人厭而已。是發現屍體那個人啦，就是那個送報的小鬼用手機拍的。一生一次難得的體驗嘛。只是，自己爽就夠糟了，還他媽的竟敢散播到網路上，所以我才討厭網路。網路可以匿名大膽想說什麼就說什麼，尤其那些下賤傢伙就更愛了。心地下賤的人用來表現心聲的，一定是讓人看了就討厭的東西。可是話說回來，就有他媽的一堆廢物偏愛看這種噁心東西。說起來，還真像個缺德的衛生博覽會。」

雖然不知什麼是衛生博覽會，但從渡瀨的口氣聽來，可以推知是個很骯髒的東西。不過，

無法推知的是渡瀨的態度。不就是個高中生的惡搞罷了，會這麼執著是——。

「班長。」

「嗯？」

「還有別的嗎？那個，網路上的。」

「腦袋醒醒，這方面你應該比我清楚啊，比方說，發生這種獵奇事件時，網路上會有什麼反應？」

「反應、嗎？2ch⑤或是專門討論時事的網站上，鐵定出現一大票傢伙在那邊大鳴大放。猜測凶手啦、猜測警察的動向啦，猜中沒猜中的，簡直跟大拜拜一樣熱鬧。如果屍體照片又流出去的話，就會開始品頭論足了。以前，就有人對公開的無頭屍體做出冷血透頂的評論呢。」

心想渡瀨聽到這裡一定要大罵缺德的，沒想到他只是皺起眉頭說：「唉呀，那個又沒什麼。」

「……你不覺得不道德嗎？」

「那類的發言應該叫做不謹慎。有些狀況不容許不道德，但容許不謹慎，例如看見屍體時。屍體會讓看見的人意識到自己也會死，自己的身體哪天也會變成屍體腐爛掉，而且會越想越抓狂，所以精神正常的人就會拿死來開玩笑，因為不這麼做受不了啊。像我們當警察的，還有醫生、和尚，我們這些整天和屍體打交道的傢伙，一定聽過幾個黑色笑話，也是因為不這樣就沒辦法保持精神上的平衡。所以，網路上不謹慎的發言滿天飛還好，這個沒什麼。」

渡瀨愁眉苦臉地注視著畫面。

「但是，這次看不到那種不謹慎的發言。我剛剛讓他們查過了，事件開始報導到現在第三天，你說的那個2ch還有其他類似的網站都掃過一遍了，是有人說很可怕、很恐怖之類的，但都沒人拿這起命案開玩笑，就連公開這張照片後，也完全沒人寫些嘲笑屍體的話。明明瀏覽人數超過三千人的。」

「這個，有什麼不對嗎？」

「不正常啊，和向來的獵奇事件反應不一樣。顯然大家都很害怕，因為害怕而不敢做出那種不謹慎的發言。這種現象讓人覺得怪怪的，到底是什麼、又會怎樣，我也說不清楚，就是有種不好的預感。」

令人害怕這點，古手川也有同感。這不是單純毀損屍體這種陰森淒慘的事，簡直就像小孩子把屍體當玩具玩那樣離奇。命案的內容若只是具獵奇性，就可以拿殘忍暴虐這個已知的概念來套，就算是弒親、弒子，也可以用冷酷無情這個概念來理解。然而，若是出於小朋友單純無知式的殘酷，這種心態就只有小朋友才懂了，有分別心的大人是無法理解的，正因為如此，大人才會如此不安。

⑤2ch：一個大型的日本網路論壇。

「被害人的電腦，分析完了嗎？」

「啊，就跟桂木說的一樣，沒發現她有進入奇怪網站的跡象。但是，老實說，這個事實我不想公開。」

「為什麼？」

「被害人上了地下網站的當、被害人有危險的交友關係——。這招帶來的效應，會讓大眾有種安全感，他們會認為被害人是因為某種理由被殺，跟自己無關。但是，如果沒有這種效應的話？被殺的就有可能是自己了，搞不好凶手的下一個目標就是自己也說不定。再沒有比死於非命更恐怖的了。」

「……班長，你想太多了吧……」

「如果是就好囉。這次不只是網路這種奇怪的媒體，連主流報紙的態度也一樣。這個，看過了嗎？」

渡瀨丟過來的是埼玉日報今天的早報。

「你看社會版的社論。通常發生這種命案，他們一定會說是地方社會的交流不足、恐怖電影和鬼畜系漫畫的不良影響，還有人心不古等等。但這次這種說法一個字都沒有，有的就只是對模仿犯的恐懼，以及期待早日破案而已。這種太過斯文的報導反而讓人覺得可怕，簡單說，就是連媒體都緊張起來了。」

一讀，果然如渡瀨所言，以往發生重大刑案時，與其把原因歸究於凶手本身，媒體更偏向

強烈批評社會環境並要求改善，但這回下筆顯然一百八十度大轉變，委婉多了。

「不只是報紙喔，就連比鉛還輕、比保險套還薄的八卦節目也是這個樣子。」

渡瀨打開旁邊的電視，突然映出早上的八卦談話節目。

『……就是因為這樣，命案現場「天空舞台瀧見」的住戶才只有十分之一而已，當然沒有目擊者了。』

『這樣啊，那不成了都市中的黑色口袋了。』

『就是說啊。我們也在可能的作案時間到現場去了，那裡路燈和行人都非常少，女孩子一個人走的話，還真會害怕不敢走咧。』

『說起來多諷刺啊，在嶄新的高樓大廈裡居然治安這麼差，簡直跟美國的南布朗克斯區⑥有得比了。水和治安免費這個日本的神話又一個地方破滅了。』

『沒錯。不過，雖然現場周邊的治安敗壞可想而知，但我們最感到不寒而慄的，還是屍體被吊在大樓十三樓這件事。到底是怎樣的凶手會做出這種行徑啊？』

這是沒值班時常看的節目，因此主持人和名嘴都認得。不過，他們那種向來以正義的一方自居、對犯罪未審先判的厚臉皮已經不見了。或許是心理作用吧，覺得有位以言辭犀利著稱的

⑥南布朗克斯區：South Bronx，位於美國紐約，以犯罪率高著稱。

專欄作家，這次語氣低調許多。大家彼此面面相覷，顯得束手無策。不，照實說的話，他們根本無暇顧到上電視的表情，個個難掩不安的神色。

渡瀨的看法沒錯。媒體以往總善於料理淒慘的事件及衝擊性的畫面，提供大眾閒嗑牙時享用，但這回由於食材噁心可怖，竟顯得不知從何下手才好。

另一方面，古手川對此事卻有一種近乎「那又怎樣！」的強硬態度。這是一樁將社會推入不安深淵，連向來唯恐天下不亂的媒體都希望盡速解決的重大刑案。而愈是殘暴、愈是眾所關注的命案，在破案那一瞬所贏得的喝采聲就愈響亮。自己就要站在那喝采的漩渦中，因為自己要逮捕凶手來一舉成名。雖然大學畢業了，但國家公務員考試I種落榜，古手川的警察人生自然得從基層幹起，就算認認真真打拼，比一般人昇遷更快，恐怕頂多就幹到警視⑦，但古手川的自尊心不會容許自己僅止如此。身在警察機構，一切得服從階級，若要照自己的意志行事，就非昇遷不可，這是在派出所服勤時得到的教訓。最好要拿到警察功績章或警察功勞章，不然警視總監獎也可以。總之，就是要立下顯著功績，讓眾人知道自己的存在——。古手川的功名心日益增大。

「沒接觸網站，除了桂木以外也沒其他較好的朋友，但，凶手一定是用什麼方式接觸被害人的。不管過去還是現在，凶手認識她的可能性極高。幸好她的父母把她的畢業紀念冊帶來了，一定要把她過去認識的人，以及現在的交友關係全部查個清清楚楚。這幾個禮拜內，凡是接觸過她的人全都要找出來，一個都不能漏掉。」

「那隨機殺人這條線怎麼辦？如果凶手是個瘋子，那就是隨便找人下手。他只要躲在暗處，看見適合的目標就從背後襲擊。」

「你說那傢伙會拿著可以把人打到斷氣的大型鈍器在路上趴趴走嗎？還事先準備了那麼大的藍色帆布？那傢伙說不定是個瘋子，但絕不是笨蛋，恐怕還是個行事小心的人，證據就是發現遺體都三天了，還是找不到什麼有用的線索。我不認為凶手是隨機殺人，他一定是從哪裡或是用什麼方式知道荒尾禮子，然後選中她為目標的。接觸點……只要知道凶手和荒尾禮子的接觸點，就一定能破案了。」

見渡瀨的桌上有兩本冊子，就是他剛剛說的畢業紀念冊吧。附照片的關係，每一本都好厚。這是要拿來追查裡頭每一個人的下落，進而試圖找到與荒尾禮子的接觸點。既然與她同齡，下班後直接回家的人應該不多，很可能要接近深夜才連絡得上，而且就算連絡上了，白忙一場的可能性也很高，因此是個事倍功半的苦差事。不由得，古手川不滿地嘟起嘴巴。

就在此時，電視的音量突然提高，回頭一看，渡瀨手上握著遙控器。

『為您請到的特別來賓是犯罪心理學權威、城北大學名譽教授御前崎宗孝先生。老師，您好。』

⑦警視：警視廳，日本首都東京的警務部門。

看到那張臉，古手川想起來了。這張臉最近很常看到。每當發生重大刑案時，許多談話性節目就會找他，算是媒體的御用學者。至少古手川是這麼認為的。

『我們趕快來請教老師。針對這起案件的凶手，老師您的看法是？』

『首先呢，或許各位也都注意到了，我第一個看到的是「幼兒性」。』

『啊，「幼兒性」……』

『請大家看看這張紙。全是用平假名寫的，簡直像小學低年級的作文，但問題在內容。男孩子的話，大部分在幼兒時期都有抓青蛙或蛇來玩的經驗，寫這張紙的人也一樣，顯然很喜歡把青蛙弄成布袋蟲的樣子。而這本來就是小朋友特有的玩法，只是這個人更進一步把人拿來玩。』

『您的意思是說，把屍體吊起來這個行為本身，是小朋友的一種玩法？』

『沒錯。不管表面上如何，兇手的精神仍處在相當程度的幼兒狀態。以這種殺人方式來看，正表現出這樣的「幼兒性」，而這個事實也反映出凶手的性格。』

『這麼說，凶手是精神異常的人囉？』

主持人一問，御前崎教授稍微皺起眉頭。

『精神上處在幼兒狀態的人就說他精神異常，我覺得這樣不對。很多正常過日子的人其實都有孩子氣的部分，只是隱藏住罷了。再說，在音樂、繪畫、小說這些藝術領域，童心未泯有時候未必不好。我的意思是，目前我能夠確定的，就是凶手不會是突然變成一個殘暴的人的。』

『呃，這話怎麼說？』

『意思是，一個成長過程正常的人，不會長大後就突然做出破壞性且罪大惡極的行為來。除非是使用興奮劑等外部因素造成的，否則凶惡事件的犯人，在實際作案之前，其實很早就會出現前兆，也就是可以從這個人的行為看出端倪來，一般為人所知的就是虐待小動物。起初是昆蟲、青蛙、小蛇，然後到鳥類、貓、狗等，體型會越來越大。再下來，虐待的對象就會轉到比自己弱小的人或是體力差的人。最近的研究結果也顯示，他們在殺人之前，精神上就已經抱有破壞性衝動了。只不過，到了殺人這個階段，通常他們的「幼兒性」也不見了，取而代之表現出來的就是暴力性。這名凶手目前還處在「幼兒性」這個初期階段。我之所以特別著眼於凶手的「幼兒性」，是因為兇手在犯案現場留下一張紙，說自己弄死了一隻青蛙，這是非常典型的初期行為，簡直可以看成兇手在跟大家說自己是怎麼變殘暴的。』

『呃……，啊，老師，真的很謝謝您。那麼我們就先到這裡。』

電視節目就突然結束了。

渡瀨握著遙控器，呆呆看著什麼都沒有的畫面。

「抱怨也沒用，那個主持人太廢了。」

「我就說嘛，都是一群比保險套還薄的弱咖。」

「這是因為那個教授正準備說出什麼嚴重的事情來。一開始他先說些籠統的不會出問題的話，當被問到犯人是不是精神異常時，還拐彎抹角地先從其他的異常說起。但傻眼的是，就在

教授要說出一般人和凶手最關鍵的差異時，居然在主持人和整個攝影棚眾目睽睽之下，就這麼把節目切了不讓他說出來。肯定是因為教授要說的正常人和精神異常人之間的差別，不會只是掀開臭不可聞的大便桶而已，而是接近犯人本質的重要觀點。他媽的竟敢把話給腰斬了。」

「這個教授被捧得太高了吧？最近每個八卦節目都上，都成了半個通告藝人了。」

「跑通告是因為有這個需求啊。就算他們再怎麼瞎扯些反權力的話，重要的是能扯得人人都聽得懂，反正掉進死胡同的人要的就是權威啊。因為權威人士能將專業知識消化後說得簡單明瞭，當然就會被當成寶了。」

「那不就能從外太空聊到內子宮了？」

渡瀨突然站起來，一把抓起旁邊的外套。

「走！」

「……蛤？去哪？」

「城北大學，去找那個教授。」

「為、為什麼？而且還這麼突然？」

「因為我也是掉進死胡同的人之一啊。而且，我要去把他剛剛沒說完的話問個清清楚楚。先跟他約好要過去。」

話都還沒說完，渡瀨轉身就走。連咂嘴的時間都沒有，古手川只好心不甘情不願地追上去。這個老是硬牽別人鼻子走的毛病真叫人火大，但比起一一打畢業紀念冊上的電話，還是好

多了。

前往大學的車上，渡瀨始終一言不發。雖然早聽同事說過了，但渡瀨坐在旁邊的這一路上，還是超乎想像的尷尬。他根本不看窗外景色，只是盯著正前方。與其這樣，還不如閉上眼睛冥想，不然乾脆睡覺好了。

「呃……班長。」

「幹嘛？」

「現在問是來不及了，只是，這麼做有意思嗎？」

「是真的來不及了，都已經到都內了不是嗎？」

「我知道專家的意見很重要啦……說是犯罪心理學的權威，但畢竟就是個大學老師而已，又沒到過滿地是血的命案現場，也沒和殺人犯打過，頂多就是關在研究室裡和資料大眼瞪小眼不是嗎？」

「那個御前崎教授是個實踐派。他現在是名譽教授，但以前是府中監獄的醫官，每天都和犯人打交道，絕不是個住在象牙塔的人。他會像進行田野調查那樣，專程到監獄去看那些傢伙充滿血絲的眼睛、聽他們放聲大笑、聞他們那酸臭的氣味。聽說他的學生很多是開業的精神科醫師。老實說，警視廳裡也有很多人很崇拜他，每次發生棘手的案件時就會往他那裡跑。」

「媽啊，那樣的話……」

就不是媒體的御用學者，而是警察的御用學者了，換句話說，只有自己在狀況外而已。這

個事實讓古手川好心虛。

「再加上，教授本身跟精神病患的犯罪也有點關連。三年前那起松戶的母女殺人事件，你還記得吧？」

當然記得。與其說記得，還不如說媒體時不時就拿出來談，讓人忘都忘不了。

三年前的夏天，在松戶市內的住宅區發生了那起事件。三個人的小家庭，丈夫去上班，妻子和三歲女兒在家，中午過後，一個假裝配管工人的十七歲少年闖進家裡，絞殺那名妻子後姦屍，還用鐵管把號啕大哭的女兒打死。少年逃亡到最後還是被捕了，但律師要求進行精神鑑定，結果被診斷為犯行時患有精神分裂症，因而適用刑法三十九條，一審被判無罪。檢察官以沒必要進行精神鑑定為由上訴，但就在最近，高等法院駁回上訴，因此少年確定無罪。那段期間，丈夫一個人獨自對抗律師，不斷向社會大眾控訴刑法三十九條的不合理以及遺族的冤情，他的身影一次次都被媒體報導出來了。高院駁回的那一刻，丈夫仰天痛泣的身影雖然博得大眾同情，卻未撼動司法當局的想法。應該重新審視刑法三十九條的意見也半途銷聲匿跡了。

不過，古手川的想法是，與其重新審視刑法三十九條，更應該嚴格定義何謂心神喪失才對。即便是心神喪失或精神耗弱者，他們下手的對象都是女子和小孩，就算對象搞錯了，也絕不會亂闖暴力集團的事務所或相撲館，可見他們具備充分的判斷力不是嗎？

「御前崎教授是那個少年的鑑定醫師嗎？」

「不是……被殺的那個太太，就是教授的獨生女。」

校舍都是長這個樣子吧？古手川從小學到大學都是在一般的校舍，總覺得學校的建築物對離開學校的人特別冷冰冰，可以說是「去者不追，來者卻拒」吧。

御前崎的研究室在西校舍的二樓中間。畢竟這裡不是案發現場或關係者的家裡，是不能隨便進出的，於是古手川連走在走廊上都忐忑不安，倒是渡瀨自顧自擠過迎面而來的學生跨步前進。真是個旁若無人的活標本。

輕敲研究室的門，裡頭傳來低沉的一聲「請進」。前來迎接的那名男子，比剛剛在電視上看到的兩頰更凹陷。漂亮的白髮直可媲美光崎教授，但他的是短髮，而且眼神十分柔和。資料上說他今年七十歲了，但兩人進入研究室時，他起身的動作相當俐落，全然感覺不出老人家的年邁。

「我是御前崎。你們在電話中說是埼玉縣警，想必是承辦那起命案吧？」

「您猜得沒錯。今天我們是專程來向您請教您的專業見解。」

「過獎了，我只是一名精神科醫生，所謂犯罪心理學權威，那都是哪個不認識的人隨便吹噓的啦。」

「不不，我剛剛看過電視，更相信您真的是犯罪心理學權威了。」

從旁邊聽，這番令人雞皮疙瘩掉滿地的稱讚叫人好害臊。而人過了七十歲，自然具備把這種社交辭令當成耳邊風的肚量吧，御前崎的表情毫無任何不悅。

「唉呀，你這麼說真是讓人受之有愧。不如讓人調侃『為什麼當學者的總愛暴露自己的無知』還比較好。」

「您好像不太喜歡那種地方？」

「那是當然的。本來學者發表言論的地方就是論文而已，上媒體拋頭露面總像是走錯地方了。但，像我這樣的人會去那種地方露這張老臉，是想糾正一般人對精神病的誤解。」

「但是，社會上還是有人認為讓大家誤解比較好，例如剛剛跟教授您談話的那個主持人。」

「讓大家誤解比較……好？」

「教授您想糾正的誤解，對他們來說是正解，不，應該說他們寧願這麼相信吧。那時候那個主持人說：『凶手是精神異常的人？』我一時還懷疑自己的耳朵。綜合性節目或戲劇就算了，含新聞報導性質的節目，竟然大剌剌說出精神異常者怎樣怎樣的，這在電視台應該是禁忌才對，偏偏說的人和周圍其他人都不在意，這點太反常了。」

「……你也注意到了？」

「所以您一察覺到主題往精神異常方面移動時，就把話導向『幼兒性』，是這樣吧？」

「因為我覺得他們想問的，跟我所想的剛好相反。」

「所以我們才要來這裡請教您。在您的研究室應該可以暢所欲言了吧。他們是想問出我們一般人和精神異常者之間，應該有很大且明確的界線才對，然後想從專家口中聽到這些，證實

他們的猜測是正確的，那麼就可以安心了。就是因為這樣，主持人才會忘了禁忌而那樣問。」

渡瀨說完，御前崎困惑似地笑了。

「你講得還真白啊。」

「對不起。我先天後天都是個口沒遮攔的粗人。但換個角度講，警察這行本來就是要求黑白分明的工作，不查個清清楚楚不行，不把線畫得清清楚楚不行。唉呀，就混口飯吃。」

「原來如此。我很想對你的工作表示敬意，但我們精神科醫師的概念裡，真的沒有正常人和異常人之間那條界線。要把正常的狀態和異常的狀態看成是相對的，前提當然就要對異常性有所認識，而且同時要訂出什麼叫做正常才行。如果只是十個人的團體就算了，但這個世界上有各種不同的語言、不同的思想、不同的宗教、不同的嗜好、不同的感覺和不同的習慣在互相對抗，要在這當中規定出什麼才是正常，這個規定行為本身，就不得不說是荒謬的。中世紀的異端審問，還有二次大戰中對猶太人的迫害，就是最好的例子了。」

「我曉得要在兩者之間畫上界線是很困難的，但這是有點偏哲學性的看法不是嗎？」

「的確如此。不過，其實醫學上對於人之所以會變得異常這個機制，也還沒完全弄清楚。有人提出假設，認為可能是神經傳導物質多巴胺出狀況，導致腦神經的網絡混亂，但其實不盡然。要論證這個物質層面的問題，當然就會涉及到基因。而同卵雙胞胎被發現雙方都有異常性的機率是五成左右，這個數據資料顯示剛剛那個假設多麼不堪一擊。」

「要是讓大家知道這個，不安的人就會更不安吧。」

「正常或異常？白的或黑的？越是不安的人就會越想分得清清楚楚。不過，陷入這種二分法會讓思考停止，而思考停止的結果，就是大家都變成毫無判斷力的人形木偶了。」

「您說的極為正確。這些話要是在電視上說出來，旁邊的人肯定不舒服吧。」

「現在還不行說。我們對於精神障礙者的犯罪，必須進行更理性的辯論、更冷靜的判斷才行……偏偏人們往往只想看自己想看的而已，只想聽自己想聽的而已。」

「老師你對刑法三十九條有什麼看法？」

古手川突然冒出這個問題，被渡瀨露骨地狠瞪了兩眼。

「哈哈哈……，這位講話還更直白呢。沒關係的。那起命案的確被報導得很厲害，加上我是受害者家屬，又是一名精神鑑定醫師，也算是冥冥中有注定吧！我就回答你，我個人認為刑法三十九條是有必要存在的。」

「你是肯定派？」

「你好像覺得很意外？你認為女兒被殺，做父母的理當痛恨三十九條？以人之常情來看應該是吧，那起命案也的確相當淒慘。丈夫工作一帆風順，夫妻感情融洽，還生了一個小女兒，可說人生幸福美滿。然後，突然有一天這個幸福就破滅了。什麼……什麼都不知道的媽媽和小女兒，就像螻蟻一樣被殺了。活下來的丈夫也很可憐。我就住在松戶市附近，所以常常去看他，他那副消沉的模樣看得人好心痛。人生最重要的東西一次失去兩個，情何以堪啊。」

「向高院上訴時，檢方提出不需要進行精神鑑定是敗筆之一，但到了後來，大家知道律師

和負責鑑定的精神科醫師是好朋友時，就有問題了。」

「是啊。有人說，搞不好由別的精神科醫師來鑑定，結果就會不同了。這麼說也沒錯啦，本來精神醫學就是一門還很新的學問，至今還是有很多個學派。而且，因為都是藉由面試來評斷患者主觀性的自身經驗，再加上評斷的基準建立在各個精神科醫師不同的臨床經驗上，所以無論怎麼做，還是可能產生不同的見解。就算換成我或我的學生來鑑定，也是會有其他的疑惑產生吧。重要的是，鑑定和法律的是非不能混為一談。日本的法律是採用責任主義，所以說，把有責任能力的人和沒有責任能力的人相提並論是不合理的。」

「不愧是教授啊。我們凡人在那樣的情況下只會憤慨不已，應該都沒辦法這麼冷靜思考吧。」

「那是你過獎了。我從前碰過一個事件加害人的家屬，他就很能做出理性的判斷。他的兒子殺了人，精神鑑定的結果獲判無罪……」

「無罪雖然可喜，但被送進醫療監獄是很痛苦的，想必心情很複雜吧。」

「不，那個家屬這麼說。一個會殺人的人，只因為心神喪失這個理由就讓他免受刑罰是大錯特錯了。應該是病治好了以後，還要重新接受審判並受到處罰才對。接受審判是權利，其實受到處罰來贖罪也是權利而非義務。刑法三十九條並不是在拯救患者，而是剝奪患者的這項權利。你看，也有人抱持這種看法。」

「好深奧的話啊。對了，教授，其實我們今天專程來請教您的是……所謂的精神障礙，完

全治癒的比例有多少呢？」

「完全治癒？」

「我的意思是說，從醫療監獄出來後過著正常生活的人，就沒有復發的可能嗎？」

御前崎輕聲低吟，思考了一下說：

「不知道我的回答能不能滿足你……一般的觀念，發瘋的相反就是痊癒吧。可是，一直住在封閉的病房大樓的人，突然恢復開朗的神情重回社會，這種類似開關一開一關的事，應該是不可能的。最適當的說法不是痊癒，而是恢復，在醫學上稱為緩解狀態。不是突然就治好了，而是慢慢地、確實地讓精神安定下去。雖然不是完全治癒，但會讓症狀變成短暫性的，或者是持續性地減輕和消失。現代的精神治療不能追求極端的結果，也沒在追求這種結果。因此並沒有痊癒這個概念，而是恢復。既然是恢復，當然就有復發的可能。只是，你為什麼要問這個呢？」

「目前針對從醫療監獄出來的人，或是在保護觀察下的人，都有建檔追溯他們的過去，也可以確實掌握到他們的住所和近況。這事不好明說，但每次發生獵奇事件時，有時就會從這些人當中列出嫌犯的名單來。美國的梅根法案，也就是為防止犯罪而將性犯罪者的資料公告給當地居民知道，類似這樣的法律，日本也正在研擬準備中。只不過，畢竟這只限於爆發過事件、可以確定犯人的案例。對於有虞犯性但還沒下手犯罪的人，以及正在就醫、內心瘋狂因子蠢蠢欲動的人，根本無法鎖定。所以我們特別來拜託教授您，不知道可不可以將您手上，還有關東

一帶的精神科醫師們手上的病歷資料提供給我們？」

渡瀨一說，御前崎首次露出不悅。

「你的意思是為了協助調查，就要醫師將自己的病人資料提供出來嗎？」

「不瞞您說，是這樣沒錯。您剛剛不是也說了，恢復後還是有復發的可能性。」

「你這是口無遮攔加上厚顏無恥嗎？唉呀呀，果然是個狠角色啊。」

「要向清高人士提出無理的要求時，厚顏無恥是正攻法呢。我聽說教授您的學生很多是開業醫師，如果能夠得到您還有大家的幫助，那就太棒了。」

「你是怎麼看待個人資料的？」

「我這是在對教授您班門弄斧了。其實個人資料保護法對警察而言是個超方便的法律，它明文規定不適用於犯罪的預防和調查，當然也有條文規定不會處罰資料提供者，只是沒有強制非提供資料不可。」

「刑法也規定醫師有守密義務，你難道不管嗎？你讓我覺得國家的權力就像暴力一樣。」

「國家不保護國民的生命財產安全不行啊。」

「那就會留下侵害人權的惡名。」

「只是，您說的人權搞不好就是犯人的人權，而且是跟殺害您女兒和孫女的凶手一樣的人。您想過嗎？假設那名凶手在犯案之前就讓警察知道他的存在，或許您女兒和孫女的命就保住了。」

「不要公私混為一談。」

說話聲中帶著靜靜的怒氣。聽起來不像是出於私人情感的憤怒，而是自己的專業被人蔑視才動怒的。

「渡瀨先生，來看精神科的患者都充滿了不安。他們沒有身體哪裡痛、哪裡不舒服這種明確的自覺症狀，而是陷在連自己犯了什麼錯、自己到底是誰都搞不清楚的恐怖和疑神疑鬼中。要治療這種狀態的患者需要什麼？就是需要對醫師的全盤信賴。如果不能完全相信醫師，病人又怎麼會把心打開呢？所以說，專心接受治療的人，還有已經恢復的人，或許他們相信醫師更勝於相信他們的兄弟姊妹呢。如果病人知道自己信任的醫師竟然把自己的資料洩漏給警察，他們會怎麼想？經過長期間才建立起來的信任關係就會一下瓦解。不行，精神科醫師的道德感絕對不容許這樣的事發生。不用說是我，我的學生也都被我灌輸作為一名精神科醫師的信條，所以他們也不會這麼做的。」

御前崎和渡瀨之間降下片刻的靜默。兩人的表情都很沉穩，交會的眼神卻尖銳得叫旁人無法靠近。

先打破這僵局的是渡瀨。

「唉呀，真的很對不起，教授。我很知道我這樣的要求太厚臉皮了，都是我沒有考慮到患者的心情。我這下賤的毛病恐怕到老也醫不好了。」

「你的狀況，是有裝病的嫌疑。」

「哇，好嚴厲啊。無論如何請您原諒。不過，剛剛那件事，請您別這麼快拒絕，能再考慮看看好嗎？說實在的，被害人周邊並沒什麼像樣的物證，也沒浮出任何可疑的人物，我們目前是處在暗中摸索的狀態啊。」

「我會再考慮一下，不過請別抱太大期望。」

「那當然。所謂搜查，就是不抱那種期望，就算白忙一場也是例行公事啊……。啊，教授，還可以拜託您一件事嗎？」

「什麼事？我的時間也差不多了……」

「剛剛在節目上，您話說到一半就被打斷了，您提到『幼兒性』，可以請您繼續把這部分說完嗎？」

「喔，你說這個啊？我是舉出，凶手露出他的『幼兒性』把屍體當成玩具，還有他想彰顯出自己的殘暴。不過，『幼兒性』還有一個更明顯更重要的特點。」

「是什麼？」

「只要不是玩膩了或被罵，小朋友喜歡玩的事情就會一直不停地玩下去。」

「結果，把那個老師惹毛了。」

「我早料到那樣可能得罪他，因為我的要求違反醫師倫理啊。但是，搜查工作再這麼膠著下去，遲早還是需要精神科醫師們的幫忙，與其那時候才來拜託，還不如現在抱著被拒絕的心

情先來溝通溝通，後面就會比較輕鬆了吧，所以我才故意在那個時候提起他女兒那件命案。」

「患者名單……有必要嗎？」

「希望是沒必要啊。人殺人的理由一大堆，但歸根究底只有三個，愛恨情仇、錢，還有發瘋。前兩個比較容易鎖定，只要找出人被殺死後會開心的傢伙就行了。但發瘋就麻煩了，因為沒辦法鎖定嫌犯。這種時候只有列出虞犯者名單，再從中篩選了，所以必須盡可能把分母做大，因為所有精神異常的人都可能有殺人動機。」

「但是，費了那麼大把勁才抓到兇手，然後兇手是個瘋子的話，就會用到三十九條結果變無罪嗎？這不是白忙一場？」

「話是這麼說沒錯，但也不會就這麼放兇手到處趴趴走。反正起訴是檢察官的事，我們的工作說穿了就是逮捕犯人。就算假設到最後犯人是無罪的，至少逮捕到的那一刻，社會就得以安寧了。光這點就很有意義了，所以絕不會是白忙一場。」

古手川表面上點點頭，其實並未真心同意。逮捕到犯人，或許社會能獲得一時的安寧吧，不過，一旦犯人從刑罰的牢籠裡放出來，居民的安危就會再度受到威脅了，更何況是在世人都把過去的事件忘光光、悠哉悠哉過日子的情況下。

曾經就發生過假釋中的受刑人從更生保護機構溜出來後，在購物中心攻擊嬰兒致死的案件。當時的法務大臣立即指示要加強掌握住假釋犯的行蹤，但仍無法消除亡羊補牢的觀感。那個時候，不必面對鏡頭和麥克風時，大家私下都這麼想過——

虞犯者，讓他們一輩子都不要出來。

當然，大家都心知肚明，這種無視人權的粗暴意見，是無法公開說出口的。然而，粗暴的意見中永遠都有一分真實，而蓋過這種聲音的反對意見卻往往內容空洞，只是由理想主義和場面話支撐罷了。至少，他們就不敢拿這些話去向被蠻橫奪走性命的死者家屬說，因為這種空洞的理由根本不足以安撫受害者家屬的心情。

偷瞄一眼，只見渡瀨依然板著臉。

*

那個房間沒有明亮的電燈，只有桌上那盞小燈泡亮著而已，反正他喜歡暗，根本不在意。寂靜的寒氣從地面竄上來，但只要有燈泡的熱度，於他就夠了。房間裡，電視、音響類的東西一概沒有，聽見的只有外頭呼嘯的風聲。

沒有月亮，沒有任何光線從窗外射進來。

他討厭待在明亮的地方。因為大家都會看自己，大家都會指著自己。

因此，他喜歡黑暗。黑暗雖會令人失去視力，但平常就住在黑暗世界的他，在毫無光源的地方仍能行動自如。

他是黑暗世界的住民，能看見別人看不見的東西，能聽見別人聽不見的聲音。旁人看來他

只是凝然不動，其實黑暗中的他，內心藏著不為人知的快樂呢。

燈泡下，一本破舊的筆記本打開著。那是他的日記。他看著日記，嘴角上揚。前一頁寫的那些字，這幾天被電視大大地播出來了，雖然出現的是字幕式的打字，而非他親筆寫的字樣，但已經夠不可思議得叫人興奮了，簡直像是第一次登台的演員般驕傲不已。

打開的頁面上，寫著這樣一段文字：

我今天又抓到了一隻青蛙了喔
我越來越會抓青蛙了今天
就把ㄊ丟進板子裡ㄚ扁吧
青蛙全部是我的玩具。

二、碾壓

十二月五日

這天，李明順在制服外面套上外套，仰望天空。

上午八點。遙遠的上空應該有太陽才對，卻被厚重的灰色雲層遮住光線了。雲層不只厚，還垂得相當低，彷彿一伸手就搆得著似的。時序進入十二月後，太陽就沒露過臉，灰撲撲的程度只有濃淡之別，天色始終是陰霾的。故鄉的天空在這個季節也跟這裡差不多，可感覺高多了。或許是這個緣故吧，明順每次仰望天空，都感到被擠壓似的壓迫感。

廢車工廠的大門開著。原本就沒有上鎖，因為廢棄車本來就是要報廢丟棄的。在這個國家，沒人會去偷要丟棄的東西。不過，最近狀況有點變了，不斷有消息傳出，附近的同業被盜走大量的鐵屑。儘管一時的熱潮退了，但北京周邊的建築潮仍未退燒，還很需要鐵和銅。鐵屑被盜應該和這個情形有關吧。

工廠內不折不扣就是一座廢車山，用建築物換算甚至達兩層樓高。車輛重重疊疊，四周是圍起來的，裡面夾雜著左看右看都是新車似的車子。

機械油和鐵鏽臭很嗆鼻，但明順並不討厭這種味道。在日本，一部車子的壽命到了，就會送來這裡分解成鐵塊，然後大多數會再運到明順的故鄉去。在那裡，會將各種金屬進行分門別類的回收處理作業，然後再次送回日本，又製成車子的零件了。這是兩國之間徹底攜手合作的

環保事業。多偉大的日本，多偉大的中華人民共和國，多麼了不起啊。

明順戴上厚厚的手套，往三方壓縮廢車碾壓機走去。設在比自己的視線稍高位置的碾壓機，昨晚放進了一輛廢車。用這輛碾壓機從三個方向一壓縮，車子就會變成一塊十多公分厚的長方體了。

打開電源。碾壓機突然醒來，發出「隆隆」低沉的起動聲。三分鐘後，面板的燈全變綠色了。

一按下啟動鍵，碾壓筒開始動起來，並如往常般發出壯大的破碎聲。這是車子臨死前的哀嚎，鐵骨折斷、關節歪扯、皮膚撕裂的聲音。

尖銳，而且乾乾的——。

不過，下個瞬間，明順聽見一個奇怪的聲音。向來乾乾的聲音中夾著一個濕濕的聲音。既不是忘了拿掉的椅座，也不是中控台的塑膠或橡膠製的導管。是更柔軟更富含水分的東西——。是這個東西被壓碎的聲音。偶爾是會聽到硬物的斷裂聲，但這個聲音絕不是金屬這類重物發出的，而是更輕的什麼東西。

察覺異常後，明順迅即關掉機器。

吐了一口嘆息似的聲音，碾壓機停止。剎那間，四周鴉雀無聲。可，耳尖的明順又聽到別的聲音了。

滴嗒。

滴嗒。

水滴彈開的聲音。明順尋聲音方向看去，是從碾壓機底下發出來的。

紅色的飛沫。滴在鐵板上，面積正逐漸擴大中。是從碾壓筒的空隙漏出來的。

風一吹，把臭氣吹過來了。不是鐵臭也不是油臭。在農村住過好一陣子，整天和鳥獸為伍，明順一下就明白那是什麼味道。

倉惶地把碾壓筒調回原來的位置。打開的台座上，有個被壓到一半的車子殘骸。

一聞，臭味更強更嗆了。紅色液體自後車廂大量漏出。明順從旁邊的工具箱拿出撬槓，插進後車廂的空隙，然後用力往上一掰，被壓縮到近乎極限的車廂蓋幸好本身具彈開功能，一下應聲開了。

往中間一探的瞬間，明順一時搞不清楚那是什麼。

被壓到只剩搖籃般大小的後車廂中，有一個到處染上紅黑色的布塊。不，仔細一看，那是衣服。活像是被綑得緊緊的去骨火腿似的，那團紅黑物體在狹窄的容器中像要撐破似地膨脹著。

明順不成聲音地大叫，當場跌倒。

那個物體露出了肉塊與頭顱。

只要待在搜查一課或強行犯科，看屍體就是工作的一部分，正因為如此，有機會目睹各式

各樣的屍體，不成人形的、死狀淒慘的，不勝枚舉。若能習慣就太厲害了，一般得花三年時間，才能大致練出對那東西的耐受性。

然而，這次他們獲報後趕赴廢車工廠相驗的屍體很特別。一看到塞在出問題後車廂中的屍體，拔腿跑到廠外的刑警有三人，忍不住當場嘔吐的鑑識課員有二人。

「慘不忍睹」這句成語，用來形容這具屍體算是文雅的。單純說壓死的話，壓在房子底下的屍體、車禍中被壓壞的屍體等並不稀奇，但這般宛如進行什麼實驗似地被從各個方位均等壓縮的屍體，還是首見。

體積硬被壓縮成三分之一時，有八成由水分構成的肉體會變成什麼樣子呢？後車廂中的那個物體給了明快的答案。由於禁不住內部的高壓，首先，這麼多的水分就從口、鼻、耳、肛門這些開口部強勢噴出，眼球也爆出來了，接著是肌肉和脂肪質薄的皮膚破裂露出，皮膚上裂痕處處，甚至看見得骨頭。關節如收起來的傘般向中間收縮折起，這個過程讓肌肉綻裂，以致肉體被破壞得更嚴重。由於受到肋骨折斷的壓迫，內臟無一例外被壓碎得如紙屑，分泌液和血液、小大便以及未消化的體內廢物混合後，像從管子擠出似地排出來。這些後車廂裝不下的肌肉、脂肪質就被碾成絞肉狀，從縫隙滿溢到後座和機械部分去。

渡瀨那張臉從沒這麼臭過。他手上握著從屍體的口袋中找到的紙張，並且時不時拿出來看。紙張令人反感的程度，與眼前的屍體不相上下。

「找到證件了！」

鑑識課員拿過來的是摺得皺巴巴的駕照，但屍體的面貌根本無法利用上面的照片來比對。渡瀨無言地交給古手川。

「今年七十二歲嗎？……yubishuku-senkiti？」

「那個唸ibusuki⑧。你不知道鹿兒島的指宿市嗎？馬上照會去。」

「目前住在鎌谷町……就這附近呢。但就算連絡上家屬了，這個樣子能確認的也只有衣服了吧。」

「那個樣子能看嗎？會當場昏倒吧。」

「屍體要怎麼搬？要從車子把屍體剝下來可是很麻煩的。」

刻意讓人聽出「難道要我當場把屍體剝下來嗎?!」這個言下之意。渡瀨倒是回答得很乾脆：

「連車子一起帶走比較好吧，反正不管怎麼做，你們都不會有好臉色。」

回答得如此意興闌珊是可想而知的，因為渡瀨對屍體的慘狀太氣憤了，氣得無暇去管搜查的程序問題。大部分的搜查員都不敢正眼看，唯有渡瀨一人目不轉睛地死盯著壓爛的屍體，簡直像要把它烙印在視網膜似的。

比荒尾禮子的狀況還悲慘，踐踏人性尊嚴這點更顯而易見。毀損屍體的理由通常有幾個，為隱匿身分、為更容易搬運屍體，或者出於洩恨。但這具屍體的破壞方式完全超出可理解範圍。之前將屍體懸掛起來就夠不把人當人看了，這次猶甚於此，似乎正如紙張上所說的，凶手完全

把屍體當玩具玩了。

「這裡的員工說，昨天放了一輛車子進碾壓機。而工廠的門是開著的，所以很可能是趁半夜闖進來，把屍體塞進後車廂裡。光是塞屍體應該不過癮，可是效果再沒比這個更好的了。想出這絕招的傢伙或許很聰明，但實在不是個好東西，不，是罪犯當中最最惡質的大壞蛋了。」

心生怖畏的可不只搜查陣而已。工廠外面拉起封鎖線，媒體陣就在那裡遠遠圍著眺望現場。明顯感受得到有別以往的氣氛，仍是一長排相機大砲，但顯得好拘謹，向來那沸騰的怒吼、驚嘆和好奇的聲音一概聽不見，取代的是肅靜的空氣支配全場。

戰慄。

彷彿被搜查員的恐怖傳染，應該出入過無數淒慘現場的媒體也同感戰慄。不，說不定正因為他們長年和重大刑案交手，因此連皮膚都能察覺到，這起命案和一般的連續殺人或獵奇殺人大不相同。

古手川看到一張討厭的臉。

埼玉日報社會部記者尾上善二。他矮得只到古手川的肩膀，但就因為身材五短，什麼縫隙都鑽得進，總是不斷跑來跑去、講東講西。他這人還溜得比誰都快，臉上永遠貼一張嘲諷的笑，

⑧ ibusuki：「指宿」的日文讀音。

敢衝敢做，嗅覺靈敏，總是比別人先搶得獨家消息。至於長相，就像在記者俱樂部中被半公開稱呼的綽號『老鼠』一樣。

就在眾人屏聲斂氣地注視著現場時，只有這個男的臉上浮現比以往都更叫人厭惡的冷笑。尾上似乎對旁邊的攝影師做出什麼指示，攝影師露出納悶的表情後，移動位置，看著取景器。此刻他所捕捉到的畫面在之後掀起軒然大波，但這時候誰也料不到。

結果，決定用拖吊車將屍體連同廢車載走。不知是不是運氣不好，在法醫學教室等待的又是光崎教授，渡瀨為了說明等種種原因要與屍體同行，可這下向死者家屬確認的工作，就自動交給留下來的古手川了。

搬運屍體不是什麼好差事，但向死者家屬報告同樣令人心煩。古手川不禁覺得自己簡直成了死神的跑腿。

依著駕照上的地址找到指宿家，是一間鋪石棉瓦的木造二層樓建築。位於老舊住宅區的這間房子，外觀看起來同樣老舊，應該超過木造建築的耐用年限了。

按門鈴。

「來了！」應聲多麼快活，完全無視這邊陰鬱的心情。饒了我吧。古手川心想。愈是快活，接到噩耗後的衝擊和悲傷就愈是倍增。

出現在玄關的是一名二十歲左右的女生，留著一頭相稱的短髮，神采奕奕，圓溜溜的眼睛令人印象深刻。她用懷疑的眼神看著古手川，可當古手川亮出警察證件後，表情就會意過來了。

「啊，這麼快就來了，動作真快啊，剛剛我媽才去找你們而已。」

「你媽？」

「嗯。昨晚我爺爺出去了，但是找不到人。最近我爺爺開始有點老人痴呆，通常都是我陪他的，可是昨天晚上我在學校討論得比較晚，他就一個人出門，結果沒回來。」

比手畫腳連珠砲似地說，簡直像隻搖著尾巴的小狗。古手川心裡想著。

「所以我媽就去請你們幫忙找人，然後你就來了？」

「……好像搞錯了耶。」

不敢看她，決定單刀直入。今天早上，在廢車工廠發現了一具屍體，死者的口袋裡放著指宿仙吉的駕照——。

女生一聽大驚失色。

女生說，她的名字叫做梢，家裡就是爺爺仙吉和爸爸媽媽，再加上梢，一共四個人，爸爸上班去了，目前只有她一個人在家。

梢一開始臉色蒼白且渾身發抖，但隨著說起父母的事，似乎慢慢恢復平靜了。即便如此，仍可明顯看出她極力按捺住情緒，有時甚至覺得那故作堅強的模樣就快撐不住了。

「呃……可以讓我看看真的是我爺爺嗎？」

「還是等你爸媽回來你再跟他們商量比較好。而且現在正在大學醫院驗屍中。」

決定隱瞞遺體的發現狀況和樣子。就算帶她去看，恐怕也無法辨認，況且跟她說明狀況

後，搞不好會像渡瀨說的當場昏倒也說不定。

「是車禍嗎？」

「遺體被塞在車子的後車廂裡，所以不算是車禍。」

「什麼！爺爺怎麼會……」

「你知道前幾天發生在瀧見町那個命案吧，就是有個女生被吊在大樓的半空中那個命案。我們認為這兩起命案有些類似的地方，有可能是同一個凶手幹的。」

梢掩不住驚訝。

「為什麼我爺爺會扯上那個命案？那個命案好可怕。」

這是這邊正想問的。

「你爺爺認識那個被害人荒尾禮子嗎？」

「這個嘛，我沒聽過那個名字，只是……」

「只是？」

「我爺爺退休之前是國中的校長，說不定那個人是他的學生。」

原來如此。當校長的話，應該跟很多人都有接觸點，那麼他認識荒尾禮子或者凶手的可能性就很高。

「你爺爺是個怎樣的人呢？」

「他退休後，就一直擔任町內的自治會長。」

意思是說，可以從這個頭銜來判斷他的為人吧。

「但是，任何犯罪都有它的理由。或許你爺爺對你來說是很了不起的人，但搞不好也有人會因為他的死而獲得好處或拍手叫好。你有懷疑的人嗎？」

「我爺爺他絕對不會……」

「碰到這種事大家都會這麼說。可是，世上就是有壞蛋會痛恨品性端正的人，也有些傢伙只為了一點小錢就隨便把人殺了。」

「『人』這個字其實換成『親人』都可以，但……算了。」

梢的淚眼中泛著怒氣，說：

「沒有人會討厭我爺爺，沒有人會痛恨我爺爺！他是個嚴以律己、寬以待人的人，好多學生畢業後都會回來找他，大家都很喜歡他。而且，沒有人會因為我爺爺死了就得到好處。他根本就沒有錢，他的退休金一半付房貸、一半捐給福利機構就用完了，能夠稱得上財產的，就只有這塊土地和這間房子。昨天出門散步時，皮夾裡也應該只有幾張千圓鈔票而已。」

這是真的。說到指宿仙吉的皮夾，裡面有三千五百二十圓和駕照，其他就只有牙醫診所的掛號證和圖書館的借書證而已，現金卡之類的東西一張都沒有。正如梢所說的，是個沒錢的老人吧。

但，人是有人際關係的。如果指宿仙吉的學生中有荒尾禮子，或者有這起命案的相關人，那麼就應該找得到可以連結到凶手的蛛絲馬跡才對。原本都只注意荒尾禮子畢業紀念冊中的同

學，其實也應該注意老師才對。

為慎重起見，跟梢借了纏有仙吉毛髮的梳子後才離開指宿家。就在此時，渡瀨打電話來。

『喂，是我。跟家屬說好來確認了嗎？』

「只有一個女兒在家，她媽媽好像到附近的派出所去請求找人，所以我沒碰到。聽說指宿仙吉昨天晚上出去散步後就沒回來。」

『要來這裡認人嗎？』

「我要她跟父母商量後再說。他們會再跟本部連絡吧。」

『就算來也只能帶她爸爸來，屍體那樣子是不能給女孩子看的。吼，這邊有夠麻煩的，不只屍體，連車子都必須解體。叫業者來把屍體從車子上剝下來，整個費了好大工夫。光崎老師從頭到尾一直碎碎唸個不停，他的助手們也個個嫌得要死，害我真是如坐針氈啊。』

古手川也是如坐針氈。對象是屍體的話，就算多少有些粗魯，它也不會抱怨吧，但對象是活生生的人，就不能這樣了。

『雖然死狀很慘，但幸好頭部受損的程度較輕，所以能夠確定死因。跟之前那個一模一樣，是用鈍器毆打後頭部，再用繩索纏住頸部絞殺的。唉，總比活活壓死好吧。啊，鑑識報告也出來了，果然跟之前那張紙上的筆跡是同一個人的，可惡！那，指宿仙吉的來歷是什麼？』

「他是個老早就退休的國中校長。他孫女強力辯護說不會有人痛恨她爺爺。現階段還不清

楚他跟荒尾禮子有什麼關連，但既然他的職業是校長，只要往回追查，說不定就能找到接觸點了。」

『也是啦。那邊就交給你了，我現在也要回本部去。』

將纏有毛髮的梳子交給鑑識後，古手川立刻照會縣的教育委員會，趕往調查指宿仙吉的工作經歷，試圖找出與荒尾禮子的接觸點。

結果，一片慘澹。

首先，荒尾禮子是為工作才來埼玉，在這之前，她從未離開過長野一步。然後查到的是類似指宿校長的異動履歷，他二十四歲擔任教員，直到四十二歲升任校長，這段期間的任教地點全都在埼玉縣內。

也就是說，指宿仙吉和荒尾禮子之間並無師生關係。剩下的可能性就是兩人的共同關係人──比方說荒尾禮子之前的老師──因為何故在長野和埼玉之間異動，但這方面的調查還需要一些時間。

古手川為慎重起見，也一併調查了桂木禎一的異動紀錄。桂木禎一的出生地在石川縣金澤市，直到國中他都住在那裡，後來因父親工作的關係才搬到東京都內來，後來在都內上大學，畢業後就在埼玉市內的企業上班──從這個履歷也看不出和指宿的接觸點。

結果，兩名被害人的共通點，就只有飯能市民這個身分而已，但要說這就是共通點，實在太過籠統了，一定還有什麼事情還沒浮上檯面才對。

連續殺人會對社會造成強烈的衝擊，但有時對搜查的一方反而是利多，因為只要找出被害人的共通點，早晚就能鎖定嫌犯。也就是說，每增加一名犧牲者，就會更有利於搜查的進展。

你休想永遠高枕無憂——。古手川咒罵那個還未現身的凶手。

回到飯能署，發現本部瀰漫著異樣的氣氛。周圍的空氣抑鬱得連遲鈍的古手川都感覺到了。

「呃……出了什麼事嗎？」

無人應聲。一名同事把正在閱讀的報紙交給古手川，是埼玉日報的晚報。

一打開，古手川瞠目結舌。

〈飯能市第二起凶殺案〉這個大標題跳出來，標題下面刊出和號外同樣版面規格的現場照片，古手川的眼珠被釘住了。

那是一張沒有生命感、非常人工的無機質照片，就是從正面拍攝出問題的那部碾壓機，構圖極為簡單。旁邊應該還站著許多搜查員的，但全部被切掉，只留下碾壓機的大特寫，是一張再單純不過的照片了——如果能夠去掉從碾壓機的縫隙間溢出並滴落下來的紅褐色稠狀黏液的話。

錯不了，一定是那時候尾上要攝影師拍下的。

照片愈看愈噁心。被碾壓的屍體模樣不容抵抗地在腦中甦醒。對沒在現場親眼目睹實物的

人也具有同樣效果吧。明明只是一張機器照片，卻讓命案的淒慘程度立體浮現。下方有圖說，但就算費盡千言萬語，圖說的訴求力都遠遠不及照片。即便刊出屍體畫面，恐怕也難以如此準確地傳達出那種不祥感吧。就這層意義來說，攝影師能拍到這張照片真太走運了。

然而，反過來說，再沒比這張照片更予人衝擊和恐怖的了。飯能市人口有八萬五千，當中有幾個人今晚看到這份報紙還能不做惡夢呢？根據後來公布的統計數字，這天晚報的銷售紀錄，創下埼玉日報成立以來的新高。報紙總因不安和不幸而大賣，這種流言於此獲得證明。

此外，這天的埼玉日報還給大眾一個重要的東西。

凶手的名字。

一旦冠上名字而輪廓鮮明後，原本曖昧不清的不安就會變成恐怖了。因為輪廓鮮明讓口耳相傳更容易，也就讓傳播速度更快。凶手在這兩起命案現場留下的紙張，已經代替名片經媒體披露而眾所周知了，那幾行稚拙且無法窺知是否具理性的文字，比不夠縝密的頭腦所寫下的犯罪聲明文，更大大逆觸讀者的身心。

那名記者——雖未署名，但古手川猜得出是誰——除了將深夜徘徊街頭的犯人視同罹患現代社會疾病的人，同時也把這名病患取名為——

〈青蛙男〉。

「班長，沒用耶。」

將指宿仙吉的背景關係一一抽絲剝繭，三天後，古手川舉白旗了。這三天中，一共看了三百二十名教職員的異動履歷，以及五百四十二人的轉出紀錄，但別說是指宿仙吉和荒尾禮子的接觸點了，既找不到足以證明荒尾禮子的老師曾在指宿校長底下工作過的資料，更查不到荒野禮子的同學轉學到埼玉去的事情。

渡瀨「哼！」了一聲，古手川這才知道，他根本一開始就沒期待學校關係這條線索。

「那麼，當我把頭整個泡在教育委員會時，其他有什麼進展嗎？」

打算極盡挖苦的，但渡瀨不為所動。

「我也查了金錢往來狀況，但沒找出什麼。跟他孫女說的一樣，當了那麼多年老師，就只賺到那間小小的房子而已。而退休金應該用來養老才對，偏偏不知道發什麼神經，真的把一半都捐出去了。自治會長好像也只是個名譽職。所以指宿仙吉的收入就只有年金而已。又因為他超過七十歲了，所以沒保壽險。反過來說也沒有債務。唯一的財產就是那個土地和房子，當然目標有可能是這個，只不過如果這樣的話，會因為仙吉死而獲利的，就是他的兒子和媳婦了，但就算現在不殺他，遲早他們也會自動繼承那個土地和房子。那麼，如果他兒子和媳婦沒有金錢動機的話，另一個可能性也就很小了。」

「另一個可能性？」

「交換殺人。」

渡瀨說得很自然，並沒裝模作樣。

「痛恨荒尾禮子的桂木禎一，和覬覦指宿仙吉遺產的兒子互相勾結，殺掉彼此的目標。他兒子和荒尾禮子之間沒有連結，桂木禎一和指宿仙吉之間也沒有連結。而兩人的利害一致，用這個方法的話，還能編出兩人的不在場證明。」

「……班長，你想到哪裡去囉？」

「像推理小說是嗎？我說啊，交換殺人這種其實是被用到爛的老梗了，現實世界裡也確實發生過幾起這樣的命案，所以交換殺人絕不是我的突發奇想……還是不行，太弱了。」

聽著渡瀨的說明，古手川既驚訝又敬佩。在他的記憶裡，渡瀨的休假次數屈指可數，即便如此，這人仍然多方吸收知識，並進出各種場所。有人說在中山賽馬場看過他，也有人說在淺草的劇場或是國立美術館看見他；他還喜歡讀書，有什麼讀什麼，好像從古到今都不挑都好。到底這人一天睡幾小時啊？而且他還常常讀推理小說。明明工作上就已經這麼常跟屍體和歹徒打交道了，難道還不夠嗎？

「那麼，家屬那邊的確認情形怎樣？」

「當天晚上，他兒子、媳婦和孫女三個人一起到大學醫院。讓他們看了以後，果然。那個媳婦才看一眼就突然昏倒，兒子則是當場把晚飯全部吐出來。結果又給光崎老師惹麻煩了。」

「那個孫女呢？」

「啊，她叫梢是嗎？嗯，她是個很堅強的女孩子呢。雖然一臉蒼白，但咬牙強忍住，後來還這樣正面看著我的眼睛，拜託我說：『請你一定要逮捕到凶手。』被這麼一拜託，我們不再

加把勁不行啊。」

渡瀨那張臉，連逞凶鬥狠的流氓都不敢正眼看了，而梢竟然可以，當然夠堅強了。

「但是，她太逞強了，這種個性要是鑽牛角尖，就會像桂木那樣當起素人偵探來了。但願不要刺激到兇手……古手川喔，你要盡可能看住那女孩。」

「這次要我當褓姆嗎？」

「但是去看守指宿家也不能把時間浪費掉，既然在學校關係那方面白忙一場，那就趕快去把情報徹底查個清楚。」

「把情報徹底查個清楚？」

「就是一大堆的通風報信啊。發生指宿仙吉的命案後，縣警本部和飯能署的電話全被打爆了。有人說前幾天看到廢車工廠有可疑的外國人，也有人說住在他家隔壁的誰整天足不出戶，是個怪怪的繭居族。當中有些不可靠，有些多少有點可信度，反正到昨天為止就超過兩千件了。」

「兩千……件？」

「是啊，才三天而已，好可怕的數字。當然，裡面一定有被害妄想心理作祟的，但也不能一概推翻。範圍差不多都集中在剛剛說的繭居族啦、遊民啦，以及有就醫病史的人。雖然很可能是通報的人自己不堪其擾打過來的，但不管怎樣，我們不能不管這些情報。再說，歪打正著、弄假成真這類例子以前也曾發生過啊。還有一個很特別的地方。」

「還有、什麼啊？」

「這種命案的附屬品，『凶手就是我！』這類的情報一件都沒有。聽好，兩千件中一件都沒有！一般像這種引起媒體關注的命案，總會有十幾二十通惡搞電話，或是精神病患打來告白的電話，但這次全都沒有。就算可以判斷出是個假情報，只要冒名頂替，就大概會有一個禮拜時間成為媒體寵兒，卻沒人這麼做，你知道這代表什麼意思嗎？」

「呃……」

「不知道？這代表大家都在怕啊！社會大眾這個集團，還有那些不負責任的沒品的人，他們平常對命案總是抱著看好戲心態隔岸觀火，但這次根本碰都不碰，就是因為他們不想跟這起命案扯上關係，還很希望盡快破案。這是善良市民該有的正確態度，但向來喜歡醜聞、愛湊熱鬧、人云亦云的其他一大票人，都突然變成善良市民了，為什麼？因為他們想想就不敢了。他們認為只要對這件命案保持嚴肅的態度和安全的距離，至少自己就不會遭殃。他們這麼相信，不，是因為不這麼信也不行……。埼玉日報還真給我們幫了大忙，那張碾壓機的照片讓市民完全失去他們平常的樣子。我之前跟你說過，面對重大刑案，有時有必要做出一些不謹慎的發言，但那張照片把這麼一點點發洩空間都給毀了。」

這個見解叫人不得不同意。

今天早上的電視新聞主播也膽怯似地這麼說——

青蛙男是誰呢？

青蛙男躲在哪裡呢？

然後，青蛙男的下個目標是誰呢？

走出飯能署，一個小個子的男人等在那裡。不看臉光看身材也猜得到是誰。尾上善二。

「警部，您辛苦了。」

「辛苦個屁，去你媽的臭爛下流報紙！」

渡瀨射出殺人似的眼光，但尾上一副逆來順受的模樣，說：

「唉喲喂呀，我們埼玉日報可是以身為高級報紙的一員而自豪，竟然會被叫成下流報紙……」

「叫下流報紙都還過獎了咧。那一整面是怎麼搞的？連低俗雜誌上的照片都要比那個有品多了。」

「呃，班長，您說的下流報紙和低俗雜誌，到底是什麼啊？」

「你不知道也沒差！」

「唉喲，小記者我真是太丟臉了，人家沒看過那些東西嘛。」

「沒看過的話我就告訴你吧。把像你這樣的東西直接變成紙張的樣子就是了。如果你一定要看的話，就到神田神保町的舊書店去拜讀一下，或者自己照照鏡子也行。」

「把人家說成這樣，看來是那一大張照片惹您生氣了。那張照片的評價很棒呢，被譽為是

近年來極其少見的最有新聞性的一張。」

「最有新聞性？呸，笑死人了。應該是你的點子吧，但那是抄襲的，你以為沒人知道嗎？第一次世界大戰時，有一位叫雷梅卡的畫家就發表過一幅名為〈傷兵輸送列車〉的諷刺漫畫，畫面一整個全是黑壓壓的貨車，然後從門縫裡溢出血來。那張照片就是抄襲那幅漫畫的構圖來的。」

「您還是一樣博學多聞呢。只不過，被您說成是抄襲，真叫人遺憾哪，至少您也該表示敬意或鼓勵才對啊。再怎麼說，我們作為社會的公器，這麼做的出發點是為了警告地方居民要小心注意。」

「警告？我說啊，你們幹的好事，就像是在客滿且正在放映新片的黑漆漆電影院裡，突然大聲鬼叫失火了、失火了。利用社會的公器造成社會恐慌，你們到底安什麼心？」

「可是，如果是真的發生火災呢？」

尾上乾脆把話挑明了講：

「您這是不打自招啊，警部。您們搜查本部也跟我們一樣，都覺得這起命案不是這麼容易辦吧？情報很多，卻都沒有接近真正凶手的線索，這點讓人大感意外。可怕的凶手身影正在市民的內心裡大搖大擺逍遙著。民眾越來越害怕，警方卻束手無策。您用戲院失火來比喻真是太傳神了。因為在封閉的空間裡充滿了焦躁和恐怖，就是目前飯能市的樣子啊。」

「所以說，謹言慎行的人就不會幹出這種引起社會騷動不安的事，更糟糕的是，愉快犯還

因此快樂得不得了。我們一定會全力把這種敗類扭送法辦的。」

「天哪，這是鉗制言論自由嗎？和警部大人您說著說著，人家都要忘了現在是平成⑨時代了呢。」

「那麼在你想起來之前，快給我消失！反正你只是要從我口中聽到搜查狀況毫無進展這樣的話而已。這種話就算我沒說，你也會自己掰吧。」

「真沒意思啊，那就恭敬不如從命囉。」

說完，尾上就如老鼠般一溜煙跑了。

2

第六節下課鐘響，Natsuo 心情便慘澹起來。因為放學的鐘聲就是在昭告最慘的時間開始了。

如果是夏天的話，此刻太陽還高掛天空，還能東摸摸西摸摸後再回家，但這個季節下午四點太陽就下山了，所以沒法這樣拖時間。窗外很快就要天黑了，學生如果在學校逗留得太晚，出了什麼事校方就有責任，因此老師都把沒事的學生盡快趕出校門。而一旦出了校門，商店街和附近的大人總愛盤問小朋友怎麼不回家，不讓他們待在那裡。真想要他們少管閒事，但

Natsuo沒有拒絕的權力。老實說，與其回家，Natsuo覺得睡在公園都要好太多了。

Natsuo很清楚，是大人不想負責任。老師也是，附近的大人也是，他們都不想看到任何事在他們眼前發生，因此把身邊的小朋友趕得遠遠的。其實自己並不想要他們負什麼責任，只希望他們別管自己，但沒有人願意聽。

這邊的校區範圍很小，學校和Natsuo的家距離並不遠，就算蹓躂地晃回家也只要二十分鐘就到了。家就在昏暗街燈照射下的公寓二樓邊間。窗戶透著光亮，可見父親在家。Natsuo不寒而慄。提著沉重的腳步上樓，鐵板發出「鏗鏗」聲，分外寂涼。

「我回來了……」

一成不變的風景。穿運動衫的父親，嵯峨島辰哉背對著門看電視。脖子紅通通的，應該喝得不少吧。

「吃飯。快點！」辰哉用下巴指著桌上的兩碗泡麵。

繞進桌子裡時，聞到從父親身上飄過來的酒臭和煙臭。辰哉本身並不抽煙，可見今天也是從早就泡在小鋼珠店，而且也看得出來他輸錢了。因為如果贏錢，桌上就會有更像樣的食物了。

辰哉連泡個麵都不肯，他認為煮飯洗衣不是大男人該做的事，因此在Natsuo還沒回到家

⑨平成：日本自天皇明仁於一九八九年一月八日繼位時開始計算的年號，也是日本現行使用的年號。

之前，食物向來是動也沒動的。

往廚房去時，Natsuo 還聞到各種臭味，辰哉的體臭和口臭，脫下的衣服發出的汗臭、乾掉的剩飯的腐臭，還有其他什麼東西爛掉的臭味——。三天前，Natsuo 難得有機會到同學家去，因為那個同學忘了帶筆記本回家，當值日生的 Natsuo 就送過去。同學家裡充滿了香香的味道，剛洗好衣服乾乾淨淨的香味、母親的香水味、晚飯的咖哩香。對比自己家中臭氣薰天，Natsuo 好愕然。如果這是一般家庭的味道，那麼自己的家到底算什麼呢？簡直像狗屋吧。

Natsuo 坐在默默吃著泡麵的父親面前。辰哉才二十多歲，卻不見那個世代特有的年輕朝氣，染成金髮的髮根已經長出黑色來了，更顯寒磣。這個髮色不均的男人默默吃泡麵的樣子，讓人聯想到狗。那麼，這個家瀰漫著狗屋的臭味就理所當然了。

「喂。」

坐在對面的辰哉瞪過來。

「你剛剛看什麼看？」

「沒什麼……」

突然一巴掌揮過來。端著泡麵的 Natsuo 從椅子上摔下。

辰哉若無其事地繼續吃泡麵。從前又打又踢後會說個理由，但說出理由後，Natsuo 就會小心不再犯，於是為了不失去施暴的機會，現在辰哉都光打不說。辰哉稱這種方式為家教，但這樣哪能把人教得更好，Natsuo 身上的瘀斑和傷痕愈來愈多，只是被衣服遮住罷了。

說什麼都會被揍。就算什麼都沒說，還是會被找理由揍。Natsuo 內心充滿了緊張恐懼，怎麼可能吃出味道，於是如嚼蠟般把泡麵吃完，不料，辰哉壓低聲音說：

「洗澡。少給我慢吞吞啊。」

這一句，讓 Natsuo 整個人僵住。但，不依也不行。在這個家裡，Natsuo 更沒有拒絕的權力了。奴隸嗎？豬嗎狗嗎？不，說不定比豬狗都不如。

慢慢脫下衣服，走進浴室，辰哉已經等在浴缸中了。公寓制式規格的浴缸，兩個人一起泡澡，即便水量不多還是就快滿溢出來。辰哉說是為了節省水費和瓦斯費，其實是別有居心。

辰哉要 Natsuo 站到浴缸外面，開始幫 Natsuo 洗澡。辰哉的手上塗了肥皂，從脖子到腋下、從胸部到腹部，然後滑進胯下。明明是自己親生父親的手，卻每一次被碰到都叫人背脊一涼。

「長得真像她啊，臉和皮膚都白。」

那個「她」，指的是去年離家出走的母親。離家出走的原因不明。

泡沫沖掉後，辰哉坐在浴缸邊緣，大腿張開開的。

「含住。」

Natsuo 在辰哉面前一跪，眼前正好是他勃起的性器。和自己的相比，形狀、大小都不一樣。Natsuo 的眼睛和心都閉得緊緊。這是一根香蕉。Natsuo 強迫自己這麼想。一股不同於體臭的異臭嗆入鼻腔，可如果別過臉去，就會像之前那樣腰部挨他一踢，因此得拼命忍耐。

含住前端。小小的嘴巴被這麼一塞就整個塞住了，辰哉卻說這樣很好。Natsuo 邊忍住嘔

吐感，邊前後移動著頭。

「也要用舌頭和嘴唇啊，難得你長了這些好東西。」

就依他說的，Natsuo 機械式地用舌頭舔著，用嘴唇輕輕含著。一開始也是很抗拒，但習慣後，就跟舔手指沒多大差別。比起這個，最後那個瞬間才真是做再多次都無法消除嫌惡感。反覆抽送後，辰哉的呼吸變得好粗重，愈聽就愈跟狗的呼吸沒兩樣。辰哉按住 Natsuo 的頭，將那東西更往喉嚨深處硬塞。

不久，伴隨著短促的呻吟聲，一股溫溫的黏液射進嘴巴裡，噁心的味道隨即擴散開來。

「知道怎麼做吧？把殘留的精液吸乾淨再給我全部吞下去。挑食的話，長大不會有什麼好出息喔。」

就照他說的做吧。嚥下後再強忍住不作嘔。辰哉的手放開後，Natsuo 終於從浴室的折磨中解放出來。上顎和牙縫裡都還黏著精液殘渣，漱了好幾次口也沒法完全弄掉，最後只好用手指去刮了，但刺痛感會一直持續到早上。

感覺就像失了魂的空殼般，默默換好衣服後，開始寫功課。只有這個時候辰哉不會來煩，算是 Natsuo 的一小段休息空檔。然而，一天的功課不到一小時就做完了，過了十點，又非上床不可了。

「喂，睡覺了。」

辰哉從背後喊人。無法違抗。Natsuo 離開書桌，再次關起心房。辰哉已經在隔壁房間那

從來不摺的棉被裡等著了。

這是結束一天的惡魔儀式。

這一句，讓一直壓抑著的情緒漲到了臨界點。

「喂，脫掉。」

「……不要。」

「說什麼？」

「我不要做這種……啊！」

還沒說完就無法呼吸，因為辰哉的手指力道大得像老虎鉗，狠擰 Natsuo 的大腿內側。

「不要做這種事？哼，這種事是什麼事？敢跟老師說看看！」

根本就不敢說。原本就不善於說話，不，其實是因為太丟臉、太委屈、太恐怖了。

「要是敢說出去一句，我就馬上砍人！」

辰哉邊笑邊說，但 Natsuo 徹骨徹髓明白這不會是開玩笑。想逃，但身體被強拉過去，頭被強行按住，Natsuo 呈趴著狀態。

屁股被用力掰開，縫隙張大。

辰哉突然將那東西插入。Natsuo 痛得想大叫，但被一隻大手掌完全摀住口鼻，叫聲聽來含混不清。大概是塗上向來用的那種潤滑液，辰哉的陰莖滑溜地插進狹窄的洞裡。Natsuo 抽身想逃，但屁股被強而有力的大手抓住，逃也逃不了。

「別吸氣，吐氣！」

第一次那個地方被侵犯時，Natsuo 痛得嚇得並羞恥得腦中一片空白。那時候才十歲，根本毫無性知識，更別說是性侵害的知識。但 Natsuo 知道這種事不能讓別人知道。就這樣，這個不可告人的事，最後變成他們兩人之間的祕密。

開始律動。辰哉的性器雖然塗了潤滑油，但並沒有減少劇痛，每次被侵入時仍痛入腦髓，那衝擊宛如腦袋被鐵棒重重一捶。想趕快結束。強烈的拒絕慢慢變成虛弱的哀願。

辰哉的呼吸又變粗重了，但 Natsuo 痛楚得根本無法察覺。努力想要想些學校裡的事、最近快樂的事，但都因為太過劇痛而想不起來。

沒多久就射出來了。也知道是射在身體裡。感覺上像過了一小時、兩小時那麼漫長，其實只有五分鐘而已，但光這樣，Natsuo 就累斃了。辰哉的手一放開 Natsuo 的屁股，就整個人倒在棉被上，那裡的前端還滴著一絲絲精液。兩人的體液濡濕了棉被，但每次就這麼放著不管，因此棉被已經滲進噁心的臭味，隨時都散發著異臭。辰哉似乎不在意，但對 Natsuo 來說，那是直接令人感到恥辱和痛苦的惡臭。用手去摸還痛著的地方，結果沾上混著辰哉體液的自己的血。好像又流血了。

完事之後，辰哉一副了無興趣地鑽進鋪在旁邊的棉被裡。到此，Natsuo 的一天總算結束了。

自從母親離家出走後，這樣的生活日復一日。能躲過這種折磨的，只有在辰哉喝得爛醉而先睡死的時候，但他最近喝得比較少，因此完全沒有僥倖的一天。

這個家，是一間有餐桌的牢獄。
緊張、恐怖、恥辱的連續。
不能逃開，也無法指控。
不過，十一歲的小孩也有求生本能。「恥辱和痛苦還好，恐怖不能不克服！」本能發出了警告。背對父親，像要保護身體般蜷縮起來度過了幾個晚上後，求生本能就慢慢找出答案了。
要克服恐怖——只要自己變得更恐怖就行了。

3　十二月九日

一如預期，那些通風報信，有一半只要訊問被指控的對象，就可以排除可能性了，因為大部分人都有不在場證明，當中那些繭居族，也都有家人證明他們根本沒踏出家門一步。況且，老把自己關在家裡足不出戶才叫做繭居族，如果犯罪時又會跑出去，就不能這麼叫了。
即便如此，對象超過兩千人，等於每一名搜查員要負責一百五十件。而一天最多就是處理八件，因此進展並不順利。
就在古手川忙著過濾這些通風報信時，渡瀨叫住他。
「列出優先順序。我們手上的虞犯者名單應該有些和那些通報資料重複，先從這種情報查

起。」

的確，這樣子的可能性比較高吧。

「篩選的條件有兩個，過去曾犯下性犯罪或者殺傷事件，目前被釋放或者正在假釋中的人。然後是住在飯能市的人。從這兩起命案看來，凶手應該是熟悉飯能市地理環境的人。符合這兩個條件的共有七件，一個搜查員負責一件，那麼，你負責這件。」

渡瀨拿過來的A4紙張裡，記錄著這個對象的人物側寫和前科，還有病歷以及觀護人的概要。

當真勝雄，十八歲。四年前監禁住在附近的幼女，施加暴力後絞殺。被之後到達現場的搜查員以現行犯逮捕而告偵查終結，但依據起訴前鑑定，被診斷罹患肯納症候群，於是獲得不起訴，改處以強制就醫收容。三年後，主治醫師判斷無復發的可能性，家庭裁判所便裁決進行保護觀察——。

「肯納症候群？」

「自閉症的一種。自閉症有很多種，智商障礙，也就是IQ在七十以下的，就稱為肯納症候群。有的也會出現語言障礙，應該可以說是典型的自閉症吧，它的別名是低功能自閉症。有意思的是，跟正常人相比，他們罹患精神分裂症的比率非常低。」

「但是，命案當時他是十四歲吧？按理說，送進少年院後，他應該比正常人待得更久一點才對，怎麼三年就出來了……。而且照御前崎教授的說法，這種人恢復後也不會完全痊癒不是

嗎？那不等於放一顆定時炸彈在路上趴趴走？」

「這跟少年法也有關係，因為在修法以前，十四歲到十六歲的少年就算有刑事責任，也不會被判刑。但已經實施新法了你知道嗎？一個叫做『心神喪失者等醫療觀察法』的東西。」

這是最近的熱門話題，因此很難得地古手川也知道。這條法律規定因心神喪失等理由而免除刑罰的人，必須收容至獨立的機構進行治療，目的在於防止他們復發，並積極協助他們回歸社會。

「雖然目的是為了幫助心神喪失者重返社會，實際上卻可能往相反的方向走。照理說，獲判不起訴或無罪的心神喪失者，當他們被強制收容到指定住院醫療機構後，只要被診斷為無復發之虞，就可以離開收容機構了，但，就像你說的，這個判斷其實非常困難。而且，被診斷可以回歸社會而放出來後，要是又犯下重大命案，下這個判斷的法官和精神科醫師，一定會遭到社會大眾的譴責。而在醫療機構方面，雖然是以三年後讓他們重返社會回目標，但另一方面，為了避免發生出院後復發的情況，有人認為最好的對策就是盡可能不讓他們出院。當真勝雄的情況是在新法實施之前，所以出院比較容易些。很怪吧？為了心神喪失者而設的法律，結果反倒變成阻擋他們重返社會了。」

真是想也想不通。古手川繼續瀏覽手上的資料。

負責觀護人，有働小百合，三十五歲——。

「先去找觀護人談談吧。最常和受管束人接觸並掌握他們生活情形的，就是觀護人了，向

觀護人詢問比較快，也比較可信。」

「了解。」

記下觀護人有動小百合的地址後，古手川就將資料還給渡瀨。

此時，眼尖的渡瀨注意到古手川的右手掌。

「怎麼了，那兩道傷？」

「啊……舊傷啦。」

「只有一道傷痕的話，皮膚很快就癒合了，但傷痕有兩道的話，就算止血後皮膚也沒那麼容易復元。從前的不良少女常這麼幹，就是為了在女生的臉上留下一輩子的傷痕。你也跟這種人打情罵俏嗎？」

「我才沒那艷福呢。」

古手川笑著唬弄過去，但，沒那艷福是真的。

有動小百合住在飯能市佐合町，就在指宿仙吉所住的鎌谷町隔壁。這一帶有很多新興住宅地，成排的住宅面積都是五十坪左右，屬於小而美型，各戶的庭院也都布置得華麗熱鬧。由於離郊外的大型商店有段距離，因此這一帶的商店街生氣勃勃，行人也很多，不時傳出放學途中小學生們的尖叫聲。這幾天老是看著死氣沉沉的街道，此刻古手川總算有了鬆口氣的感覺。

有動小百合的個人資料中，首先令人感興趣的是三十五歲這個年齡。在古手川的觀念裡，

觀護人是個從工作退下來的年長者的工作，三十五歲實在太年輕了。

觀護人多為年長者這個成見，並非古手川才有，事實上，觀護人的平均年齡為六十三歲，因此被說全是老年人也沒錯。其實觀護人並沒有特別的年齡限制，有的只是上限人數，以及在地方上具名望且時間能夠配合這個條件而已。但符合這個條件的人當中，畢竟還是前地方議員、宗教人士，或者有公務員經驗的人才比較容易被推薦，這麼一來就都是老年人了，所以觀護人會整個高齡化也是理所當然的。

因此，法務省自二〇〇四年起，決定不再聘用七十六歲以上的人，於是出現大量的卸任者，結果才有機會任用像有働小百合這樣比較年輕的觀護人。

這麼說來，有働小百合這位女性雖然才三十五歲，卻是地方上的名望之士。她究竟具有哪方面的名望呢？

一找到有働家，古手川滿懷興趣地注視那塊門牌。

有働小百合鋼琴教室。

或許是缺乏想像力，觀護人和鋼琴教師這兩種身分實在很難聯想在一起。反正已經先告知要來訪問了，待看見本人，應該就能解開心中的疑問吧。

按了三次門鈴後，傳出很有朝氣的一聲「來了」，不一會兒門打開，出現的是一名個子嬌小的女性。

「我之前電話連絡過了，我是埼玉縣警古手川。」

「啊，你好，我是有慟小百合。」

說著，臉上浮現燦爛的笑容。臉蛋雖然有點圓圓的，但五官很立體，與其說美，應該歸入可愛型。

這個女人怎會笑得這麼快樂呢——。古手川看那笑容看得恍惚了，待回過神來，發現小百合也正看著這邊，一臉好奇似地。

「呃……哪裡不對嗎？」

「啊，對不起。我只是覺得你好年輕，剛剛從電話上聽起來，以為是年紀大的人。」

「呃……抱歉，突然跑來。剛剛跟你提過的，關於你照顧的那個當真勝雄……」

「你來得正好，勝雄人剛好在這裡。」

「咦？」

「還是直接跟他見面最好，請進。」

「不不，我是準備之後再問他相關事情的。」

「話說『今天能做的事就不要拖到明天』，聽過嗎？而且勝雄也有工作，既然他人在這裡，還是趁現在見他比較好吧。」

站在門口猶豫不決的古手川，被小百合半強迫地拉進家裡了。家中整理得井然有序，很予人安定感。天花板雖不高，但陽光從四方八方照進來，空間感覺很寬敞開放。牆上的粉彩畫也搭配得宜。隱隱約約讓鼻子發癢的香味，應該是香草系的吧。

「啊，我得先說，我這個人很粗魯，對年紀小的人實在沒辦法用敬語⑩，也許你聽起來會覺得刺耳，請見諒啊。」

「不會，我的上司比你粗魯一百倍一千倍……你在教鋼琴是嗎？」

「是啊。很特別吧？鋼琴老師當觀護人。」

「你該不會正在工作吧？」

「不是，是正在治療，病人就是勝雄。」

「正在治療？」

「鋼琴治療。你應該知道他有自閉症吧，雖然出院了，但不算是完全痊癒，所以必須接受治療。我被選為他的觀護人，其中一個理由就是這個治療方法。」

沿著走廊前進，盡頭有一個房間。一看門把，感覺門禁森嚴，不太搭調。

「這裡是練習室，這道門有隔音功能所以很厚，門把也很厚重。」

小百合壓下門把，門就開了。但光這個動作就很費力吧。打開時發出鈍重的聲音，原來門的厚度約莫有具耐火功能的金庫那麼厚，更令人驚訝的是裡面還有一道門。

「兩道門……」

⑩敬語：日語中用於表達敬意的詞語，用來表示說話者、說話對象、話中人物之間的社會階級、親疏等關係。

「因為鋼琴聲很吵啊，不這樣，鄰居會抱怨呢。」

再次用力打開第二道門。

映入眼簾的情景叫古手川目瞪口呆了。空間之大，從房子的外觀和室內的樣子根本無法想像。

大概有三十塊榻榻米那麼大吧。約呈正方形的房間裡，地面鋪的是褐色的木質地板，牆壁貼著膚色壁紙，中間放置兩架大鋼琴。特別的是完全沒有窗戶。天花板高得驚人，比剛剛過來的走廊還要高得多，目測應該有兩層樓高吧。古手川立刻想像這間房子的整體構圖，但不管怎麼畫，這個房間就是畫不進這間房子裡，硬要塞進去的話，一樓的居住空間以及二樓其他房間的面積都會大受影響。

完全沒有吊燈也是天花板顯得更高的原因。照明設備就只有嵌進天花板的嵌燈，以及設在牆壁上方的聚光燈，但大致數一下也才二十幾個。全部燈光打在兩架鋼琴上的光景，說是小劇場的舞台也不為過。還鄭重其事地在鋼琴周圍放了十張左右的椅子，角落還有一把大提琴放在專用推車上。古手川大學時代和朋友組過樂團，因此對這種專用推車很眼熟，它的外觀就像居家賣場的L型購物推車一樣，專門用來拖行貝斯吉他或大提琴等大型的管弦樂器。

一架鋼琴前面坐著一名青年。

「我來介紹囉，這是我的學生，當真勝雄。當真，這位是古手川先生，我的新朋友。」

「新朋友……」

當真勝雄慢慢看向古手川。他的體型有些肥胖，臉上也有贅肉，從下往上看的眼神顯得很不安。古手川認為這是自閉症患者特有的眼神，但這是因為他事先知道的關係，對毫不知情的人來說，或許只會單純覺得這名青年很膽小。

忽然回頭一看，發現門的正上方掛著一個四方形的箱子。

「那個箱子是？」

「啊，那是配電盤。」

「配電盤不是應該設在更衣室之類別人看不見的地方嗎？」

「這個房子啊，夏天和冬天只要一用空調就會立刻斷電呢，因為光這一間就夠耗電了。其實應該請水電來重做配電工程才對，但一開始沒想這麼仔細，現在已經來不及了，沒辦法只好在這裡裝上配電盤，要是斷電就能馬上恢復電力了。」

換句話說，這個房間比家裡其他地方都還重要，因為這是一間超乎規格的房間。

「古手川先生說他想看看練習的樣子，可以嗎？可以啦！」

小百合將身體彎到勝雄的眼睛高度，慫恿他同意。勝雄慌慌張張地點頭。小百合那明快地強人所難的作風，似乎是不分對象的。

小百合在對面那架鋼琴前坐下，和勝雄交換眼神後，就把手指放在鍵盤上。她的手指關節粗大隆起，與纖瘦的身材很不搭。古手川覺得不可思議，難道彈鋼琴的手指修長柔美不過是個刻板印象？雖然對古典音樂和鋼琴曲不熟，但古手川從音樂雜誌或哪裡得知有些曲子是兩部鋼

琴合奏的。現在他們兩人要彈的，就是這種曲子吧。

由小百合開始。節奏強勁的打鍵。或許是房間構造的關係，每一個音都帶著殘響，清晰地打進耳中。

古手川立即被一種奇異的感覺捉住。這段音樂的音珠明確，旋律輕快，但有點單調，似乎是初學者的練習曲，卻是第一次聽到。

不久，勝雄戰戰兢兢地加入。他彈的是伴奏和弦，應該緊跟著小百合的琴音才對，但跳出來的音幾乎都跑掉了，不，根本毫無旋律可言，即便是即興演奏也太瞎了，而且打鍵不像即興爵士那般有力，而是虛弱的、無一定方向的，聽起來就像雜音一樣。

於是小百合立刻壓低琴音，低而緩地進行變調，似在配合勝雄，這下旋律終於可以勉強撐下去了。

不一會兒，勝雄的琴音出其不意地猛然飆出，像是情緒突然爆發般，於是小百合趕緊以相同的音階跟上。兩道琴音看起來相依相偎卻從未合而為一，但又一起在五聲音階內來回奔馳。時而分離時而接近的兩道不協和音。這種演奏方式應該稱不上兩人協奏，而是技巧懸殊的兩人即興合奏——。並且，這不是為了聽眾演奏，而是兩人之間的琴音對話。

勝雄的表情出現變化。剛開始那惴惴不安的神情已經消失，轉而全神貫注於一個一個琴鍵、一個一個琴音而雙頰潮紅，宛如一名即將衝向終點的馬拉松跑者。

大概已經在心中衝刺得第一了吧，勝雄的打鍵突然有氣無力，然後說停就停了，於是小百

合也跟著把手移開鍵盤。

想拍手，但小百合搖頭制止。

「這不是演奏會而是治療，所以不必拍手喔。」

治療結束後，勝雄氣喘吁吁。雖未浮上笑容，但眼底泛著滿足的光彩，彷彿終於完成心願了。原來如此，所謂治療就是像這樣，接觸鍵盤之前和之後的模樣完全變了，而且是變好了。

「那今天就到這裡吧。勝雄，你下次放假是什麼時候？」

「星、星期二。」

第一次聽見勝雄的聲音，可能太興奮了吧，聽起來尖尖的。

「喔，那麼下個星期二見囉，下個星期二同樣的時間。」

勝雄離開座位，笨拙地低頭一鞠躬後走出房間。原本就不高了，加上駝著背走，顯得個子更小。

「勝雄他在做什麼工作呢？」

「隔壁的鎌谷町有個叫澤井的牙醫，風評還不錯，他在那裡打雜。」

「打雜……是指醫療事務之類的工作嗎？」

「怎麼可能，就是搬些器具、處理醫療廢棄物之類的雜事。啊，不過呢，這不代表他只能打雜喔，勝雄可是具有你意想不到的才能呢，他的記憶力超強的。」

「記憶力？」

「超過一百個的人名啦、十位數的數字啦，一般人大概記不起來的，他都能記住喔，這好像是自閉症患者都有的能力。」

此時，古手川注意到兩人的說話聲音帶著殘響。殘響並非由兩個平行相對的牆壁之間發出的所謂顫動回聲，而是在寬敞的大廳裡，聲音自四面八方反射出來的迴音效果。也因為如此，聲像會變得朦朧不清而無法確定聲源。

「有働小姐，這個房間……」

「房間？啊，殘響嗎？是這個啦，這個。」

小百合敲敲背後的牆壁。

「四面牆和天花板，還有地板也是，都做了隔音和調音設計。叫做多孔質金屬材料吧？是一種以特別技術製作的調音護壁板，能夠產生和小型演奏廳同樣的殘響效果喔。殘響也是鋼琴音的一部分，可以透過調整它的長度來製造餘韻，所以演奏場所就非常重要了，在教會或是演奏廳或是小閣樓，演奏方式都不一樣，這就是名鋼琴家被說成都是在箱子裡演奏的原因了。來這裡學琴的學生將來都要在演奏廳演奏，所以必須在這裡呈現和演奏廳相同的條件，否則正式演出時說不定調子就亂了。」

「發出的聲音好大喔，而且是兩架鋼琴，但聲音都不會跑出去嗎？」

「啊，你放心，完全沒問題的。看得出來吧？這個房間一個窗戶也沒有，還有兩道門，牆壁、天花板和地板都鋪了隔音建材，換氣孔也是雙重構造。施工業者說，這裡的隔音性能是負

六五分貝，就算是大象大聲吼叫，外面連一絲絲聲音也聽不到呢。」

「好酷的房間啊，你先生還真大方，讓你這麼做。」

「啊，這個你也別擔心，我老公啊，兩年前外遇跑了。」

「啊，對、對不起。」

「沒關係。也是因為這樣我才做了這個房間。可是呢，這裡原本只是一間普通的房間，所以改裝費很可怕的！夯不啷噹就花了我一間房子的錢了。」

「一、一間房子?!」

「三千萬！我的貸款餘額還是這麼多呢，要是這樣還不能增加學生的話，可該怎麼辦啊？」

說著說著，小百合爽朗地笑出來，於是，古手川也跟著笑了。

「話說回來，剛剛的演奏，不，剛剛的治療，我還是第一次看到。這是有働小姐你獨創的治療方法嗎？」

「怎麼可能，才不是呢。這個叫做音樂治療，是由保羅．諾朵夫這位音樂家所推廣的方法。」

小百合接下來的說明中，由於出現太多古手川第一次聽到的音樂術語，因此他無法完全理解。簡單來說是這個樣子的。

有一個研究領域稱為生物音樂學，發源地為瑞典。根據它的基本概念，理解音樂這個行

為，其實就是將聲音訊息理解成某些記號性的組成；因此，要完成這個行為，就必須具備能分辨複雜聲音的耳朵，以及能夠處理這些訊息的大腦。

那麼，這個原理可以應用在自閉症治療上吧——？音樂治療就是從這個發想設計出來的。它以完全五度音程的即興音樂來引導小朋友表現出細微的情感，然後將這些情感訊息以樂音展露出來，藉此與他們一起建構他們的情感世界。音樂有相當大的程度依附於文化上，不論何種音樂，都是由某種人在某種狀況下產生的，因此，都是用即興音樂來進行音樂治療。

「全音階和三和弦，換句話說，Do Re Mi 和 Do Mi So 是西洋音樂重要的發明，很能微妙地表現出各式各樣的情感，現今的音樂有九成都是用這個做出來的。相對地，五聲音階的表現內容就比較簡單而能給人安心的感覺，但就是因為簡單，更必須用音樂技巧來把情感的動力表現出來才行。就像你剛剛看到的，我必須配合病人的情感表現來伴奏，讓病人更容易抒發情緒來，光這樣就很難了耶，這個即興演奏。」

盤著腿講解的小百合，果然是個鋼琴老師，但其實更有女醫師的架勢。

「可以這麼說嗎？就是用音樂的力量來打破心裡的障礙？」

「對對對！很厲害呢，古手川先生，你解釋得真好。」

「沒有啦，但我真的很佩服你，能說效果立現嗎？他的表情起很大變化呢，這點我很意外，因為就在幾天前，有個厲害的老師斬釘截鐵說，精神病患可以恢復但不能痊癒，所以我特別覺得新鮮。」

「可以恢復但不能痊癒?咦，好悲觀的想法喔，那麼，我的治療不就只是治標不治本的對症療法而已囉?那位厲害的老師是誰啊?」

「城北大學的御前崎教授。」

「啊，御前崎老師!這樣我就懂了。我說啊，古手川先生，那不是老師的真心話啦，他是學者嘛，越是知識豐富的人就越不會斷定地說什麼。你看，事情不都這樣嗎?一直一直探究下去，就會發現探究不完而變得更謙虛，那位老師尤其這樣呢。」

「……你知道那位老師?」

「嗯，可以算是勝雄的恩師吧，他是勝雄原本的主治醫師。」

「主治醫師?」

「是的，他是勝雄在醫療少年院時治療小組的負責人，也像是半個勝雄的爸爸了，而且他也是我的恩師呢。唉，那我就不瞞你說了，我從前也是個不良少女。我被捕後進了府中的少年院。正當我因為進少年院而自暴自棄時，遇見了老師。他是我生命中的貴人，除了輔導我，還教我彈鋼琴。該怎麼形容當時的感動呢?就像是黑暗中突然射進一道光?反正是這樣的心情。從此以後，我就整個人投入彈琴，每一天每一天都在彈，出來以後還繼續彈。然後進了音大，比賽得獎，別人都知道我了……雖然我不是一個能開演奏會的鋼琴家，但像這樣靠音樂吃飯是沒問題的。這都是御前崎老師的功勞。我現在都還常去找他呢，他對我來說也像爸爸一樣。順便跟你說，推薦我進觀護所的也是老師，指名要我當勝雄的觀護人的也是老師，某個意義上，

我和勝雄就像姊弟一樣。」

的確，從少年院磨出來，又有精神醫學權威這樣的人物推薦，觀護人遴選會不可能不買賬吧。這麼說來，有慟小百合被聘為觀護人並非基於她本身的名望，而是拜御前崎教授的名望之賜。這下古手川的疑問終於解決了。

但，還有一個疑問。

「那麼，勝雄和他的家人一起住嗎？」

「沒有，他的親人自從他的事件爆發出來後，就不知去向了，在少年院期間好像也沒來看過他，現在他一個人住在澤井牙科的宿舍裡。」

「有慟小姐，最近，新聞鬧很大那個飯能市的連續凶殺案……」

此話一出，小百合立即變臉。

「等等，你該不會認為勝雄是那個青蛙男吧？」

「青蛙男」這個名字從小百合口中說出來，讓古手川嚇了一跳。顯然這個專有名詞已經膾炙人口到三姑六婆都朗朗上口了。

柳眉倒豎的小百合宛如一隻護子心切的母貓。而平時從不反省自己過失的古手川，此刻也為自己的嘴笨大感後悔。要是渡瀨，問法就會高明多了吧。

「不，不是的，我絕不是認定他啦，只是形式上問一下而已。」

「形式上問一下也很奇怪啊，被殺的那兩個人和勝雄又有什麼關係？一個是二十多歲的上

班族，另一個是七十歲的老爺爺不是嗎？勝雄每天不是在醫院就是在宿舍，而且非常不善於和別人打交道，他和他們之間哪會有什麼接觸！」

「唉喲，所以說，我並不是特別懷疑他……呃，是還沒懷疑他，不不，是連證人都還不是……是這樣的，自從發生那件命案後，向本部提供的情報就超過兩千件了，但就算多麼不可信的情報，我們也不能漏掉任何一個。」

「這麼說，是有人向你們通報可能是勝雄囉？」

果然這個問題不回答不行了。

「這個嘛……這也是沒辦法的事啊，我覺得通報的人可能出於惡意。再說，罹患精神障礙又有前科的話，總是會被人以有色眼光看待的。」

這麼一說，小百合那倒豎成V字形的雙眉才鬆了下來。

「他們一定自認是善良的市民才通報的，所以特別麻煩呢。往往本人越是自認出於善意，結果就越叫人吃不消。世界上最難處理的糾紛不是出於惡意，而是雙方都出於善意卻彼此爭執不下。你不覺得嗎？」

好像在哪聽過類似的話——？搜尋記憶中那份似曾相似的感覺，終於想起來了。

「我老闆也說過類似的話。」

「喔，他肯定是個深思熟慮的人吧。」

與其說深思熟慮，不如說是狡猾。

「可以請你諒解嗎？」

「好吧，雖然挺討厭的。」

「上個月二十七號和這個月四號的某個時段，勝雄可以證明自己人在宿舍嗎？」

「他的個性那樣，所以下了班不會跟誰在一起，都是關在自己房間裡的。而且，說是宿舍，好像也沒有管理員可以證明他人在不在那裡……」

說的也是。一個人住的話，能提出深夜不在場證明的根本不多吧。不過，古手川並不灰心，雖然無法進一步確認犯人，但所幸認識有慟小百合這個女人了。

向小百合道謝離開時，突然聽見「別這樣！」的大叫聲。往聲音方向一看，就在門口幾公尺處，有四名男子正在推來擠去。

不，再看仔細，不是在推來擠去，而是三人圍住中間一人，被圍住的那個少年雙手護住頭部蹲下，另三個人邊笑邊用腳踢他。

該輪到可怕的警察上場了。

「喂，住手，你們這些小王八蛋！」

就在打得正高興時傳來粗野的喊聲，三個人剎時嚇得身體縮成一團，然後慢慢看向這邊，於是古手川做出更嚇人的表情。

「我不知道你們為了什麼事打架，但兩個打一個就不對了，更何況是三個打一個。」

伸出兩手把他們三人推開。抱著頭的那名少年還蹲在地上。該不會被誰踢中要害了吧？古手川不放心，拉他起來後也不管他虛弱的抵抗，就一把掀起他的上衣。

少年羞恥地別過臉去。

腰部有一大塊瘀斑。左看右看都不像是新傷，應該是很久以前就不斷不斷受傷，經過數個月才形成的，而且顯然故意只打衣服遮住的部位。

古手川內心深處的自制力失控了。

「喂！」大叫的同時，兩手抓起三個人的脖子。

「你們幹的嗎？這麼多人聯手打一個沒反抗能力的人，怎樣？敲詐到後來就霸凌嗎？是嗎？回答啊，是不是你們幹的？」

把臉湊近他們鼻尖數公分處，用震破鼓膜的聲音大喊大叫。三人蒼白著臉一個勁地搖頭。

「報上你們的名字來，也報上爸媽的名字來。基於禮貌，我先說我的名字，我是埼玉縣警古手川。當然，我會通報學校，也會把你們的爸媽找來。可不是到學校喔，現在的小鬼都不怕學校了，就叫他們直接到埼玉縣警本部的生活安全課來。這孩子腰部的瘀青就是證據，用簡易判決就可以把你們三個送進少年院了。知道嗎？少年院？那裡可沒有一個人像你們這樣，被養得兩頰胖嘟嘟傻傻不懂事。只要未滿二十歲犯下恐嚇、傷害、吸毒和殺人這些事，就要送去那裡和那些流氓關在一起。怎樣，嚇死你們吧？」

三人馬上一臉刷白，抽搐似地開始哭泣。

「幹嘛在人家家門前嚇小孩！」

猛一回頭，見小百合正雙手插腰、雙腳張開站在玄關前。回過神來手一鬆，不知不覺被吊起來的三人就這麼跌倒，然後一把鼻涕一把眼淚地爬走了。

慘了——。古手川盯著自己的手。有兩道舊傷的右手掌簡直像是別人的。

「一點都不像個大人，怎麼可以隨隨便便就用縣警的生活安全課、少年院來威脅小學生，要是被他們的爸媽投訴，看你怎麼辦？」

「我威脅得這麼徹底，他們才不敢跟別人說，如果我只是隨便嚇唬一下，他們就會跟爸媽說了。那種小鬼，就讓他們一邊發抖一邊抱緊枕頭睡吧！喂，小子，還好吧？」

少年改看向這邊。總覺得那張臉顯得孤苦無依而不保護不行。雖然沒哭，但拼命忍住似地嘴唇緊閉成一條線。眼睛細長，睫毛也很長，看起來像個女孩子，但也和嘴唇一樣，正拼命忍住就要爆發的情緒。

「每天都被欺負嗎？」

少年沒回答。

「我教你擊退那些傢伙的方法。一擊，一擊就夠了。用盡全身力氣往鼻尖賞他們一擊直拳，這樣他們就不敢再靠近你了。會欺負人的傢伙就跟野狗一樣，你越逃他們就越追，但你跟他們對峙看看，說不定多少會受點傷，但最後他們一定是夾著尾巴跑了。」

「但那樣不會打出鼻血來嗎？」

「那沒關係啦！鼻血這種，是因為血管脆弱容易破，所以看起來像大出血，其實不是什麼大不了的傷，但受傷的人可是會嚇得臉色發白哭出來呢。」

「喂，這位暴力刑警先生，那孩子的手是用來彈鋼琴的，可不是用來打朋友的鼻梁，請別教壞我小孩好嗎？」

「你、你小孩？」

「喂，看到人還不打招呼？」

「你好，我是有働真人。」

真人點了一下頭，就擠過小百合身邊進家裡去了。

明明剛才目睹兒子被霸凌了，小百合卻只看著他的背影，並沒有要追上去的樣子。

「這樣行嗎？你兒子。」

「什麼？」

「剛剛那根本就是霸凌，而且他腰部有一大塊瘀青，你知道嗎？」

「知道啊。三年級換班級以後，他最好的朋友跟他不同班，從此他就變成被欺負的對象了。這種事如果是一般的爸媽，一定是氣急敗壞去找對方的爸媽或是導師算賬吧，但是，地方的觀護人如果為兒子的事去找對方算賬，對方會認為是在威脅他們吧，而且我可能被說成是在仗勢欺人，這種狀況下，反擊的力道不會衝著我來而是衝著真人，再說……」

「再說？」

「剛剛你說的那個野狗比喻很正確啊。如果自己都不起來對抗，就會永遠被霸凌追著跑，就算換了地方，還是會成為另一批野狗的目標。」

「……你都不管嗎？」

「我會關心他、照顧他，但不會帶頭去對抗。這不像媽媽說的話，比較像是觀護人說的吧？」

「對我來說，這實在太……」

「有句話說『善意之道通往地獄』，聽過嗎？如果真心為了那個人著想，可以建議他，但不要直接出手幫他。這點，觀護人和媽媽的立場應該是一樣的。」

「觀護人和媽媽的立場是一樣的嗎？」

「在很多方面都一樣啊。會為了糾正孩子的個性而著急、會在意他的工作環境、會擔心他和朋友處得好不好……。就算是別人的孩子，也必須當自己的孩子看，否則無法從事這個工作呢。而對方如果不把觀護人當成家人的話，要在觀護人的協助下重返社會根本不可能。」

或許是吧。古手川同意。在圍牆裡時間是靜止的，即便四季更迭，他們也被隔絕於世間的光陰流轉之外。因此他們假釋或出院後，恐怕只能滿懷浦島太郎⑪的心情，而且，被放到外界後，已經沒有家人可以去迎接困惑的浦島太郎了。正因為如此，他們需要有人去當他們的家人。

「不過呢，讓我從觀護人的立場來說的話，的確有時候需要直接出手幫忙，但那個人不是真人，而是古手川先生你。」

「咦？」

「我剛剛看到你對待那些小孩的方式，明顯太過分、太反常了，根本不是大人教訓小孩的樣子。那時我如果沒有出聲阻止的話，你大概就出手打人了吧？」

無法否定。古手川覺得自己像是小孩被大人質問為何惡作劇般難受。堂堂一個二十多歲的大人被一個才比自己大十歲的主婦當小孩子對待，要是被渡瀨看到，他會如何感嘆啊。

辦案最忌諱私情，面對壞事，絕不可表露出個人情感——這是自我要求，但總有辦不到的例外，那就是霸凌，尤其是親眼見到霸凌時，根本控制不住。

「看來你需要鎮靜劑呢，請再進來，我開最好的藥給你。」

「不要，我才不需要什麼鎮靜劑。」

「剛剛你聽到什麼了？我的處方箋是五線譜，我開的藥不是吃的，是用聽的。」

一說，小百合又搭著古手川的手，拉他進家裡了。

愈是想遺忘的記憶，愈是不容易抹去。

這是十歲時的事。凡事都抱著嘲諷態度的古手川，當時只不過是個敏感的少年罷了。電視

---

⑪ 浦島太郎（うらしまたろう）：是一個日本民間故事中的人物，敘述丹後國的漁夫浦島太郎放生了一隻萬年的海龜。幾天之後，一位衣著高貴的女子乘船來迎接浦島太郎到華麗的龍宮城，說是為了報恩。兩人一起生活3年之後，浦島太郎再回到當初居住的海濱，卻傷心地發現村子已經不見，也找不到自己的家，只留下父母的墳墓。

上經常播出平成後重拍的特攝英雄影片，點燃了小朋友天真的正義感，而且，他們會在腦海中和惡勢力戰鬥，維持世界和平。

然而，現實又是如何呢？

那個孩子名叫順一郎，個性怯生內向，和古手川從一年級開始就一直同班，家又住得近，兩人經常一起上下學。

「小和是我最要好的朋友了。」順一郎說過好多次。

到了三年級，順一郎成為被霸凌的目標。沒有明確的理由，就算有，也只能說他被看成是個即使被霸凌也不會反擊的膽小鬼。順一郎被強迫去跑腿買東西、文具被藏起來、褲子在女生面前被脫掉，被勒索、被打、被踢、被吐口水，最後被威脅偷父母的錢。這時候，古手川在做什麼呢？

什麼都沒做。

無論多麼淒慘，對其他小朋友來說，霸凌是個痛快人心的遊戲，雖然危險，但規則很清楚，報以同情的話，自己也會淪為被霸凌的目標。就這樣，順一郎每天身上受著被鄙視的傷，臉上浮出虛弱的笑，而古手川不接近也不離開，與他保持一定的距離。偶爾，順一郎會投來求救似的目光，古手川卻佯裝不見，因為他不想遭殃，又不想與順一郎切斷關係。如今回想起來，當時的自己根本太過自欺欺人，根本不可能成為心目中憧憬的英雄，只是自己不願承認罷了。旁觀者有時甚至比加害者更卑劣，是個不願正視自己的惡意與懦弱，又無法真正成為壞人的臭孬

種——。這就是當時那個叫古手川和也的少年。

兩人同班升上四年級。順一郎受到的霸凌益發慘烈，體育課換衣服時，古手川瞥見他全身布滿瘀斑和擦傷。他受於脅迫而從父母錢包偷來的錢，已經高達數十萬了。

古手川一直豎耳旁聽，因此知道所有狀況。那天，順一郎被威脅拿出總額達二十萬的現金，而且明天之前不拿出來就要殺掉他。這下當然連平時的微笑也笑不出來了，一早便臉色發青。

到了午休時間，古手川正好在場。順一郎始終低著頭，而且完全沒碰桌上的午餐，不久便下定決心似地站起來。

一隻手放在口袋裡。

古手川似乎也是第一次見到如此悲愴的神情而不由得開口。他覺得這是身為摯友該說的。

「阿順，你沒事吧？」

順一郎突然看向這裡，彷彿首次注意到摯友就站在旁邊。「我說啊。」古手川開口。言辭充滿傲慢，一副這是身為摯友對你的寶貴忠告的神氣。

「忍耐吧，再兩年就畢業了，只要不再和那些傢伙同一個國中就沒事了。」

當時，自己的表情到底長什麼樣子呢？順一郎看自己的眼神，簡直像看到了不可思議的東西。

肯定不會不在同一個國中就沒事，而且也忍耐不下去了，因為已經被逼到了懸崖邊。可

是，最信任的摯友卻彷彿看不出這種情況，光會遠遠旁觀——。他一定這麼想吧。

放在口袋裡的右手猛地拔出，朝古手川的臉頰揮去。

就要一巴掌打來——立刻以右手阻擋。但對方的手掌只是輕輕擦過皮膚而已。

「阿順？」

開口問時，手掌感到一陣刺痛。緊接著旁邊的女生發生驚聲尖叫。刺痛的部位剎時熱起來。打開手心一看，兩道筆直的傷口同時噴血。不禁用另一隻手按住傷口，卻依然血流不止，且沿著手指滴到地上。

眼前的順一郎如雕像般動也不動。垂下的右手，三根手指中間夾著兩片刮鬍刀片。

「過分。」

臉上毫無生氣。被所有人遺棄，了無一絲希望的絕望表情。

「小和最過分了。」

話鋒貫穿胸口。

然後，順一郎擠過古手川身旁衝出教室。

之後的事情已經不大記得了。因為突然昏倒，待恢復意識時，人已經在保健室了。

聽到順一郎從校舍屋頂跳下去的消息，是在回到教室以後。從四樓往下跳，撞到柏油地面，造成頭蓋骨骨折和內臟破裂，還沒送醫就當場死亡了

他手上的刀片是準備對付誰的，永遠不會有答案了，因為他似乎是一時衝動自殺，並沒有

留下遺書之類的東西。

不，老實說，遺書就清清楚楚刻在自己的手掌上。向學校請了三天假，躲在被窩裡發抖著煩悶著。周遭人看到那副害怕到要哭喊出來的樣子，以為是痛失摯友的悲愴而寄予同情，但其實不然。那天，凶器是準備對付誰的已經不重要了，重要的是順一郎將他最後的情緒發洩在自己身上。是這個事實讓古手川悲痛不已。沒什麼悼念亡友的心情，有的只是壓迫全身的罪惡感和恐怖。雖然止血了，但水平劃開的兩道傷口並未癒合，每看一次傷痕，順一郎最後的容顏便活現眼前。報復虛偽的朋友，再沒比這更適合的手段了。

兩個月後，教室終於恢復平穩的氣氛，唯獨古手川與眾不同。除了罪惡感與日俱增，電視上那些英雄的正義感也不斷譴責著自己。偽善、背叛、懦弱——。這些鄙視的形容詞完全可以套在自己身上。

如何才能消除啃蝕內心的膿毒呢？絞盡腦汁的結果，古手川想到的方法是「報復」，他決定把那群霸凌順一郎的同學一個一個叫到校舍角落算賬。當中也有幾次回擊不成反被打得一身傷，但問題不在結果，而在行為本身。想起順一郎的恐怖，始終戰勝被毆打的恐怖，因此，雖然給了十二個男同學苦頭吃，古手川依然鬱鬱寡歡。順一郎的臉龐和聲音未曾自記憶遠去。

不過，報復十二個霸凌者這個行為，竟帶來意料不到的副產物。無視古手川的苦惱，但見他不分張三李四一一單挑的勇猛，在旁人看來是為故友雪恨的俠氣之舉。不久，古手川的拳頭

更揮向了其他班級其他年級的霸凌者。其實這跟行俠仗義無關，而是不一直主動出擊的話，恐怕遭殃的就是自己。於是，不知不覺間流傳出一個綽號——

不良剋星和也。

從背信轉為誠實、從偽善轉為正義，還被封上名號，這一切都讓古手川困惑不解，但名字對人是有影響力的，他下戰帖的對象擴大到人人眼中的壞學生了。原本就體力不錯，加上累積實戰經驗後，古手川變得驍勇善戰。又因為那些專挑弱者霸凌的人本來就沒什麼戰鬥力，於是不良剋星的名號甚至風傳至鄰近學校了。

這種生活一直持續到高中，古手川半是理所當然地夢想將來能戴上警察的帽子。不過，與其說是志願，更像是水到渠成。

小百合雖然說要開鎮靜劑來治療，但古手川根本不信。音樂治療的效果剛剛是見識到了，但自己又沒生病，況且對於音樂的療效，古手川仍是存疑的。他認為能夠聽音樂就治好的苦痛，應該不是真正大不了的苦痛，只能算是疲勞吧。

坐在鋼琴前的小百合既是演奏者也是治療師。聽眾就是自己與坐在旁邊的真人而已，但還是有些緊張。

「要不要點歌？」

「呃……沒什麼特別想要的，我對這方面的音樂不太熟。」

「那太好了，沒有免疫力也沒有耐受性，效果會更好喔。」

「要不要像剛剛那樣即興演奏？」

「你又不是自閉症患者，還是彈現成的曲子比較親切……沒錯，因為你不是情感表現不足，所以，與其彈野性的斯特拉文斯基，說不定屬於浪漫派的貝多芬或者瓦格納這類濃厚的旋律還比較適合。那麼，就彈鋼琴奏鳴曲第八號。」

一次深呼吸後，倏地射出力道強勁得足以震動整個房間的一音。若說這是第一次如此近距離聆聽大鋼琴的聲音，那麼，這也是第一次僅僅一個音，就如此深深打進胸膛裡。

強音與弱音交錯，一音與一音之間雖有間隙，但前一音猶餘韻繚繞，下一音便又重疊上來。孤獨的情感追至胸口。突然，旋律開始馳騁。彷彿追逐著何物，又好似根本毫無目的，小調音階只是熱情洋溢地一路疾馳。驚愕與哀憐、熱情與冷靜、悲憫與嫌惡，還有愛情與憎惡

——帶著痛楚的激情一邊翻湧一邊撼動著靈魂。

聆聽時，腦海中浮晃出順一郎的最後容顏，以及自己塗滿鮮血的手掌。驚怖吞噬掉悲痛，欺瞞驅逐了真實。可是不久，脆弱的心被凜然的樂音貫穿而跌落深淵，隨著最後一個音的尾聲靜靜躺下。

受到衝擊而一陣愕然中，第二樂章開始了。這段旋律耳熟能詳。熟悉而怡人的旋律令緊張的心情款款融化，一瞬不停謳歌似的音階，令緊繃的神經緩緩鬆弛。明明是如此輕軟溫柔的音聲，卻有著足以與第一音匹敵的強韌，而且緊緊抓住古手川不放。然而，絕無一絲絲令人不悅

的拘束感，而是溫柔得如被母親擁抱般，慈愛得即便未乞求原諒，所有過錯與懦弱也全被寬容了。這是能夠平息憤怒及自我嫌惡的療癒力量——。

第三樂章一轉，以舞步輕快的迴旋曲開始。樂音一邊散播歡樂一邊翩然起舞。從急峻的陡坡奔馳下來，在和緩的斜坡上輕舞，重覆令人眼花撩亂的變調。

然後，跳舞的雙手突然靜止，樂曲唐突地結束。

最後的餘韻悠悠消失後，好半晌，古手川仍然無法動彈。剛剛還抑鬱沉重的心情此刻已飄飄然，全身充滿了好似力氣耗盡卻相當舒服的疲勞感。

音樂具療癒能力這件事，如今不再懷疑了。

「……剛剛這首……這首曲子的名字再跟我說一次。」

「貝多芬的鋼琴奏鳴曲第八號C小調《悲愴》。」

「並不會覺得悲愴啊。」

「作曲者本身是用法語取名為Grande sonate pathétique，意思是悲愴的大奏鳴曲，只不過法語的pathétique是撩撥強烈情感的意思，所以悲愴這個語感有點偏了。」

一看牆上的時鐘，嚇了一跳。從演奏開始已經過二十分鐘了。整個人融入樂曲中時，並未感覺時間的長短，因此對於已經過了這麼久相當意外。這就是音樂的魔力吧。古手川心想。然後，演奏這段樂曲的小百合既是演奏者、治療師，還會施魔法。古手川為掩飾難為情而對旁邊的真人說：

「你媽好厲害喔！」還故作驚訝狀。真人卻若無其事地說：

「嗯，但是我每天都聽，所以……」

一副敗興的表情，而且抬起雙腳搖來搖去。

「有何感想？」小百合問。

「我、太小看、古典樂了。」

「唉呀，那你以為古典樂是什麼呢？」

「我以為就是汽車廣告上的背景音樂……抱歉，真是大開眼界。我已經改變想法了，會趕快去買這首曲子的CD來聽。」

「還滿意嗎？」

「你是說演奏？還是說藥效？」

「應該是說我開處方箋這件事啊，病人先生。」

「那麼的話，這陣子是有來看病的必要。」

「啊？沒效嗎？」

「哪是，是有效到爆！但這下，我好像又得了別的病。」

「你好煩哪。」

說著，小百合帶點奸詐地笑了。

所謂入迷，就是這麼回事嗎？

離開有働家，古手川馬上拔腿前往市內的大型CD專賣店。直接朝向以往過門不入的古典樂區，目標當然是貝多芬。可是一看架上，立時不知所措。以作曲家姓名區分的標籤是以A、B、C字母順序排列。再來，這個大作曲家的首字母是B還是V呢？不，他的全名到底是什麼呢？對貝多芬的印象，古手川腦海中只有裝飾於國中音樂教室那個滿頭蓬髮、邋邋遢遢的肖像畫，而且不過是個沒必要拼他名字或記他全名的歷史上的偉人罷了。

明明CD又不會長腳跑掉，古手川還是慌慌張張叫店員過來。負責古典樂區的，是一個戴著現在很少見的大鏡框眼鏡的年輕女店員。

「我要貝多芬的《悲愴》。」

一告知，這個看起來肯定是打工學生的女店員，馬上指出就在古手川眼前的一排，依然保持營業笑容。但古手川又不知所措了。女店員指的不是其中的一片，而是一整排，換句話說，一整排都是收錄《悲愴》的CD。

想想也是理所當然的，這首曲子是二百年前的古典樂，有多少演奏者就有多少CD不足為奇。然而，古手川一直以為就像搖滾樂或流行音樂一樣，一首歌曲一名演唱者是理所當然的，因此對這種現象感到又驚又奇。

反正，先試聽五張《悲愴》比較看看。出乎意外，每一張聽起來的感覺都不一樣。其中最像有働小百合演奏的是一名叫做弗拉基米爾・阿胥肯納吉的鋼琴家。反正就是打鍵強勁且速度

很快，而最後讓古手川挑中的原因是封套上的照片，嬌小的身材卻有一雙不搭調的大手，讓人聯想到小百合。

拿著收錄《悲愴》的《貝多芬三大鋼琴奏鳴曲》去結賬時，還為只要一千五百圓而小吃了一驚。比起那種沒什麼價值的偶像歌手CD，真是便宜太多了。古手川既覺得賺到，又氣憤自己的寶貝竟然如此廉價，當場便又不知所措了。

4 十二月十日

隔天早上，一如往常戴著 iPod 的耳機走進飯能署大廳時，被人突然從後面拔掉耳機。

「幹嘛？」反射性地回頭，是渡瀨。

渡瀨將耳機放進自己的耳朵，說：

「喔，貝多芬的《熱情》嗎？興趣變啦？」

一聽就知道歌名，已經見怪不怪了。

「我明明戴著耳機，你怎會知道我換聽別的歌曲了？……」

「因為跑出來的聲音不像你平常聽的那樣吵吵鬧鬧的。到底今天吹什麼風啊？」

渡瀨把耳機還過來。敏銳的觀察力真叫人咂舌。昨晚把剛買的CD全存進 iPod 裡了。

「我聽古典樂很怪嗎？」

「人啊，特別是男人這種生物意外地保守。男人因為要上班，被綁著的時間很長，能做喜歡事情的時間不多，所以興趣嗜好都很固定。但是，有時候也會哪天說變就變了。興趣嗜好這東西是個性的一部分，會突然改變可是不得了的，唉呀，通常都是喜歡上哪個女人了。」

說完，渡瀨很快朝樓梯走去。當場僵住的古手川，趕忙回過神來追上去。

「不是啦，是昨天碰面的那個觀護人透過音樂來治療自閉症……」

「喔，所以你也開始鑑賞古典樂了？對工作這麼投入真是太棒了。那，那個調查對象怎樣？有不在場證明嗎？」

「沒有。當真勝雄在牙科診所上班，而且住在宿舍，下班後就一個人關在房間裡，所以不算有不在場證明。」

「住在宿舍？」

「嗯，但沒有管理員。」

「看來也沒什麼好朋友，下班後也不會去燒烤店喝兩杯吧。」

「他還未成年喔。」

「那麼，也不會晚上在路邊拐騙女人囉……。我上次說要查的有七個人，其實昨天有四個人提出不在場證明，所以排除掉了。」

「我覺得當真勝雄看起來不像。」

「看起來不像是怎樣看？凶手平時就長得一副凶手臉嗎？別耍白痴了，如果憑外表就能判斷誰是凶手，那些看面相、看手相的人都可以當刑警了。聽好，要看的話不是看長相，要看動作、看他舉手投足的樣子。」

「舉手投足的樣子？」

「在劇團、在演員訓練班也一樣，教導素人演戲時都不先讓他們做表情，而是先讓他們表演手部動作和走路方式。你知道為什麼嗎？因為表情容易改變，但動作不好控制，動作還會透露出一個人習慣性的職業毛病和心理。所以說，只要做久了，每一種人都有屬於那種人特有的毛病，反過來說，這個毛病和動作一定會透露出藏也藏不住的什麼來，刑警應該看的是這個。」

古手川不由得按住右手掌，另方面也覺得敗興，在這個 DNA 鑑定全盛時期，真有必要像福爾摩斯那樣嗎？

「別擺出那張幹嘛搞得像福爾摩斯一樣的臉。聽好，科學調查對蒐證很有效，但它不能確認證詞的真假，也不能說明犯人到底是個怎樣的人。要看出這些，就要憑刑警的眼睛。你欠缺的就是這種觀察力。這麼說來，感覺上這個人應該不是會用表情來騙人的類型。機會剛好，在還沒排除嫌疑之前，你要好好觀察。」

被上司命令繼續調查，正可以堂而皇之到有働家去，可是，對於是否繼續懷疑當真勝雄，古手川依然猶豫不決。

據說對某地的第一印象，泰半與在那裡遇見的第一個人大有關係。因此，古手川會開始喜歡佐合町，理由一定是這個了。有働小百合和真人，還有當真勝雄，古手川的確對他們都有好感。不過，並非渡瀨稍微嗅到的那種男女關係，而是另有原因。反正是至今未曾經驗過而無法分類的舒適感，但要以一句話形容那究竟是什麼，語彙匱乏的古手川又實在做不到。無論如何，光是聆聽從耳機傳出來的鋼琴聲，就算無法以言語形容，也似乎能憑感覺理解。

電音、節奏、噪音、刮擦聲、饒舌——這些透過刺激人類神經來獲得律動感的現代音樂已然失去許多元素，其中之一便是旋律。而古手川正在聆聽的音樂卻旋律洋溢。它們層次豐富、莊嚴、華麗，而且充滿了愉悅與激情。有這個就不需要酒精了。古手川這麼想。要是自己是個有毒癮的人，應該可以連藥都不必了吧。

運氣好的話，或許今天也能聽到小百合的鋼琴演奏？邊走邊想，就快來到有働家，遠遠見真人和另一名男子站在家門前。書包旁不知為何插了一支紅色風車。再一瞧，真人被那名彪形大漢擋住去路。古手川三步併兩步衝上前。

「怎麼了，真人？」

真人和那名彪形大漢同時回頭。彪形大漢的腳邊還緊跟著一個小男孩，原來是昨天古手川一把抓起來那三人當中的一個。

竟然還敢跟父母告狀。

「你就是古手川？」

遠看是彪形大漢，一近看，豈止體格健壯，根本每一寸肌肉都練得結實無比。即便穿著厚外套，也能看出肌肉發達得簡直像格鬥高手。年齡大約三十五六歲吧。

「我是。那麼你是？」

「我叫市之瀨，是他爸。」看向腳邊的小孩，繼續說：

「昨天我兒子好像承蒙你特別關照了。他回家後一直躲在棉被裡發抖，我才問他怎麼回事。聽說你恐嚇他，說要把他關進少年院？」

「你問到哪裡去了？霸凌明顯就是犯罪。就算我恐嚇好了，阻止他們霸凌是刑警，不，是大人應有的責任不是嗎？還是你認為你的小孩沒有霸凌？你要的話，我讓這孩子把他身上的證據給你看。」

「這我問過了，他說他們有霸凌，但沒有痛打他。」

「看來是雙方的說法有矛盾了。那，你是來抗議的嗎？」

「不是抗議，是直接行動。」市之瀨脫掉外套。「哪能放過恐嚇我兒子的傢伙。」

古手川的腦中響起警報。

「第一次遇見想用拳頭向警察討公道的人啊。」

「不是向警察，是向你個人。」

「你要包庇你兒子霸凌？」

「我沒打算包庇。我也同意霸凌就是犯罪，但那是他們小孩之間要去解決的問題，不是我

們大人該插手的。」

「既然這樣，你這是幹嘛？」

「因為我兒子被恐嚇得睡不著。再說，報仇是老爸的責任。本來我想如果你願意當場雙手伏地道歉，我就放你一馬。」

「……蛤？大人還說那種孩子氣的話。」

「我平常就教他，如果一再吵個不停都沒法解決時，最後一招就是打一架。所以我這個老爸這時候再不出手，從前說的都變唬爛了。」

「市之瀨先生，你是做什麼的？」

「跟你一樣是公務員。我是自衛官。既然我們都是幹這行的，我看我們最好都把職銜拿掉，就用家長身分來算這筆賬吧。」

一聽是自衛官，便能理解為何身體練得那麼強壯了。腦中的警報這下響得更急了。雖然警察平時也被要求練身體，但自衛官的練法有過之而無不及，說鍛鍊體魄就是他們的日常業務，一點都不為過。

遲疑了一下，發現真人正拉著自己的褲子。

「算了啦，古手川先生……」

笑得很軟弱，但眼神中切實傳達著什麼。

一驚。

現在的真人剛好和當時的順一郎同年。那軟弱的笑容重疊上當年順一郎的苦笑。

——怎麼可能算了。

你越是逃，野狗就越是追過來。就算有受傷的覺悟，也要站起來跟他們拼了——說這種大話的人不就是自己嗎？現在就跟對方道歉說「身為警察，我這麼做確實太超過了」，然後掉頭離開是很容易沒錯，但，如果就這麼道歉開溜，今後拿什麼臉見真人呢？現在就是順一郎借真人的眼睛在向我求救啊。

原該忘掉的那個幼稚的正義感又抬頭了。

警報突然停了。

還沒拿定主意之前，手已經自動將外套脫了。寒風吹拂僅著一件襯衫的肌膚，不可思議地，卻毫無寒意。

如此一對照便一目了然，雙方體格懸殊，這場架還真難打。不過，或許自己能靠靈敏取勝？——這個期待閃過腦海。當年那個就算對手再強也不計一切勇敢拼上去的自己甦醒了。沒想到居然會在這種情況下和「不良剋星」重逢，古手川不由得苦笑。

「有什麼好笑？」

「沒想到我到了這年紀還會跟人單挑。」

和市之瀨行了一下注目禮。這是信號。古手川低頭衝上去。

回過神時，人已經躺在有働家的沙發上了。腰部和臉部、每個關節都在喊痛。微微張開眼

睛，見真人一臉擔憂地俯視自己。

「古手川先生……你沒事吧？」

被這麼問，不回答「沒事」就不是男子漢了。

「對不起……」

聲音就快聽不見了。連忙用話蓋上去。

「你沒必要道歉，是我太意氣用事了。而且我沒輸吧。」

「咦？」

「我打了他好幾拳，所以雖然沒贏，也不算輸吧。」

「你在說什麼，又不是小孩子，逞什麼強啊。」這次換瞄到小百合的臉。「真是的，男人到幾歲都像個小孩。」

「沒想到給你添麻煩……太丟臉了。」

「你也是為了我們家真人吧？……謝謝你。」

看見小百合深深低頭一鞠躬，想起身，肩膀立時一陣劇痛。

「痛！……」

「還不行起來啦，你全身腫得要命，得躺到消腫不痛了才行，但我看你臉腫得像豬頭，今天是好不了了。」

「這麼慘啊？」

抖著手去摸，果然，應該滑順的曲線變得凹凸不平，還是不照鏡子比較好。不過，一直看著古手川的真人雖然表情擔心，嘴角倒是笑開了，古手川覺得這是好事。對方雖有自衛官頭銜，但自己是和一般市民打架。要是鬧上檯面，搞得好是受到訓誡，搞不好就會遭到減薪處分，但能換到這枚笑容也不錯吧。

「呃，能不能拜託一下……」

「什麼事？」

「鎮痛劑……可以這麼說嗎？能不能再彈一次《悲愴》給我聽？」

「……那有效嗎？」

「只有那個才有效。」

「好吧，如果我的鋼琴有效的話，等一下會讓你慢慢聽，我們先吃飯吧。古手川先生，你還沒吃中飯吧？」

「不行啦，我還在執行公務中……」

「少來，明明剛剛還說想聽鋼琴咧！好啦，就吃啦，反正我煮很多。好嘛，拜託。」

說是拜託，卻是命令的口氣。她的外表溫和，其實個性相當強悍，這點在昨天幾個小時內就領教到了。恐怕不扒個兩口飯是沒法走人了。渡瀨那張臭臉浮上眼前，但很快被眼前這張滿是期待的娃娃臉趕跑了。

（唉呀，沒關係吧？）

半推半就地上桌後，端出來的是奶油燉菜。這道菜應該是專門做給真人吃的，這麼說來，自己終究只是被當小孩子看待？有點沮喪地用湯匙嘗了一口，古手川再度被嚇到。

材料和調味都很普通，但，多好吃啊。跟鋼琴的效果一樣。從舌頭到喉嚨，再從喉嚨下到胃部時，溫暖擴散全身，感覺受傷部位正從內往外慢慢痊癒。初嘗卻好生懷念，普通卻倍覺美味。

「……好好吃。」

「喔，合你胃口？那就好。」

小百合說得很隨意。莫非她以為這只是社交辭令？明明自己這麼感動的說。但，古手川不知如何以言語表達這份感動，能做的就是把它們全部吃光光。

看著自己全心全意把湯盤中的奶油燉菜扒進嘴巴裡，小百合和真人吃吃笑了。

沒關係，笑就讓你們笑吧，因為實在太好吃了，好吃到管不了那麼多了——。

身體整個暖和起來，額頭還冒汗。是汗流進眼睛了嗎？視線逐漸模糊。內心也一點一點明白了。像這樣和誰一起圍著餐桌吃燉菜已經是幾年前，不，十幾年前的事了。

父親是個不像樣的父親，母親不遑多讓，也是個不像樣的母親。而今回想起來，當時正值泡沫經濟崩壞，從大企業到小企業都在縮編裁員，父親就是這波裁員潮下的犧牲者。才四十歲而已，理應找得到工作，但他不是挑剔收入不符合自己的能力，就是抱怨為何要有年齡歧視，結果就是將廉價的自尊心當小菜，藉酒消愁地一天過一天。

母親也在上班，但自從父親沒工作後，她的上班時間就拉長，加上父親也以找工作為藉口出去喝酒，因此整天就只有古手川一個人在家，而父母回到家也都半夜了。換句話說，這個家不過是一個有三人份床鋪的地方而已，毫無半點團圓氣息。

不久，母親便和上司私通。但父親完全不在意，因為他那陣子幾乎不回家了。明明沒工作，怎麼有錢吃喝？當時還是小孩子的自己充滿了疑問，直到有一天打開信箱才明白，因為信箱裡塞滿了銀行的催繳單。

之後的事就跟爛八點檔演的一模一樣。家庭不和、外遇和借錢。一家人會分崩離析的三項基本條件全具備了，接下來就只有走上注定的路了。

因此，根本沒有全家人圍在餐桌用餐這種溫暖的記憶，有的只是青白色的日光燈照著自己一人吃飯的孤寒光景。

初嘗卻好生懷念，普通卻倍覺美味——原因終於明白了。

視線愈來愈模糊，終至眼睛張不開了。

一旁的真人不可思議似地看著這邊。搶在他開口之前，趕快說是因為嘴巴裡的傷口在痛。小百合則未發一語。

心情平靜後，小百合依約彈奏《悲愴》。昨天起就聽阿胥肯納吉的演奏，聽到彷彿他的手指就在眼前彈奏似的，可仍然不能跟真正的現場演奏相比。宛如海棉吸水般，魂魄全被那旋律吸進去了。被市之瀨毆打的傷，正在被肚子裡的奶油燉菜和現場的每一段樂章療癒著。

享受至福的二十分鐘後，一瞥房間角落，發現昨天看到的大提琴不見了，只剩下折疊起來的推車。問了怎麼回事，才知是附近的音大生和樂團團員經常來這個房間練習，偶爾還會開即席的迷你演奏會。

不能再待下去了。原本預定獲得小百合的同意後，就要到澤井牙科去找當真勝雄的。於是，儘管內心還懷著幾許對鋼琴的依戀，仍不得不告辭。真人送古手川到玄關前。

小小的手上拿著紅色風車。

「好古早喔，沒想到現在的小孩還會玩風車啊？根本就是昭和時代才有的事。」

「這是綜合學習課的時候做的。」

「『綜合學習』？啊，這麼說好像有聽過。」

仔細一看，確實需要一小時才能完成的樣子，但塑膠製的四張葉片大小不一，就算想讚美也說不出「做得很好」這種話。不過，從折壞的部分以及裁切得歪七扭八的切割面來看，不難看出真人做得很認真努力。而且可能是使用不習慣用的刀子，棒子的尖端有微微的血漬。這就是現在小學生親自動手做的勞作，而他們平時的娛樂就是打電玩，因此不難想像這麼簡單的東西，他們也會做得非常辛苦了。

「這個風車，給你。」

「咦，給我？」

「你剛剛保護我啊。」

不知該如何回應。

「你可以……跟我做朋友嗎？」

當然可以，馬上點頭。真人這時才狀似放心了。

「我的第一個大人朋友就是古手川先生你，所以要把這個風車送給你。」

怯生生地遞出風車。清澈的眼眸流露出擔心被拒絕的不安。

多麼小巧又光滑的手啊。細細的五根手指全無皺紋，完全不像母親，簡直像是陶瓷做出來的玩偶手指似的。

「那我就不客氣收下了。」

真人笑得好燦爛，那笑容和母親一模一樣，微微張開的嘴巴裡有一顆銀牙泛光。

告別揮著手的真人，離開有働家時，一陣風襲來。反射性地將外套拉得更緊，但注意到身體暖呼呼的，寒風也不覺得寒冽了。貼滿OK繃的臉上迎著冷風也很舒服。

插在胸前的風車被寒風吹得咕嚕咕嚕打轉。雖然葉片大小不均，但轉得極順暢，隨著風勢發出輕輕的聲音，並形成一個紅紅的大輪子。

這是沒辜負小朋友期待的勳章。

（……一定超酷的吧？）

接下來，該找什麼理由掩飾這些傷呢——？

一邊哼著《悲愴》，古手川一邊踩著輕快的步伐朝澤井牙科前去。

＊

那天晚上，他被迫聽了一整晚吹打窗戶的風聲。安裝不嚴密的窗框，被風強一陣弱一陣地吹出膽怯似的聲音，但他自己倒是一點都不害怕。無論再怎麼狂暴的聲音，再怎麼殘酷的聲音，都比聽見別人的聲音來得好上幾倍。

人的聲音如同廢水，混濁得一聽就討厭。光是近距離和人說話，便感到猶如身體浸在污泥般不舒服。他們的聲音和電視上那些混帳的吵鬧聲，都像在嘲笑自己的長相。由於討厭被攀談，他決定除了打招呼等最低必要的話以外，絕不開口。

但，那個聲音除外。

其他聲音他都當成雜音般左耳進右耳出。不過，今天聽到的雜音中，有幾個字很有意思。青蛙男——。

他們悄聲說著這個名字，彷彿把這個名字說出口是種不吉利的行為似地。男的女的都是，就連電視講到這個名字也都心驚肉跳。他為此樂得不得了。

為什麼呢？因為青蛙男就是自己。

青蛙男。聽起來像是英雄片裡壞蛋的名字，但他很喜歡。

恍如一場夢。昨天以前，自己還老是害怕周遭的每一個人，如今自己正成為人人聞之喪膽的人物。才不過幾天，立場就大逆轉了。

笑得合不攏嘴的他，看向桌上那盞房間唯一的光源。

光線下，日記打開著新的一頁。

今天我在學校看了圖ㄐㄢ
上面有青蛙的解剖圖
青蛙的肚子裡有紅的白的
黑的內ㄗㄤ好漂亮我也
來解剖看看吧。

三、解剖

1 十二月十一日

雖是早晨，太陽仍躲在東邊的山脈後面。濃霧籠罩，能見度只有數公尺而已。

倉石巡查獨自騎自行車前往佐合公園。儘管睡眠不足，但清晨的冷風刺激皮膚，剛好趕走瞌睡蟲。昨夜十一點剛過，有個母親通報她的小孩去便利超商買東西沒回來。和那位母親在她家附近找了整整一遍後，已經是半夜三點了。向轄區警察署報告事件梗概後是四點。然後才好不容易鑽進被窩裡，卻又被一則通報吵醒，說是在公園發現人的屍體；而那時候是六點，因此才睡兩個小時而已。即便如此，倉石巡查依然在確認好通報內容後飛奔出派出所。堅守警察崗位三十餘年，手腳已經有些不聽使喚了，但長年培養出的警察直覺，讓他急著趕赴現場。一個晚上有兩起通報非比尋常，這個不尋常成為不祥的預感鞭策著一把老骨頭。不祥的預感大致心中有譜了，尤其最近正值「青蛙男」這個神出鬼沒的殺人魔興風作亂的不安時期。

到了佐合公園後，大門附近站著一名身穿運動衫的青年，滿臉驚慌。

「是你通報的嗎？」

青年像得了瘧疾般猛搖頭，不發一言地指著公園裡面，似乎再不願往那邊看。仔細觀察，青年的臉色近乎慘白，一副才剛從那裡逃出來的樣子。

「麻煩跟我去看一下好嗎？」懇請似地說。

「我不要，連看一眼都不要，那種東西、那種東西……」

他已經不行了。倉石巡查下了這個判斷後，就留下青年，自己往公園走去。

預感果然中了。而且是想得到的最糟狀態。

公園中央的沙坑裡，那些東西散得到處都是。恐怕是個男孩子的屍體吧。小小的頭部和四肢被砍斷，以身體為中心呈放射線布置開來。若是不管切斷面，看起來就像是被分解的人體模特兒，唯獨身體部分有點不同。從食道到恥骨沿正中線切開，裡面的東西全被掏出來，只剩肋骨還留著，心臟、肺、胃、大腸、小腸以及其他各種器官，全被切除後整齊地排在身體外面。沾上沙子的各個器官狀似玩具，卻反而予人活生生的感覺。

這是以沙坑為畫布而做失敗的立體藝術品，是將人類的肉體徹底物化而做出來的解剖圖，醜惡至極。

倉石巡查注意到自己腋下正在流汗。明明體感溫度如此之低，汗卻冒個不停，而且口乾舌燥得發不出聲音，兩腳也如棒子般定住，動彈不得。

冰凍的空氣中夾著異臭。並不是腐敗臭，而是剛接觸到室外空氣的大量血液與胃中內容物所釀出來的臭味，也就是生物在變成沒生命的物體前所散發的惡臭。嘔吐感猛地從腹底翻湧，倉石巡查總算用職業意識將它壓抑住了。那並非生理上的嘔吐感，毋寧更接近精神上的抗拒。

還沒確認身分，但內心已有幾分確信了。這個可憐的被害者一定是昨晚失蹤的少年。即便毫無任何推論的資料，但警察的直覺這麼告訴自己。

果然，衣服被隨便丟在沙坑一角。不，不是隨便，應該說是炫耀，而且衣服裡夾著一張紙。

——今天，我在學校看了圖鑑——熟悉的笨拙字跡映入眼簾。

在保全現場之前，按理是不能動手去碰的，但倉石巡查發現內褲上有字的樣子，就稍微上前去看。那是名字。想起來了。小學時，為了不和別的小朋友搞錯東西，父母會在孩子的內褲或鞋子內側像這樣寫上名字。那個名字果然是昨晚請求協尋的少年。

——有慟真人。

通報直接轉到搜查本部。一聽見第三名被害者的名字，古手川抓狂似地直驅警車，一路上內心切切祈禱是場惡夢，不然就是場誤會；好幾次就要與前車追撞上，終於在萬分驚險中抵達現場。

然而，站在沙坑前，古手川知道一切都是真的。

乍見如蠟般了無生氣的頭部，仍會以為是個假的東西。

因為兩個眼球都被挖出來，放在耳朵旁邊。

但，那張臉一看就是真人的臉，手也是印象中那雙漂亮的手。

古手川呆立著，如幽魂般。

理智上知道一切都是真的，思緒卻如在夢境。昨天才看到的笑臉、昨天才握到的手掌，如今已經是沾滿沙子的冰冷物體。

突然牙齒打顫，但不是覺得冷；胃如鉛塊般沉重，但並非出於嘔吐感。

鑑識課員在現場周邊爬來爬去，採集滲入體液的沙子，採集足跡，搜尋遺留品，拍攝切斷面。相機的閃光燈毫不留情地打在現場和屍體上。「不要這樣！」古手川在內心狂喊：「那孩子很害羞，你們不要這樣拍他，不要把他當成東西那樣亂拍……」

僅餘一點點功能的理性之堤，遭沸騰的激情潰決。

「啊啊啊啊！」放聲咆哮。自制力已然瓦解，無明確目標地，身體向前欲衝撞隨便哪個鑑識課員。

可，有個人從背後反剪住古手川的雙手。縱然情感狂烈如火山爆發，但緊緊攫住的力量強勁到令全身無法動彈。

「冷靜，菜鳥！」

是根本不想聽到的渡瀨的聲音。

「你搞錯生氣對象了！」

全身的顫抖立時止住。

「聽被害人的媽媽有慟小百合說，被害人是晚上九點過後出去買文具，過了一小時還沒回來，媽媽就沿路到超商找人，但都找不到才向派出所報案。值班的巡查陪著一起在附近找了一遍，結果連目擊者都沒有，於是向轄區警署通報，那時候是四點，然後，今天早上到現場附近慢跑的第一個發現者就報案了。」

古手川和真人分開是在昨天下午二點左右，才七小時後就被綁架了。早知當時乾脆就一直待在有働家，或許真人的命運就會改變——這麼一想，又要抓狂了。

「根據驗屍官的判斷，手法和前兩件是一樣的，都是用鈍器往後頭部一擊，然後絞殺。現場也留下一張和之前類似的紙張。因為我們沒有公布過那張紙，所以不可能是模仿犯，十之八九就是那傢伙幹的。」

「通知……他媽媽了嗎？」

「馬上就會趕到。」

「要在這裡認屍嗎？實在太殘忍了！」

「我也這麼覺得，但媽媽無論如何都會想親自確認是不是自己的兒子吧，她肯定還抱著一絲希望認為或許弄錯了。所以，等一下人來了也不能讓她看現場，讓她確認衣服就好。先將屍體移到別地方去，認屍部分就等司法解剖後再做好了。你認識他媽媽，這個工作就交給你，行嗎？」

好半晌古手川都沒回答，於是渡瀨一把抓住他的領口。

「給我打起精神來！不論被害人是誰，不論凶手是誰，踏進現場這一刻，你就是刑警，用你的五感和腳就好，別把情緒帶進來。如果你為被害人喊冤，那就把凶手抓起來！」

渡瀨的怒吼聲終於喚醒古手川。身體忽然變重了，皮膚開始感覺到周圍的寒氣。不准感情用事！古手川命令自己。待會兒要來的女人，她的悲憤和不可理喻絕對比自己嚴重好幾倍，讓

處在這種狀態的女人看到兒子慘不忍睹的屍體，不是把她逼入絕境嗎？

此時，什麼東西抖然掉到脖子上，涼涼的。

抬頭一看，深灰色的天空正飄下粉雪。儘管寒流持續幾天了，但始終沒下雪，此刻，雪雲似乎也積重到撐不住了。虛幻似的結晶如雪花飛舞，然後靜靜落在沙坑、屍體，以及聚在那兒的搜查員身上。

之後的事不堪回想。開著紅色迷你休旅車趕來的小百合已經半發瘋了，好說歹說將她哄進警車，再半強迫地讓她確認衣服。果然是昨夜真人外出時穿的。那個有點世故卻又天真爛漫的小百合不見了，眼前是一位因突發事故驚恐失措得瘋狂大叫的可憐母親。雖能理解她的這番任性，但，真不希望見到這樣的小百合。

「……過了一小時還沒回來，我就一路找到超商去，但都找不到……超商店員說沒看到這樣的男孩子進來……然後，當真也來幫我找，還是沒找到。」

命案現場佐合公園離幹線道有段距離，難怪兩人沒找到這裡來，算是運氣不好吧。依據建築基準法，必須在一定區劃的住宅地設置公園，佐合公園便是為符合這個規定而便宜行事的公園，遊樂設施完全未保養，園區任其荒廢，因此幾乎沒有人來。

「要是多走幾步到這個公園來的話，說不定真人就不會被……」

不妙了。古手川心想。小百合會這麼說，表示她無法冷靜面對兒子死亡的事實，而將一切責任歸咎自己。

「有働小姐，不是這樣的。這裡雖然說是公園，但小朋友根本不會來，而且位置這麼偏僻，就連巡查也不可能在短時間內找到這邊來。另外，從作案情形來看，凶手可能是一看到人就起殺機，恐怕真人在去超商的路上就被凶手抓去了，所以等你們後來出去找也已經……」

「如果那時候不讓他出去就好了！」

這下只好換地方了。這裡離現場太近，而且對一般人而言警車太特別了，要她待在警車裡冷靜說話實在強人所難。如果像平時那樣把手放在琴鍵上，說不定能恢復平靜？——古手川甚至動了這個簡單的想法。

小百合都還沒好好說話，門就突然開了。

冷不防，無數支麥克風堵上來。

「你是死者的媽媽嗎？請表示一下你現在的心情！」

「你覺得你兒子為什麼會成為目標？」

「請你從觀護人的立場發表一下對精神異常者犯罪的看法。」

活像遭到猛禽類攻擊般。他們的眼神全都殺氣騰騰，而且似在恐嚇不回答的話就要你好看。禿鷹。禿鷹。古手川心想。這些傢伙全是嗅到屍臭就撲到屍肉上來的禿鷹。

對這群禿鷹而言，真人的死淪為一種商品，然後在喚起市民注意這個名目下，提供給報紙和電視刊登報導——。光起這個念頭就叫人怒不可遏。一股衝動飆上來，真想立刻拔起手槍對準這些拿麥克風和相機的人。從前就瞧不起記者，但這是第一次動念想斃掉他們。

強忍住不動手，是因為雙手正保護著小百合。非得從媒體的採訪攻勢中、群眾的好奇及中傷的目光中保護這個女人不可。這個使命感辛苦地支撐住古手川的職業意識。此刻方才明白，原來派他來面對小百合，其實是渡瀨的用心良苦。

趕走麥克風及相機的大陣仗後送小百合回家，但她仍無平靜下來的跡象，以為讓她坐在鋼琴前就會好些，原來這個想法真是過於天真。儘管想陪在她身邊，可畢竟這不是自己該做的工作。戀戀不捨地拜託鄰居婦人幫忙照顧後，古手川便回本部去。

情報，總之現在需要的是情報。現場周邊查訪的消息、鑑識結果、解剖見解，什麼都好。只要有助於鎖定害死真人的凶手，無論什麼情報，恨不得立刻弄到手。一邊操控方向盤，古手川一邊如此渴望。只要能逮捕到那傢伙，一天要走幾萬步都可以，就算違法調查也在所不惜，甚至出賣靈魂給惡魔也無所謂，反正，自己的靈魂也沒那麼高貴。

這是眾所矚目的連續獵奇殺人事件，若能破案，拿到警視總監獎就不是夢了。不過，此刻的古手川對得獎已經變得可有可無。逮到凶手，讓兇手受到法律制裁——除此之外，不作他想。二十多年來，從未像現在這般憎惡別人，也從未這般詛咒過人類。分不清是憤怒或悲痛，一塊沸騰的滾燙固體從心底往上竄，直壓迫喉間。

凡是警察，人人心中都有各自的正義感，例如為被害人含冤昭雪，為維護法律秩序，或者為保護國民的生命財產安全。然而實際面對事件時，身在警察組織中，個人的正義就會與組織及世人要求的正義相悖離。長年下來，古手川已經體會到自己的正義未必正確了，於是不知不

覺心生倦怠，很快地，如屍體的消化液侵蝕內臟一般，正義感也開始自我溶解。

自從發現這點，古手川便放棄自己的正義感了。所謂優秀的警察，不在於是否貫徹信念，似乎在於能否有效逮捕更多犯人；而且，比起曖昧不清的正義感，明確的功名心對自己和周遭所造成的毒害較少；別的不說，光是不會瞻前顧後、遲疑不決，不就乾脆多了嗎——？

但是，古手川回想自己當初報考警察的動機是什麼？被冠上「不良剋星」封號時，驅使自己的動機絕非英雄主義，而是想逃避對好友見死不救的罪惡感，不然就一定是出於自我毀滅的衝動；然而歸根究底，都是出於自我辯護和復仇心理。就算這種心理如此卑微，對自己而言也是一種正義，如果沒有它，自己根本活不下去。

過去的問題，如今又再次質問古手川。

自我辯護與復仇心理，有何不對嗎？

自己的所做所為出於這兩種心理，有何不對嗎？

懷抱著疑惑，古手川猛踩油門，趕往搜查本部收集情報去。

抵達飯能署，看見各家媒體的車子，還有罕見的黑色轎車。一看車號，是警車沒錯。

「啊，那是警察廳的車子。」

渡瀨若無其事地回答。

「警察廳？警察廳這時候來幹嘛？」

「就是這時候才來啊，因為不只飯能市，這個連續獵奇殺人事件已經讓全國陷入恐慌了，調查工作卻遲遲沒有進展，也還沒鎖定嫌犯的特徵，這時又發生第三起命案，所以警察廳那些大頭們總算動起來了，現在正在和本部長密談。」

「密談……那會怎樣？」

「還不知道，主導權不在我們這裡。」

「哪有這種事！」

「哪有這種事?!好凶的口氣啊，你平常的冷靜哪去了？」

或許是不滿表現在臉上吧，渡瀨看了一眼古手川，便不屑地哼了一聲說：

「別擔心，他們不會現在就插手的。雖然都是警察，他們可是算盤打得精的官僚，不會做出火中取栗這種動作啦。那些傢伙一定是等栗子涼了可以吃的時候才出手，現在還不到那時候。」

「……什麼意思？」

「第一個被害人是女性，然後是老人，這次是小學生。看來是專挑老弱婦孺下手。當然，市民的憤怒一定是發洩到警察身上，時間拖久了就會有誰要下台的問題，那時候他們哪裡有人願意當箭靶。警察廳還會再觀望一陣子，先讓縣警本部被民眾和媒體追著打，打到彈盡糧絕無計可施時，他們才會上場。唉，他們拿我們當打頭陣的人吧。所以說，我們這邊還有一點時間。」

渡瀨大膽地笑著。

「解剖報告和驗屍官的看法沒什麼不同，都是後頭部遭毆打後昏倒，絞死才是直接的死因，所以凶器可以看做和前兩起命案一樣。死亡推定時間是昨晚的九點到十點之間，幸虧胃裡的內容物幫忙縮短了時間帶。切割屍體的工具很銳利，但不像是手術刀那種專業工具。還有，依切法來看，應該是外行人幹的，完全不像是有這方面專業的人。對了，現場的血液量很少，而且切斷面沒有生命反應，從這裡可以推測，是在別的地方將被害人殺掉解體後，再運到公園去的。最後就是，一樣有留下紙張，筆跡也和前兩件一致。」

解體後再當成零件搬運——光想像那光景，古手川就覺得胸口被緊綑得喘不過氣。

「那個媽媽是開紅色迷你休旅車吧？有目擊者看到那個媽媽和當真勝雄開車在自家附近趴趴走，可是，卻沒有人看見可疑的人物。命案現場那個公園本來就沒什麼人，是個很安靜的地方，附近居民晚上也都刻意不走那裡，所以目擊情報也等於零。」

「什麼都沒有就對了？」

「不是，科搜研[12]給了有力的情報。在沙坑找到可能是犯人的鞋印。因為是沙坑，可以從鞋印的深度算出大約的體重，也可以從鞋子的大小算出身高。身高是一百五十到一百六十公分，體重是七十到八十公斤，屬於矮胖的體型。順便跟你說，還是沒找到有慟真人和荒尾禮子、指宿仙吉之間的關連。慎重起見還查過有慟真人的血緣關係，以及他念的幼稚園和小學，但都找不到接觸點。」

那是當然的吧。古手川思忖。三人的住所、職業和世代皆不同。年齡不同的一群人會歸在一起，通常是因為所屬組織或團體的關係，可年齡差別如此之大，連這層可能性也沒有了。最後就只剩下三人都是飯能市民這個事實，但這是最小的共通點，對鎖定凶手並無實質幫助。

按理說，連續事件有個特性，就是每增加一件便會累積更多證據，找到更多關係人之間的關連，也就更容易鎖定嫌犯。但這次的事件很弔詭，一再發生只讓嫌疑人數增加，卻變得無法收網，頗令人困惑。

「會不會是痛恨飯能市的人呢？簡直像是飯能市的隨機殺人事件。」

「我多少偏向這麼想沒錯。」

「呃，班長，你找到什麼共通點了是嗎？」

「說共通點，不如說是連結三個人的環。可是，這麼說又太……」

唉喲?!古手川心想。渡瀨的優點就是有話直說，難得見他說話這麼不乾不脆。

「你不是偏向這麼想嗎？」

「所以才討厭啊。真希望這次我猜錯了，如果不幸猜中，就會掀起軒然大波。」

渡瀨憂心地搔搔頭。他很少做這個動作，因此古手川特別留了心。

---

⑫ 科搜研：科學搜查研究所，是日本警察廳的附屬機關，受命於警察廳長官，專責為研究、實驗科學搜查、防止犯罪、交通事件鑑定、證物鑑定及檢查。

「請告訴我，連結這三個人的環是什麼？」古手川繞到渡瀨的正前方，說：「班長，不要隱瞞事情喔，有任何線索，不管是什麼我都想知道，請都讓我知道……啊！」

冷不防，渡瀨出手搭住古手川的領口。古手川慌忙揮開，但渡瀨瞥了一眼那手，便直接抱住古手川的頭，在他耳邊竊竊私語。

一聽，目瞪口呆。

那是極其單純的環。是在猜謎遊戲中連小朋友都會發現的環，偏偏大人把這起事件當成重大刑案，才會導致單純的環反而變成盲點了。這下便能理解渡瀨為何躊躇不決，果真被他猜中的話，事件的確會展開全然不同的局面。

「凶手是不是真的這麼想當然很重要，怕的是就算只是巧合，也會對市民造成影響。所以你目瞪口呆沒關係，但要給我克制點，別在那些報社記者面前擺出這種臉喔。」

「報社記者？」

「等一下本部長和一課課長，還有我這個直接負責的小主管要一起開記者會。這就是主管的差事啊，可以的話，真想跟你換。」

「以前沒這樣啊……為什麼？還這麼急？」

「發生三起命案，市民的不安已經到了臨界點。記者俱樂部希望我們至少出面向大眾說明現階段的調查進展。說是調查進展，但根本就沒什麼值得一提的進展，所以只會增加市民的不安而已。但本部長也沒辦法斷然拒絕。這時機太妙了不是嗎？警察廳正可以遠遠看著額頭冒汗

的本部長而露出冷笑。縣警的招牌越來越暗，接下來上場的大官，給人的印象就會相對變好。」

渡瀨不吐不快地說。的確，現階段舉行本部記者會，就像在一路輸的比賽中採訪總教練一樣。弄個不好，便可能搞成糾彈搜查本部無能的下場，更何況是在這個市民情緒變得相當敏感的時候。大眾媒體向來以社會之木鐸自居，當民眾陷入不安時，他們會做的，就是更加煽動不安。有時甚至覺得，他們深信不安、憤怒以及追究責任才是民眾想要的，這種傲慢的偏見早已滲入各家媒體骨髓了。

不過，這次的報導和之前不同，媒體本身顯得極度膽怯。報導內容與其說是煽動大眾的不安，反映出記者本身的膽怯這種色彩毋寧更濃。因此，如果渡瀨猜中了的話——。

古手川無法想像後續的發展。

記者會場上，坐鎮中間的是里中縣警本部長、右手邊是栗栖搜查一課課長，渡瀨坐在左手邊，媒體則圍在他們周圍。古手川決定遠離這一團人，只靠在門邊遠觀。

一開始是這次事件的概要說明。接著公布三件事：被害人有慟真人的身分；從犯案手法來看，可以斷定是同一人所為；以及在沙坑現場首度採集到可能是凶手留下的鞋印。

媒體立時興奮起來。

「是穿什麼鞋子？」

「從鞋底的紋路來看，判斷是球鞋，目前正在鎖定廠商。」

「可以從鞋印推測出兇手是怎樣的人嗎？」

「根據科搜研的報告，可以算出大約的身高和體重。不過，我們不打算在這裡公布詳細資料。」

這句話引起大騷動。

「這是為什麼？如果已經知道兇手的特徵，就該公布出來讓市民也幫忙找出兇手啊。」

「要請市民幫忙找出兇手的話，就要有錄影或照片等有人的畫面才有效，但我們只能推測出兇手的體型，如果就這麼公布，反而會造成市民們疑神疑鬼。」

「也就是說啊……」一個略帶揶揄的聲音。

一聽就知道是誰。尾上善二。

「兇手不是一般的體型。」

里中本部長狠狠地瞪著尾上。

「我剛剛說了，我們不會公布詳細資料。如果公布的話，同樣體型的無辜市民就會受到困擾，這點我們不能不管。」

「本部長，」這次換成粗野的聲音。一看，是個算是縣警記者俱樂部頭頭的資深記者。

「我們也沒壞心到想煽動居民的不安，但事實就是老早人心惶惶了。目標偏向女性、老人、小孩這種弱勢族群，找不到這三個人之間的關連性，還有把屍體當玩具玩這種獵奇性，再加上這三件命案幾乎是接二連三發生的，這些早就讓人疑神疑鬼了。市民現在是處於渴望知道

一點訊息的狀態。就算不是詳細的資料，如果讀不到搜查本部已經對幾名關係人進行訊問這類的報導，叫他們怎麼睡得安穩呢？」

「目前是有幾名關係人沒錯。」

「正在過濾階段嗎？」

「詳細情形恕難奉告。」

哪有什麼詳細情形──古手川在心裡吐槽。被列為關係人的還有一百人以上，而且都只是有前科，或者被鄰居通報行跡可疑的程度而已，根本就稱不上關係人。

「罪犯側寫的情形怎樣？」

「處理屍體需要一定的場所和耗費很多時間，因此判斷是一個人獨居，而且有自己的房子。此外，凶手熟知這三起命案現場全都是行人很少的地方，可見對地理環境很熟悉，而從搬運屍體的行程來看，很可能是個力氣大的男性……」

「拜託，這些我們也看得出來。」

剛剛那個資深記者粗聲地大喊。

「我們又不是這兩天才跑警察新聞的。凶手是個住在離這三個現場不遠的地方，這點我們早就知道。能夠刻意選擇目擊者少的地方，肯定是在當地住很久了，反正絕不會是才剛搬來的人。而且，要將那麼重的屍體吊到大樓的屋簷上，然後雖然是個老人，但總是一個男人的身體，要把這麼重的身體搬到廢車工廠，絕不可能是女人辦到的，這點我們用膝蓋想也知道。我們真

正想知道的是，凶手在想什麼？凶手的目標是什麼？」

你白痴啊？

這些我們也想知道啊。

「坊間都在傳，說這起連續殺人事件是殺人享樂者幹的，尤其從這次損壞屍體的狀況來看，更表現出這種特徵不是嗎？又沒有隱藏死者身分的好處，卻還把屍體四分五裂，這不是精神異常的行為嗎？」

「現在還不能這麼武斷。」

「那麼，為了緩和市民的不安，請你們至少給個推測什麼的吧。剛剛我說那三名被害人沒有任何關連性，搜查本部的看法也一樣嗎？還是說你們已經找到連結三個人的環了，卻要用下一個犧牲者當誘餌而故意不說嗎？」

疑神疑鬼的就是你。古手川在心裡評論。會說這番話，表示這名記者對警察不信任。的確，警察目前就是被一個殺人犯耍得團團轉，別說追著他的尾巴跑，根本連他的影子都找不到。另一方面，也是因為高估警方的破案能力，才導致如今對警察的不信任。可憐的是坐在上面的里中本部長，此刻回答「是」便會被批為調查手法草菅人命，回答「不是」又等於自己承認搜查本部無能。

稍微有點觀察力的人，例如坐在右側的栗栖課長，此時就算虛偽，應該也會表示搜查本部已經有大致的目標了。即便是說謊，事後也沒人會去檢證，而且只要認定是為了讓市民安心而

說些好聽話，就不會有罪惡感了。

而腦筋更聰明的人，例如坐在左側的渡瀨，就會把想得到的各種可能性，包括從現實上的推測到桌上的空論一一列舉出來，讓聽的人聽得霧煞煞了。

然而可以說是不幸嗎？里中本部長向來就是個一身傲骨的警官，根本沒有說謊或誤導的本事。

一如所料，里中本部長的眉間皺起一道深深的紋，沉默不語。於人於己都誠實以對的人，在尷尬時都只會選擇沉默。

當里中本部長和媒體陣開始大眼瞪小眼時，栗栖課長才連忙開口。

「無論如何，我在這裡要明確向大家報告，縣警本部絕沒有以善良的市民做誘餌這種想法。這個問題太失禮了。首先，正在調查中且不確定的情報，警方並沒有公布的必要。」

瞇起眼睛環顧現場的渡瀨此時挑起單邊眉毛。古手川經常近距離看見這個表情，因此馬上抓到意思了——你這個廢話少說兩句會死的笨蛋！

「這麼說來，是掌握了什麼正在調查但還沒確定的線索囉？」

就在記者們正準備近乎找碴似地追問下去時，只見栗栖課長嘴巴張開開，定如一尊雕像，似乎警覺到了自己的權限與責任。

里中本部長一臉不悅地轉向渡瀨。這是求救信號。渡瀨以眼神致意後，輕輕嘆口氣又咳了一聲。媒體陣的視線一齊射向渡瀨。

接下來會說出什麼話呢——？古手川也興味盎然地注視渡瀨。

「啊——」

有人發出不合時宜的怪聲。

是尾上。

周圍的記者們以責備的眼神瞪向尾上，可尾上完全呆住似地，毫未察覺周遭氣氛，並且突然想到什麼荒謬事般地豎起食指不動。

古手川大吃一驚。這張臉，恐怕和剛才渡瀨在耳邊私語時自己的表情一樣。

尾上發現了。他發現連結三人的環是什麼了。

急忙看向渡瀨，他也似乎察覺到而猛地站起來，把椅子都踢翻了。

「……人家、知道了喔，三個人的關連性。」

別說！

別再說了——！

「荒尾禮子的『ア』、指宿仙吉的『イ』、有働真人的『ウ』⑬。アイウエオ。凶手是照五十音⑭順序來挑人下手的。」

這次換成現場記者們全部瞠目結舌。

單純的小朋友的文字遊戲。

被屍體的獵奇性搞得頭昏眼花而沒看出來。

然而，不是有人說過了嗎？玩弄屍體並炫耀地大加展示，然後刻意留下犯罪聲明紙條，這個舉動本身就是「幼兒性」的展露。

全場鴉雀無聲，片刻後才慢慢開始騷動。也無任何人發號施令，記者們卻都不約而同看錶。

要登在晚報上，時間還很充裕。

下個瞬間，椅子踢翻聲交錯怒吼聲，記者們鳥獸散地從現場消失，最後只剩下坐在前面那三人和記者席上的尾上而已。

渡瀨祈禱似地合掌，死瞪著尾上。

「……喂，那邊那個下流報紙的混帳東西，幹嘛不滾！」

「要走了啦，還在想怎麼寫導言。」

「要滾就快滾！我數到三，你要是不從我們面前消失的話，我就把滅鼠藥塞進你嘴巴裡。」

「您好像很生氣……」

⑬「荒尾禮子」的日語讀音為アラオレイコ（arao-reiko）、「指宿仙吉」的日語讀音為イブスキセンキチ（ibusuki-senkiti）、「有働真人」的日語讀音為ウドウマサト（udo-masato）。

⑭五十音：又稱五十音圖，是將日語的假名（平假名、片假名）以母音、子音為分類依據所排列出來的一個圖表。前五個音為ア、イ、ウ、エ、オ。

「那還用說?!你他媽的無事生非！回去跟你們採訪主任講，埼玉日報暫時不准踏進這裡一步。」

「這樣有點為難呢，這樣好了，人家先找個人頂替一下，請您之後再對我們主管生氣好嗎？」

「好像還知道自己做錯了嘛。」

「嗯，一說出口，人家就後悔了。剛剛要是閉住嘴巴直接回報社就好了，那麼照五十音順序殺人這個標題，就是我們報社的獨家了。」

「你這傢伙到底混帳到什麼地步！」

「人家也很害怕啊。」

尾上嘆氣似地說。

渡瀨皺眉，一臉狐疑。

「你？」

「剛想到時很興奮，但後來就全身發毛，就是『毛骨悚然』這四個字說的樣子呢。人家當記者這麼久了，第一次這樣。真的好討厭喔，這種看不見的事情。」

「那你幹嘛怕成這樣？」

「您還不懂嗎?人家的名字是以『オ』開頭的尾上善二啊。下下一個，就會成為凶手的目標了，而且人家也是飯能市民啊。」

一如尾上所料，當天的晚報，各家都出現「五十音順序殺人」這種標題。由於第三名被害人是小孩子的關係，更讓這起對損毀屍體特別偏執的獵奇殺人事件獲得相宜的名稱，並且深深扎進市民心中。以比喻來說的話，之前像是微風吹起漣漪，如今則是在池子裡丟進大石頭般水花四濺，波紋漫延。

名字只是個記號。無論多麼好聽如「綾小路」，多麼平凡如「田中」，終究只是一串文字而已，就這層意義上它們的價值相同，尤其對青蛙男而言。

青蛙男是個徹底的平等主義者。在青蛙男心中，性別、年齡、職業一點關係都沒有，年收入、血型、興趣嗜好也都了無意義，唯一有意義的就只有名字這個記號。只有名字才能引起青蛙男的興趣。在青蛙男面前，每一個人都被剝奪掉個性而變成一個記號，然後被依順序排列，等待獵食者的獠牙。

飯能市的市民為這個平等主義戰慄不安。每當發生命案時，人們總是抱持好奇心關注新聞，那是因為那起命案就像在遠處所開演的一齣戲一樣，殺人的人都有殺人的理由，被殺的人也都有被殺的理由，但，都與自己無關，因此可以安心地作壁上觀。事件的被害者永遠和自己之間隔著一道確切的屏障。

但是，人一旦化為記號後，這道屏障就被撤走了。只要想想便會發現，自己和其他任何人一樣，都被關在一個叫飯能市的牢籠裡，等待何時輪到自己。命案不再與自己無關了。自己也不過是凶手的獵物之一，哪天和那三人一樣被絞死、屍體被玩弄也不足為奇了。當飯能市民開

始有這種自覺時，原本抱持模糊而淡薄的害怕與嫌惡感，已經轉為明確的恐怖了。

麻煩的是，恐怖的程度會和時間推移一起變化。名字以「ア」、「イ」、「ウ」開頭的人已經從名單上排除了，目前最心驚肉跳的就屬以「エ」開頭的名字，接下去是「オ」、「カ」。這個簡單說就是機率問題，並非從一大群人當中選一個，而是從每一小群人中各選出一個。這個機率大得令人無法忽視，亦即，這個恐怖大得連皮膚都確切感受到了。

受恐怖驅使的人，手腳都很麻利。NTT東日本首先出現反應。這一天，NTT一〇四號台接到取消登錄的申請，就高達二百二十五件。據說，當客服人員說明因業務繁忙，從接受申請到完成手續需要若干時間時，好多人就在電話上飆罵了。很多人認為青蛙男是從電話簿上挑選獵物的。這是因為第一名被害人荒尾禮子只有手機這件事，在當時還被隱瞞著。

然後，從這天起，姓氏開頭是「エ」的市民慢慢開始移動了。當中多數為高中生以下的孩子，有些剛好碰到學期結束，於是陸續有父母將孩子送到鄰近城市或其他縣市的親戚朋友家。不能改變名字，但總能改變住所。只要搬離飯能市，就能逃出青蛙男的魔掌——。凶手神出鬼沒，因此這是護子心切的父母所能想出來的最後一招了，但，也有人尖酸刻薄地把這種情形諷刺成「平成的學童遷徙」。

那麼，搬不了家的市民又是採取怎樣的自保對策呢？就是太陽下山後盡量避免外出。拜此之賜，六點過後的商店街雖然播送著耶誕歌曲，但門可羅雀，且陸續有店家乾脆早早拉下鐵門，可說名符其實地進入寒冬狀態。然而，比起商店街，住宅區及其周邊更是不見行人，一過傍晚

人影盡失的街景，完全想不到是繁華熱鬧的歲末年終。居民的移動若是「平成的學童遷徙」，那麼這裡就是發出空襲警報後的禁止外出令了。

是恐怖的反面吧？這陣子增加了許多惡作劇，令理智的人頻頻皺眉。例如街頭巷尾到處氾濫著手持繩索的青蛙塗鴉。這些塗鴉沒半點幽默，只一味發洩陰慘且扭曲的意思。然而只是塗鴉還算好的，因為甚至出現了實體青蛙被吊在行道樹上、開膛剖腹後被貼在牆壁上這類令人毛骨悚然的裝飾。

毫無疑問，不僅飯能市，人心恐慌已經蔓延到全國上下了，不消說，手機負起了推波助瀾的任務⑮。「五十音順序殺人」長期霸占熱門新聞排行榜，著名的社會學者、犯罪學者、前警視廳人員等傑出人士，連日來上遍媒體展開凶手推理大戰，各個新聞節目都開出高收視率，讓電視台人員笑得合不攏嘴。可另一方面，也有人遭到無妄之災，例如以青蛙為主角的動漫和電視廣告，就在觀眾的抗議電話下被迫自行約束播出。

此外，現實世界的不安立即反映於網路世界中。網路是個匿名社會，因此荒謬可怖的想像與謠言更是滿天飛。有人列出具體姓名和地址後，預測下一個被害者，也有人附上具體姓名和地址後，指出那就是凶手。這麼一來，被指名道姓的人自然激烈反彈，以至該網路陷入大混亂。

⑮日本人的手機通訊錄排序多以五十音順序排列。

更荒唐的是，竟有居心不良者將飯能市出身的名人列成清單，還細心地以五十音排序後獻給青蛙男。

由於匿名的關係，不安與恐怖的表現方式往往比現實世界更露骨、更直接。與「青蛙男」、「五十音順序殺人」相關的瀏覽人數瞬間爆量而造成網路一時當機。網民的發言幾乎全是情緒性的，如「發布戒嚴令」、「凡有嫌疑的人通通抓起來並加以隔離」，內容怪誕不經。問題是，這種怪誕不經愈來愈有現實感，於是人人近乎歇斯底里地吶喊，醞釀出宛如中世紀獵殺女巫般的氣氛。即便毫無理論根據，只要誰有一個不安的想法，那個想法便會迅速擴散成一群人的不安，這又是不負責任言論造成人人自危的社會亂象了。

網路社會奪走個人的思考能力。因為「上網去看便知道大家在想什麼」這種偏見，把個人該有的觀察思考意志封殺掉了。後果就是，網路上的氣氛形成風潮，風潮再被看成社會趨勢，然後反饋到現實世界中，加速社會的不安——。

對這種社會現象抱持疑義本是極其平常的事。一位家喻戶曉的律師在晚間的新聞節目中，批評飯能市民是不是對新聞報導反應過度了，結果，一名以評論穩健而知名的專欄作家罕見地動怒反擊：

『您貴姓若林⑯，而且住在東京都吧？待在毫無危險之虞的安全地帶，當然可以大放厥辭。拜託您好嗎？雖然那些照片未在報紙和電視上公開，但網路都在瘋傳，大家早就知道那三名被害人遭到怎樣的毒手了。只要看過照片，怎麼可能有人不會聯想到自己或妻子兒女遭到同樣毒

手而膽顫心驚？況且凶手就在自己周遭也說不定。我們的恐怖程度，簡直像是跟獅子關在同一個籠子裡卻看不見獅子一樣，只聽得見凶猛的吼叫聲，聞得到喪膽的血腥臭，卻全然不知獅子在哪裡，是在籠子的角落，或者就在自己身邊，敵暗我明中，當然隨時可能遭受獠牙或利爪突擊。這就是我們目前的處境。會說我們反應過度的人，反而不得不說，是他自己想像力不足吧。』

這位專欄作家姓江崎⑰，而且就住在飯能市。他丟下那句怒氣沖沖的結語後，便不再有人發言了。

青蛙男君臨飯能市民之上並沒費多大工夫，只要三具屍體和三張紙條，就被奉為恐怖之王了。

緩和恐怖最簡單的方法，就是將怒氣發洩出去。於是以飯能市民為首的大眾乃至網路上的批判，理所當然將矛頭指向搜查本部。恐慌的程度愈大，責難的聲音便等比例變大，這種現象只能稱為最初恐慌狀態了。有人議論今年爆發的警界醜聞，認為這是導致拘捕率下降的罪魁禍首。有人主張一舉撤換無能的所有辦案人員，或著乾脆把案子交由警視廳接手。有人高喊繳交這麼多稅就是為了這種緊要關頭，因此要求隸屬縣警的所有警察二十四小時守護居民的安全

⑯若林：日語讀音為ワカバヤシ（wakabayashi），首字「ワ」是五十音順序中最後一個可以作為姓氏首字發音的字。

⑰江崎：日語讀音為エザキ（ezaki），首字「エ」是五十音順序中第四個字。

——。縣警本部和飯能署的電話響半天沒人接，網頁上的意見欄有兩小時全黑。警察在外走動的話，管它是執行派出所勤務或隸屬交通課，全都遭市民投來帶刺的眼光。不能保護居民安全的警察，不就只是個持槍的公務員嗎——？有女警被人如此當面謾罵。

就這樣，警察的威信在幾天內掃地。而這種狀況正成為數日後發生的那起事件的溫床，然而在這個時間點，根本無人預測得到。

2 十二月十二日

記者會的隔天，就在距真人家最近的殯儀館舉行真人的喪禮。

古手川著喪服夾雜在出席者中，站在接待處旁。而上司兼搭檔渡瀨，此刻正在本部為指揮調查人員及應付媒體而忙得不可開交。

鼻孔呼出的氣是白的，不由得搓起沒戴手套的雙手。

驀然仰望天空。

昨日開始下起的雪大致還算平穩，但未曾停止。雪粒不大，細雪雖不致造成路上積雪，可確實讓氣溫下降了。根據新聞，今早首次出現今年以來的零下低溫。在殯儀館高懸的黑白布幕襯托下，溫柔飄舞的雪花更顯鮮明。當往生者是一名小孩時，多半如此吧，出席者皆為生命太

過短暫而不勝唏噓。

若說悼念死者的心情，古手川有過之而無不及。身體、心靈，都好冷。然而，自己無權訴苦，因為強忍冤屈的小百合正在會場中擔任喪主。而且自己現在站在這裡，並非為了送真人最後一程，而是或許有可疑人士會來到會場，得張大眼睛看仔細。

正如縱火犯會出現在縱火現場，殺人犯也會按捺不住地跑來觀看被害人的喪禮。況且這是集世人關注的命案還留下犯罪聲明，這種表現欲強烈的凶手就更不在話下了。即便荒尾禮子的喪禮在長野舉行，搜查本部也派員到場，指宿仙吉的喪禮自然也是，所有出席者全都拍照存證，目的就是為了確認是否有跟死者不相干的人物混在其中，是否有格格不入的異類混在其中。之後比對這超過五百張的照片與這場喪禮上收集到的照片，如能找出共同的出席者，便是一大收穫了。目前混雜在會場中的數名搜查員也應該和自己一樣，正拿著隱藏式數位相機拍下出席的每一個人。

先前拍下的五百張臉孔已經縮小拿在手上了。古手川不僅注意來到接待處的人，連徘徊在場外的人也不放過。親手殺死真人並加以解剖的凶手，連在這種哀傷時刻也正看著前來悼念的人而暗自冷笑——這麼一想，自然眼露凶光。

告別式於午後三點結束。

花了那麼多工夫，收穫卻少得出乎意料，加上喪禮中還冒出趁亂詐騙香奠這種事，讓古手

川心情壞到極點。回到本部後，一眼看見異樣的東西。

正面的整片牆上貼滿一張飯能市的放大地圖。當中，瀧見町、鎌谷町和佐合町都打上紅色圈圈，這是屍體的發現地點吧。然後，和緒方町一樣，鎌谷町和佐合町裡有小小的紅圈，這是被害人的家吧。大地圖前面，聚集了表情不耐煩的渡瀨，以及一課的幾個人。

「喔，回來了？辛苦了。」

「班長，這是畫出凶手的行動範圍嗎？」

「嗯，這個叫做地區側寫。如果凶手不是隨機殺人，而是以姓名為根據來挑選被害人的話，那麼這個方法就有可能了。連續殺傷事件的犯罪方法可以分成三大類，知道吧？」

這種分類法，渡瀨曾經以從前在市內發生的事件為例說明過。

「嗯。一是碰到就攻擊，二是跟蹤然後攻擊，三是等對方接近自己時攻擊……是這樣嗎？」

「如果青蛙男是根據什麼名單來選定被害人的話，就有可能符合第二種犯罪模式，也就是跟蹤被害人然後攻擊。那麼，接下來我們就必須推測凶手的行動模式。一樣大致上有三種模式，一是以自家為據點出去行凶，二是以自家以外的住所為據點出去行凶，三是邊做什麼或者製造出什麼狀況後，等待獵物自投羅網。但從這三起命案都是以特定人物為目標這個事實來看，第三種模式這類等待機會上門的可能性很小。那麼，只剩下一或二了。如果這樣的話……」渡瀨用下巴指著地圖說：「凶手有可能是從被害人的家開始跟蹤的，因此，三名被害人的家，以及

三個犯罪現場，如果之後能找到凶手的足跡，然後標示在地圖上的話，就能慢慢縮小凶手的行動據點。如果範圍能夠限定在十公里以內，就有可能採取車輪戰了。」

「說到這，科搜研的報告好像還沒出來呢。從三個現場，除了紙條以外，還有找到其他共通的東西嗎？比方說血漬或毛髮之類的。」

「沒用。」渡瀨搖頭說。

「現場採集到的毛髮就有三百六十九人份，全都送ＤＮＡ鑑定了，但到現在都沒找到任何這三個地點共通的東西來。還不只這樣，也完全沒有跟警察廳的檔案資料相符的。總之，就是要核對的東西太多了。血漬也是只有被害人的血漬而已。從沙坑留下的鞋印已經找出鞋子的種類了，但那是中國大量生產的鞋子，光在埼玉縣就有好幾千雙，已經交代他們下去查了，但我看沒什麼指望。最後就只剩收集目擊情報了，偏偏這傢伙簡直像是夜行性動物，專挑沒有行人的地點和時間來作案。可怕的是，不知道是這傢伙太熟悉地理環境或是太好狗運，竟然都沒人看見疑似凶手的可疑人物。真太可怕了。那，你那邊的狀況怎樣？」

一報告在殯儀館並未發現可疑的出席者後，渡瀨火大起來。

「沒有明顯的進展，是怎樣？屋漏偏逢連夜雨嗎？」

「屋漏偏逢連夜雨……又發生什麼事了嗎？」

「嗯，你一直守在殯儀館還不知道吧，今天早上九點左右，町田市發生命案。被害人叫做榎木田謙作⑱，五十五歲，做不動產的。命案現場就在自家的客廳，屍體旁邊有一張青蛙男的

紙條。」

「榎、榎木田！」

古手川不由得靠近渡瀨，但是——

「別慌，那紙條上的字全是電腦打的，行凶的方法也是一刀刺進心臟，明顯就是模仿犯幹的。不，這種狀況應該叫做搭便車犯吧？轄區的動作很快，已經主動傳喚被害人的弟弟，現在正在聽取案情說明，好像剛剛開始做筆錄了。被害人的財產從以前就一直被人虎視眈眈，就在這時候碰上這個五十音順序殺人事件，剛好被害人的名字是『エ』開頭的，所以凶手就趁這時候下手，讓人以為是青蛙男幹的，但我們並沒有公布青蛙男的筆跡和犯案手法，所以最關鍵的這個點是沒辦法模仿的。只不過，警視廳好像從上到下亂成一團。」

「為什麼？」

「青蛙男的行凶對象沒擴大到飯能市以外的地方算是好的，如果他下手的目標延伸到市外的話，等於恐怖和不安也都會擴大。另一方面，雖然町田市這起命案明顯是故弄玄虛，但出現模仿犯就不妙了。如果調查再沒進展，仍然無法鎖定嫌犯特徵的話，很可能就會出現第二、第三個模仿犯了。」

換句話說，表示警視廳給搜查本部相當大的壓力了。警察廳的身影已經若隱若現，調查權被拔掉只是遲早的問題了。

「算了，這樣還算好的。」

「還有、別的嗎？」

古手川說話的嘴形就像吃到難吃東西似的。此時，眼前的電話響了。渡瀨斜瞥了一眼，說：

「接！接了就曉得了。」

不明所以地拿起聽筒。

『喂……』

傳來壓抑似的男人聲音。

「喂，這裡是搜查本部。」

『拜託啦，公布出來。』

「咦？」

『還咦咧，裝什麼蒜啊，把資料公布出來！保護市民生命財產安全是警察的責任和義務啊。』

「公布什麼資料？」

『那還用說，當然是青蛙男啊，你們那裡早就有嫌疑犯的名單了吧，快把那些傢伙的姓名

⑱ 榎木田謙作：日語讀音為エノキダケンサク（enokida-kensaku），首字「エ」是五十音順序中第四個字。

地址告訴我。』

「蛤？你到底憑什麼這麼要求？再說，你到底是誰？」

『我是名字以「エ」開頭的一個市民啊。』

陰鬱的聲音終於讓古手川明白了。這個聲音是被狼嚇壞的小羊的聲音。

「……這樣啊。你的不安我們明白，但警察不能隨便把偵查中的祕密公布出去。」

『你這種說法，剛剛接電話的警察已經說過，我都聽到煩死了。要顧慮到嫌犯的人權是吧？你們警察總是這副義正辭嚴的樣子，把加害人的人權看得比被害人還重要。哼，因為死掉的人又不會起來抗議。但你們要知道，那壞蛋接下來的目標都還活著啊，而且是每天提心吊膽地活著。八萬個善良市民和一個殺人魔，到底哪邊的人權比較重要？』

「就算我們有懷疑的人，也未必就是凶手，所以……」

『所以說啊！所謂嫌疑犯，不就是有前科的傢伙或者那些神經病，我們要的就是那些人的資料。只要知道誰有嫌疑，我們也可以幫忙監視啊，又沒有要加害那些人的意思。或者，你們警察可以把他們隔離到什麼地方去嗎？』

這是什麼歪理啊。一旦變成自己的事，人們就會大言不慚地說出納粹式的言論。

幾個月前吧，佐賀縣有數名警察把一名智障者的行動視為可疑而加以追蹤，集體暴行的結果，就是發生把人整死的不幸。當時，輿論把警察的缺乏見識和粗暴之舉批得體無完膚，但狀況一變成可能危及自己時，就會說出相反的話來了。這就是所謂的善良市民，真讓人不敢置信。

「這種無理要求，你認為我們警察會接受嗎？」

『哼，刑警先生，你聲音聽起來還很年輕，還沒結婚吧？』

「這有什麼關係？」

『這次被殺的是一個七歲的小孩啊，我也有一個同樣年齡的女兒。』語調突然低落。

『當然有關係。如果是自己一個人就不說了，但像我們這種有家的男人，可是擔心家人擔心到神經耗弱啊。你想想，如果你的老婆、小孩被人那樣殺害呢？晚上我當然不准他們外出，但連白天我都會擔心到沒法安心工作。每次看見新聞都要抓狂了。怎樣？你能體會一點我的心情嗎？』

古手川沉默片刻。冰冷掉的手、消失掉的笑容，這些苦悶，古手川比任何人更能感同身受。心中裂開的空虛、無法訴說的失落感，如今又生生刺痛著自己。

『拜託啦，刑警先生。』對方的聲音帶著哀求。『我的家人比我還重要，我必須保護他們，這是我為人父親的責任。我現在跟你說我的地址，半徑十公里就好，請把這個範圍內有前科的人或是精神異常的人跟我說。』

「不行啦，那個……」

支支吾吾時，一隻手從旁伸過來奪走話筒。

「喂，我這裡有個好點子。」渡瀨用低到趴在地上的聲音說：「你這麼希望隔離的話，我

們就依妨礙公務執行把你隔離進看守所。你要說你的地址，那好，省得我們查。電話有錄音，你直接說就行了。只是，我們署裡的看所守都是單人房，可沒有全家人專用的，你要嗎？」

持續一陣無言後，對方掛斷電話。

「一早這類電話就他媽的打個不停，造成正常業務的電話都打不進來，一樓櫃檯那邊處理不了，就把電話轉來了。因為不是從前那種打來責罵、訴苦或騷擾的，反而不知如何處理是好。」

渡瀨一臉厭煩的原因就是這個？

「啊，說到這，正經的電話倒是有一通。」

「誰打來的？」

「御前崎教授打來鄭重拒絕。他說，他很明白我們的用心良苦，但基於醫師的道德良心，還是無法提供患者名單。為了慎重起見，他還問過東京都內的精神科醫師，得到的回答也都一樣，然後跟我們鄭重道歉。真是循規蹈矩啊。」

循規蹈矩這個詞，果然和那位老教授的氣質很搭。這種個性，在渡瀨這一輩應該被視為美德吧。

「可是，已經有三個無辜的人受害了啊。這種時候還高談什麼醫生的道德良心，怎不用他精神醫學界權威的身分，說給那個下流報紙的混帳東西聽。」

「這個新聞題材，那個混帳東西早就抓到了。好像已經有報社要採訪教授，只不過他們還

在等待時機。」

「時機？」

「現階段就像剛剛那樣，市民的怒氣和不滿全都衝著警察來。但，要是發生第四、第五件命案，你看著吧，市民的矛頭早晚要指向精神科醫師的。到那時候，他們想寫什麼就寫什麼，誰也拿他們沒輒。通常醫生和律師對外界的批評感覺上都比較遲鈍，一旦淪為眾矢之的，醫德這種冠冕堂皇的理由能不能撐下去就是個問題了。依我看，御前崎教授只是現階段先這麼回答，恐怕他考慮的事情也和我一樣。換句話說，這時候他跟他的學生、還有交情好的精神科醫師們說好，就等於有個緩衝，等到情況緊急時就容易取得共識。我想他多少存著這種心理，畢竟是昭和初年出生的人啊，活到這把年紀也不是白活的。」

古手川立即撤回剛剛的想法。哪裡是什麼美德，還不就是心機重的人在彼此試探嗎？

「話說回來，警察廳的擔心也就可想而知了。飯能市民疑神疑鬼、就要抓狂的恐慌狀態要是擴大到外縣市甚至全國，你看好了，全國的警察不但要對付犯罪，還必須警戒市民的行動，提防擦槍走火。到那時候，我們要負責的可就不只是日常業務了。我們和民間不同，沒辦法雇用派遣或打工，所以每個警察都會工作爆量，結果呢，強行犯抓不到，小偷也抓不到，青蛙男就更別想了。」

只要看到在場搜查員的臉色，便知道這絕非擔心或發牢騷而已。他們每個人都接過多少通這樣的電話了？人人面露疲色，連多閒扯一句都不願意。才一天就搞成這樣，再這麼無限期持

續下去，警察的功能鐵定麻痺。誰會料得到才三件命案就發揮如此大的威力呢。

可話說回來，若能預料得到，就表示青蛙男並非單純的精神異常者，而是長於奸巧的高度智慧犯。

總之，不會只是個殘虐的妖怪，或許我們現在正在面對的，是個不折不扣的惡魔。

古手川背脊一涼，發現脖子上爬滿雞皮疙瘩。

3

從這天起，Natsuo 一點一點變了。這種變化外界當然看不出來，就連 Natsuo 本身也無法立即察覺。

放學途中，Natsuo 看見一隻不停扭動的蝴蝶。可能是哪裡受傷了，見牠一邊抖著翅膀一邊畫圓似地在地上打轉。若在昨天以前，可能只會斜瞥一眼就走掉吧，但，這天，Natsuo 不一樣了。

凝視著蝴蝶，徐徐張開手指。飛不了的蝴蝶動得比蛆還要慢。兩根手指輕易抓住蝴蝶的身體。稍加用力，指腹可以感覺到內臟的鼓動。再更用力，「嗞」一聲，薄薄的皮膜破裂，內容物噴出。手指上留下沾滿涼涼黏液的觸感。

鼓動逐漸微弱，終至靜止。一放開，蝴蝶即如枯葉般隨風迴旋而去。一條生命在自己手中消滅，這個事實讓 Natsuo 的心臟悸動不已。

原來生命如此脆弱。

而且，自己被賦予生殺大權。此刻，沒有人會責怪自己奪走蝴蝶的生命。Natsuo 不知不覺舔著沾上黏液的手指而笑。味道不噁心，至少比父親的精液好太多了。有個什麼之前沒有的、晦暗又沉甸甸的東西盤據內心，陰森冰涼到極點，同時強而有力到極點——。Natsuo 興奮得不能自已，一邊反芻黏液的滋味，一邊邁開步伐。

隔天，Natsuo 跟朋友借了捕蟲網，開始認真捕捉蝴蝶和蚱蜢。那時剛好是盛夏，捕捉昆蟲的身影是夏日極其平凡的風景，因此誰也不會多看一眼。然後，Natsuo 會在沒人注意的地方，把捕捉到的昆蟲一一殺死。先把翅膀和附肢切碎，讓牠們動彈不得後再殺掉。有時也會直接踩死，但大多是握在手中捏死。生命消滅於自己的掌心中，這種感覺重複再多次，依然會帶來甜美的喜樂。

然而，沒多久，這種小小生命便無法帶來滿足感了。能夠一手掌握的大小，生命終歸就那麼大而已。於是，Natsuo 開始尋找體積再稍大一點的生物，例如青蛙、蛇、蜥蜴。自家公寓後面、通學路的兩邊，都有遼闊的田野，捕捉獵物太方便了。新到手的獵物能帶來更大的歡愉。待在家裡只能遭父親蹂躪，而在這裡，自己可以搖身一變，成為君臨芸芸眾生的神。Natsuo 興奮到全身顫抖地享受宰殺青蛙的快感。夠大、夠實在的手感，使得用力一把捏爛時，全身漲

滿著充實感。又因為獵物的動作大且對苦痛敏感，因此宰殺的花樣愈來愈多了。例如從身體邊緣一公分一公分地切開；挖出眼珠、拔掉舌頭後放置待其死亡；用針插得像刺蝟般；吊在樹枝上細細觀察被鳥啄食的模樣；倒吊在腳踏車後輪的輪幅上，轉動輪子看內臟被離心力從嘴巴甩出來；用兩片板子夾起，然後用跟自己的頭差不多大的石頭從上面砸下去；全身塗上煤油後點火；把鞭炮塞進口中——。超乎意料的是，即使看見鮮紅的血、用手抓內臟，皆無一絲絲嫌惡感；手能直接感覺到生命在掙扎的觸感，毋寧令人舒服。

最近，Natsuo 的精神變化，連自己都隱約感覺到了。亦即為極端的雙面性。面對父親或老師這類強者時，只是一味地順從，但面對明顯比自己弱勢的對象，便徹底發揮殘虐性。極端的雙面性產生人格乖離。沒多久，在精神上，溫和膽小的 Natsuo 依附在殘虐豪膽的 Natsuo 上，並受其支配。膽小的 Natsuo 經常被迫淪為別人的從屬，尤其跟父親在一起時，整顆心都空了。那時候，另一個豪膽的 Natsuo，就會在高處冷眼旁觀任父親擺布的膽小 Natsuo。那不是真正的我——。豪膽的 Natsuo 傲慢地咆哮。漸漸地，主客逆轉，豪膽的 Natsuo 變成主人，開始對外表那個膽小的 Natsuo 下命令。

季節由涼秋進入寒冬後，青蛙和蛇都因為冬眠而消失無蹤。但豪膽的 Natsuo 已經等不及春天到來了。Natsuo 每天張大狩獵者的眼睛，捕捉在公園晃蕩的動物，那種殺了也無人在乎的卑微生命。一隻年老的野狗，原本是白色的吧，但身上好多處掉毛，遠看就像裹著報紙似的。賤狗命。Natsuo 心想。只不過老歸老，成犬畢竟體型不小，絕非手到擒來這麼簡單，必須先

控制住牠的行動。但，拿到安眠藥之類的事對小學生又太難了，無論如何，一定要在一開始就給牠近乎致命的一擊才行。

Natsuo先確認好那隻狗會在固定時間到公園徘徊，然後那天把學校午餐剩下的部分給牠。老狗半點警覺心都沒有，貪婪地吃起Natsuo手上的餌。再隔天，同樣把餌丟到老狗面前，牠也依然完全放心地吃起來。

下個瞬間，Natsuo拿出藏在身上的鐵槌，朝老狗的眉間梢上重重一槌。遭到突擊，老狗無能抵抗，哀啼一聲便當場昏倒。原來那個地方剛好是犬科動物的要害。一見老狗僅餘四肢顫抖，Natsuo逮住機會立刻騎上去，用塑膠繩纏住狗脖子，再以全身之力一氣拉緊繩子──。

數分鐘後，老狗吐出下垂而長度驚人的舌頭後，一動不動。Natsuo知道四肢不抖後就會迅速失去體溫。重新俯視屍體，老狗的身長達一公尺半，和自己差不多。這麼大的生物，自己竟也有辦法奪走牠的性命，Natsuo為自身完成的偉大任務感動得全身發顫，從未有過的充實感滿溢胸膛，勝利者的喜悅竄流全身。這是幼小的Natsuo初次體驗到的欣喜若狂。

這一瞬起，世界變了。

原來自己是無敵的──。這種想法變成堅定的自信後，豪膽的Natsuo益發壓倒性地存在了。

在昏暗熱情的助長下，Natsuo的冒險行動持續進行著。不只在公園，還有自家周邊、通學路上、當成遊樂場的空地，凡是進入Natsuo視野中的貓和狗，全成為狩獵的對象。那些說

貓狗很機靈的大人有夠白痴。牠們不會靠近陌生人沒錯，但只要給誘餌，牠們失去警戒心的程度真叫人吃驚。這點，昆蟲和爬蟲類要聰明多了。被餌食引誘上勾的貓和狗，幾乎毫無例外都在無防備下眉間吃了重重一擊。最初有少數幾次沒打中，但成功打中八隻後，就能以宛如職業般的準確度一舉擊中要害了。獵物一動不動後，就成為Natsuo的玩具了。大卸八塊也好，丟棄路邊也好，全隨Natsuo高興。碎屍萬段，將內臟撒在柏油路上，把頭吊在公園的遊樂設施上。這些沾滿鮮血的玩具讓Natsuo玩得不亦樂乎。臨死前的哀嚎和切碎四肢的聲音，聽起來多美妙，開膛剖腹時內臟發出的腥臭以及肉燒焦的臭味，聞起來多芬芳。

父親的虐待愈苛烈，Natsuo的殘虐程度就等比增加。如此一來可想而知，Natsuo經過的地方，貓狗的屍體殘骸與日俱增。由於數量多到非比尋常，附近開始出現質疑的聲音。是不是有變態的人？是不是透露出不只對動物有興趣而已——？當中有居民因為自家飼養的家貓慘遭毒手而向警察投訴，但由於死的幾乎都是野貓、野狗，轄區警署就沒當成損壞器物，只當成違反動物保護法處理，但重要案件早已堆積如山，警方根本無暇去調查這種事。聽到消息的Natsuo暗自竊笑。自己做出讓鄰居們害怕的事了，他們要是知道這是「我們家附近那個乖巧的Natsuo」幹的好事，不知做何表情。Natsuo躲在被窩裡胡思亂想得不亦樂乎。但，警戒心還是必要的。Natsuo的狩獵行動集中在更少人來往的地方、更少人來往的時段。除了具有殘虐的一面，Natsuo也有不輕舉妄動的超強克制力，絕不讓人看見自己在白天暗處鬼鬼祟祟的身影。

就這樣，沒有人發現、制止，棲息在Natsuo心中的怪物已經長大到誰也不敢去碰了。

4 十二月十五日

一旦到達臨界點狀態，危險物隨時可能一觸即發，這點，化學藥品和社會情勢是一樣的。而「五十音順序殺人」爆出第三條人命後，飯能市便處於這種狀況。其實冷靜思考，凶手本身並未宣稱要從飯能市民當中依五十音順序挑選犧牲者，但新聞報導的煽風點火以及三起命案的關連性，在在促成人們對此謠言深信不疑，再加上沒有宣言這件事，反倒助長了凶手的可怕。恐怖滋生流言蜚語，流言蜚語令恐怖更加恐怖。在這個可說是作繭自縛的惡性循環中，飯能市民的確身陷恐慌狀態。

此時出現了一個在火藥庫吸煙的笨蛋。他是曾在埼玉縣警本部警備部服勤的前警部，今年五十二歲，居然在自己的部落格中斬釘截鐵地說，警察廳已經將有犯罪歷史的精神異常者名單建檔。將有前科的人建檔是眾所周知的事，但另外有一份特別的異常犯罪虞犯者名單，這件事只有警察相關人士知道，並未對外公開。這是因為不論犯下何罪，只要適用刑法第三十九條而免受刑罰，甚至也沒被起訴的話，就不算有前科；而將這種已被釋放的原被告的個人資料建檔處理，會涉及人權上的問題。當然，每次發生異常犯罪時，那份名單存在的消息就會再謠傳一遍，但這是首次由退職的警察口中明確證實，而且時機點太糟糕了。於是，異常犯罪虞犯者名單存在的消息在網路上以光速四處奔馳，隔天，埼玉日報便把這件事登在社會版上。

新聞報導的內容僅止於提及有這份名單的傳聞再起，但讀者的反應相當激烈。

古手川進入之前，本部辦公室的屋頂已經快掀了。門一打開的剎那，電話鈴響和男人們的怒吼聲如海嘯般襲來。

「所以我說了，沒有那種名單就是沒有那種名單，你不相信警察說的話是嗎？」

「呃，你的心情我們了解，我們真的了解。但沒有任何證據就扣押人，這種事在法律上、人道上都不容許……」

「不管報紙上怎麼寫，警方自有警方的正式發表……」

「你是江戶川[19]先生嗎？真的很抱歉，在還未構成事件之前，要警察去保護一名個人實在有點……」

「這種事找警察就不對了，你還是撥市公所的代表號……」

還不到八點，但電話鈴響似乎沒有停止的跡象。搜查員一人一部，總共十八部電話全在講話中，而且待機中的燈還在閃著。

「媽的！沒辦法工作！留下兩部，其他的都設語音！」

渡瀨的命令讓大半的搜查員都鬆了口氣。

「比昨天還慘，抗議電話幾乎多了一倍。哼，不過就是剛好被媒體猜中而已。」

渡瀨憎恨地啐道：

「調查遲遲沒有進展，偏偏又節外生枝。都是警界出身的，竟還把那種情報洩漏出去。

警察廳好像氣炸了。那傢伙也被一般市民還有各關係團體的詢問和抗議電話打爆了。聽說剛剛在縣警本部，警備部長被本部長叫去了，因為那個鬧出問題的前警部之前是警備部長的直屬屬下，接下來——能夠訓誡一下了事就算好的。警備部也是禍不單行啊。」

「警備部也、是嗎？」

「嗯，一早警備部警備課和機動隊就接到出動命令了。聽說飯能署也一樣，除了今天沒上班的人以外，幾乎全部被派出去。」

「幾乎全部？到底發生了什麼事？」

「什麼事也沒發生，不，是為了不讓事情發生才被派出去的……啊，剛剛有人說，在還未構成事件之前，要警察去保護一名個人實在有點什麼什麼的。就是這個事。從恩田⑳飯能市長以下，姓氏開頭是『エ』或『オ』的市議會議員、住在其他市的縣議會議員，還有國會議員的家屬，都向警察申請自宅警備。真是丟臉，這種話也講得出來。『老鼠』他們要是知道，一定興奮地猛搓手，這題材太有得他們發揮了。就算警備部的任務是保護要人，但這種狀況等於公私不分，一定會被罵到臭頭的。」

對這番帶自嘲意味的話，古手川只能咬著嘴唇點頭。警察平時總是唱高調要保護國民生命

---

⑲江戶川：日語讀音為エドガワ（edogawa），首字「エ」是五十音順序中第四個字。

⑳恩田：日語讀音為オンダ（onda），首字「オ」是五十音順序中第五個字。

財產安全，一旦事態緊急時，就只能淪為議員們的看門狗。

「這個國家啊，自從七〇年安保㉑以來，不知幸或不幸，都沒有經歷過大規模的暴動。就連恐怖活動，也只有十幾年前那起奧姆事件㉒而已，所以跟歐美或中東國家不一樣，沒有出動自衛隊維持治安的必要。因為沒經驗，後果就是警備體制失去方向不知所措，警視廳當然是，地方縣警更是。如果很有經驗的話，說不定就不會這樣臨時抱佛腳也抱不了了。說起來真諷刺，這次的青蛙男事件完全把這種狀況顯現出來了。不只警備部受到影響，連總務部的情報管理課都被這把火燒到。」

「情報管理課？」

「就駭客啊。他媽的哪個混蛋駭進縣警本部的電腦主機盜取虞犯者資料，幸好防堵得夠嚴密才免遭外洩，負責人應該一臉慘白吧。但真正蒙受其害的要算是警備部，這個月的警備計畫全泡湯了，因為必須全員出動，人手不夠又沒有支援，警備部長的臉色豈止慘白，根本就沒有血色。」

傲慢地撇起嘴唇，但眼睛根本沒在笑。

「還有，這個恩田市長也太好欺負了。跟要求自宅警備一樣沒道理，聽說今天中午過後，就要發表聲明表示對未破案憂心忡忡，拜託全體市民要協助調查，搜查本部要更努力緝凶之類的。哼，我都感動得快噴淚了。」

略帶諷刺的視線移向古手川。

「怎樣，這起把全國上下推進恐怖深淵的五十音順序連續獵奇殺人事件，媒體鬧得驚天動地，哪會平靜落幕，根本就像星火燎原那樣不斷擴大，就快變成你喜歡的那種事件了不是嗎？」

就算是開玩笑也笑不出來了，古手川搖搖頭。

「鬧得沸沸揚揚的事件……我最痛恨了，千萬別找我啊。」

「喔？為什麼？」

「刑警負責抓犯人就好了啊。本來就應該這樣才對，偏偏事情鬧這麼大後，就會被抓犯人以外的事綁住而什麼也做不成。社會太過關注只會煩死人而已。再說我……我只想替那個孩子報仇。」

「哼，不要夾帶私情啊。」

話中帶刺，然而不可思議的是，感覺不到被刺的痛苦。

古手川後來才知道，這天飯能市民的恐慌程度，搜查本部根本不能比。

首先產生恐慌的是小孩的名字以「エ」和「オ」開頭的父母，他們拒絕讓孩子去學校，擔心孩子上下學時慘遭毒手。於是很快地，各校的家長會召開臨時會，決定父母要接送兒童上

㉑ 七〇年安保：指一九七〇年日本民眾反對簽訂《美日安保新約》所進行的大規模社會群眾運動，又稱「第二次安保鬥爭」。

㉒ 奧姆事件：指發生於一九九五年三月二十日的東京地鐵沙林毒氣事件，由奧姆真理教發動，造成十三人死亡及約六千三百人受傷。

下學，但很多家庭是父母都在上班，能持續多久便成了疑問。疑問直接連結不安，不安再轉成不滿反彈到校方，甚至有人提出也要老師陪伴學生上下學，並負責到最後一個學生安全回家為止。一連串事件釀成莫大的逼迫感是眾所周知的，因此校方無法否決這項請求。結果，老師們的工作時間立刻超過勞動基準法的規定時間，撐了三天後，老師遲到早退的情形陸續出現，由於當中也有人因為過度疲勞而生病，於是飯能市教育委員會向保全公司申請業務委託，同時對搜查本部發出前所未有的請求。請求的內容和幾天前飯能市長所發表的聲明無太大差別，但遣辭用字更激烈且帶著動怒的成分。

當然，懼怕青蛙男的可不只小朋友的父母而已。由姓氏開頭為「エ」和「オ」的人所發起的市民團體，光在飯能市就有六個之多，分別為〈飯能市市民安全考量會〉、〈飯能警察署支援會〉、〈凶惡犯罪防止連盟〉、〈生命自救會〉、〈逮捕青蛙男請願市民同盟〉、〈飯能市後援會〉——。值得一提的是，這些團體並不像一般的市民團體那樣由律師等法律界人士出任代表，它們連成立都是在自然情況下產生的，例如在某個地區、某個職場，懷抱相同不安的一群人在熟人的招喚下就組成了；而且各個團體的主張並無相違之處，若說不同，就只有地區及成員的平均年齡不一樣而已；背後也沒有特定的政治團體在操控。就這層意義上來說，是很理想的市民團體，但沒有法律界人士出任代表，背後又無政治團體支持的話，表示一旦失控也沒有踩煞車的機制了。

無論如何，各個市民團體所採取的第一個行動，就是要求搜查本部提供異常犯罪虞犯者名

單。當然，搜查本部皆以偵查不公開以及擁護人權為由拒絕，但其實這是個痛苦的藉口，因為羅列虞犯者名單這件事本身，就是一種與擁護人權相抵觸的行為。

要求提供名單的團體與警察署員之間，氣氛一開始就不太穩定。認為自己被逼到絕境的市民，當然不能同理總是說些場面話的公務員，於是不斷出現該不該提供名單這種爭執，結果，一名警察被揍，打人的市民遭當場逮捕。這名市民不久即被釋放，但因這起糾紛，市民對警察的感覺便愈來愈惡化了。

除此之外，對精神障礙者的中傷和迫害也開始引人注目。這是因為民眾集體打電話或寫信去騷擾精神科醫師以及精神病患的收容機構。

『你們不就是在藏匿犯人嗎？』

『把病人的姓名和地址公布出來。』

『請你們二十四小時監視病人。』

『乾脆搬到其他府縣去。』

寫信雖是較老派的方式，但也有人隨函附上剃刀的刀片或是青蛙的屍體。由於做這些事的傢伙全都標榜正義，更讓收信的一方火大。到底是誰瘋了?!強者與弱者，被害人與加害人之間的界線一天比一天更模糊不清，而且正在互相對調中。

很多團體拒絕依賴警力，在〈仿效美國自救〉這句標語的促進下成立自衛團。各個自治會呼籲大家晚上七點以後盡量少出門，若發現可疑者必須立即通報。居家賣場的防犯小物業績一

飛沖天，門鎖從兩道改成三道、從三道改成四道，鑰匙行忙到不可開交。

自衛團和暴徒的差別在於紀律。換句話說，自衛團就是有紀律的暴徒。但憲法保障人民集會的自由，因此警察無取締的權力。拜此之賜，自衛團的武裝速度雖慢，但愈來愈激進了。除了槍砲之外，什麼都可以拿來當武器，刀子、球棒、電擊棒，最後連鐮刀、鐵鍬等農作工具都被收集來了。武裝化的集團，毫無例外總是感情凌駕理智之上而容易擦槍走火，因為他們覺得與其慢慢談，不如直接比實力更快。沒有適當的訓練又沒有貫徹的指揮系統，武裝集團一旦擦槍走火會如何呢？——並非沒有知識分子能夠指出這樣的危險性，但見證到搜查本部的窩囊以及事件的悲慘後，只有選擇沉默了。縣警本部也討論過是否適用刑法第二百零八條之三的凶器準備集合罪，但這個條文原本是用於及早取締暴力集團或激進政治團體的抗爭，再加上最高法院也曾做出判決，常理上不致令人立即感到危險的物品不視為凶器，於是警方只好放棄檢舉。當然，現階段若是依法檢舉由民眾自發成立的自衛集團，也有人判斷後果可能是火上加油。

無論如何，再清楚不過的就是市民對警察的不信任感了。自衛團的成立即在表明對警察的不信任，可是輿論一面倒，非但無人責難，反而壓倒性地認為理當如此。加上不分男女老幼，大家齊聲怒罵警察無能，還用怒罵警察來代替日常打招呼。至此，警察的威信已然掃地，不久，便一再有人趁黑夜在派出所的牆上亂塗鴉或大小便，顯然警察這個職業已經遭眾人蔑視，甚至有耳語傳出，里中縣警本部長下台只是遲早的問題了。

不安與恐怖，不信與懷疑正沉重地籠罩著整個飯能市。除了自己，市民不再相信任何人，

無形中等於自斷精神上的退路。不，豈止自斷退路，不安消磨掉判斷力，恐怖驅逐了理智，不信吞噬寬容，懷疑侵蝕平穩。疑心暗鬼變成常態，人人的恐慌狀態就要達到臨界點了。經濟上的不安是緩步到來的，生死交關的不安卻是急速銷蝕人心。

然而，猶如革命前夕，誰也無法抑制此般不安。有良心的社會學者雖然靜靜地發出警告，但無人傾聽。

古手川來到澤井牙科診所。從前也曾為其他案子到過牙科診所，但一直坐在等候室，就會覺得牙科診所特有的根管消毒劑臭味要染上衣服了；雖然和待在小鋼珠店就會染上煙臭一樣，但這種味道更讓人生氣。

這段時間，持續監視著每天來此二個小時的當真勝雄。不，正確地說，其實只有第一天是監視，第二天起就算是保護了，因為自從有前科者備受非難後，小百合便拜託古手川保護勝雄，不要讓他受連累。事實上，周遭人對待勝雄的態度的確起了些微變化，即便出於長年同事之情而不那麼露骨，但連局外人古手川也感覺得到，他們看勝雄的眼神和接觸勝雄的手都小小顫抖著。據小百合說，勝雄從醫療機構出來這件事只有澤井院長一人知道，但或許其他同事也隱約察覺出他的過去了。從診所員工的角度來看，他們的心情應該是驚訝一直相安無事的同事突然變成一個變態了，甚至搞不好就是那個連續獵奇殺人事件的凶手吧。

不過，古手川內心確信，勝雄絕非青蛙男。

觀察幾天，便能大致掌握勝雄的工作內容了。說是醫療雜務，其實就是打雜，主要負責搬運醫療器具或廢棄物這種勞力活，然後打掃，性質很單純，完全談不上動腦筋，也根本不會有工作注意事項。但這是有原因的，因為勝雄不會讀寫漢字，要他依照文書指示去做是有困難的。他會讀也會寫平假名，但漢字全然不行，在古手川看來，他的識字能力只有小學低年級以下的程度而已，因此能勝任的工作有限也是理所當然的。或許其他職員以口頭一一說明，他就能做更多事了，但職場上人人忙得自顧不暇，根本沒有工夫教他。

識字能力如此之低，有沒有辦法以五十音順序來挑選獵物呢？姑且不說「荒尾」，「有動」就不容易讀，而「指宿」更難，難到連自己都不會讀了。青蛙男手邊肯定有什麼像是犧牲者名單之類的東西，但怎麼想都沒有必要特別去挑讀解困難的名字。

再加上，古手川的心態壓根就拒絕勝雄是凶手的推測。依小百合的說法，勝雄就像家人般，和真人也親如兄弟。因此勝雄絕對不可能殺害真人，這太違反古手川的世界觀了。

如果這樣都還難免懷疑，那麼看看勝雄的工作模樣應該就能同意了。明明在這裡這麼久了，勝雄臉上別說無半點輕鬆，甚至一眼就能看出刻滿了緊張感。這麼單純的工作他卻這麼認真努力，叫人印象深刻。當然，不一定非得認真努力不可才足以完成工作，但，認真努力會特別吸引旁人注意。

無論政府力推怎樣的就業對策，仍抑制不住失業率。派遣與打工依然橫行，導致正式職員愈來愈少，全國的平均完全失業率已經超過百分之六了。這種狀況下，剛從醫療機構出來的

精神障礙者，他們要找到工作並持續就業有多麼困難，這點已經聽小百合說過太多了。二〇〇六年四月起實施修正障礙者雇用促進法後，公共職業安定所終於開始積極為精神障礙者介紹工作，但不包括因犯罪而待過醫療機構的人，結果就變成不得不靠觀護人幫忙或託關係找工作了。當真勝雄的例子可說近乎僥倖。

在等候室坐二個小時，護士們看也不看古手川一眼，這是因為澤井醫師指示員工們不要理他。幸虧被當成空氣，才能盡情觀察診所裡的狀況。澤井牙科診所果然風評佳，不論何時來，等候室都是人滿為患。聽小百合說，澤井的醫術確實高明，而且為人和藹可親，因此在很短的時間內就將附近同行的病人搶過來了，結果變成三個町中唯一的一家牙科診所。姑且不論診所生意興隆是好是壞，一般認為，病人多的牙醫總是可靠的。

各種疼痛中，牙痛算是相當難忍受的，通常等待的患者都會痛得無暇去想其他事情。然而豎耳傾聽，便發現病人們或護士們的談話中，頻繁地提到青蛙男這個名字，而且神情活像在偷偷說些禁忌似地。在有暖氣又整潔的診所內交流著陰慘的獵奇殺人傳聞——由於鎌谷町這裡正是第二件命案的現場，因此有這種現象也是無可厚非，但日常生活猶如遭到異質的恐怖入侵，讓古手川感覺糟透了。

雙手提著裝廢棄物袋子的勝雄經過眼前。這已經是第幾趟了呢？這家診所包含澤井在內共有四名醫師，似乎沒多久垃圾筒就滿了。

一看勝雄的腳下，發現鞋帶掉了，正要提醒他的那一瞬間，他的右腳扭了一下，來不及喊

出「小心！」，勝雄便跌在鋪著油毯的地上。結果袋子破掉，發出好大聲響，裡面的東西全都撒了出來。滲血的脫脂棉、用完即丟的注射器、尖端切開的空瓶、空藥罐子、牙齒的石膏模型——。一股異臭立刻擴散開來。

散亂一地的廢棄物骯髒且有很多碎玻璃。在那裡的患者紛紛走避，護士們也想幫忙吧，但人人忙得不可開交，於是連靠近都沒有。勝雄顯得相當忐忑，連站都站不起來。大概是不知如何應付這突發狀況，一臉要哭的模樣。周遭的視線全射向出糗的他，讓他看起來就像隻四肢痙攣的動物。

一回過神來，古手川早跪在地上開始撿垃圾。勝雄滿臉吃驚地看著自己，但自己也同感吃驚。

我怎麼會做這種事——？

可，說出口的卻是完全不同的話。

「你沒事吧？」

勝雄的脖子笨拙地上下擺動。古手川雖然眼睛看著他，但一時覺得不好意思，就看向他的鞋子。

然後嚇了一跳。

原以為右腳扭了一下是因為踩到鬆脫的鞋帶，結果是另有原因。

因為球鞋太髒了。不知穿了多少年，已經褪色到完全看不出原來的顏色；鞋面到處起毛，

鞋帶也有幾個地方快磨斷了；橡膠鞋底缺了一角且有裂縫；沒什麼泥土是因為洗過好幾次了吧，再加上經年劣化，已經破爛不堪了；最顯眼的就是右腳拇趾的地方破了一個大洞，露出襪子。一般這樣的鞋子老早丟進垃圾筒了，會把人絆倒也不足為奇。

剛從醫療機構出來的精神障礙者就業有多麼困難？——小百合的話再次於心底響起。這樣的鞋子，丟了吧——正想這麼說時，又有人用自己的聲音說：

「這附近、沒有鞋店嗎？」

自己應該不是會做這種事的人才對啊——古手川一邊思索一邊追上勝雄。向來自認屬於很能夠做客觀判斷，並對嫌疑人和事件關係人保持距離的類型，可事實卻完全不同。

向護士問了鞋店，告訴勝雄要帶他去買新鞋時，勝雄大吃一驚後，樂得「嗚哇哇哇」叫出來。由於聲音聽起來太誇張，反倒讓古手川退縮了。

（拜託，別高興成那個樣子——根本不是什麼高價的東西呀。）

沒理會古手川的為難，勝雄宛如孩子般雀躍。看到他那副興奮的樣子，根本不會想到他過去曾經殺害一名幼兒。人都會變吧？或者說，人有時會變得善良、有時會變得邪惡吧？

一定會變的吧——古手川希望這麼想，寧願這麼想。不然，小百合的鋼琴演奏不就失去意義，勝雄的認真努力不就是裝出來的。

把鞋子拿到櫃檯結賬時，勝雄也是一個勁地撫摸鞋子的表面，確認橡膠鞋底的觸感。所謂

喜不自勝的笑容，指的就是這種表情吧？宛如小朋友獨占全世界的聖誕節般，整張臉笑開了。

櫃檯的年輕女店員見狀忍不住一笑，然後連忙說：

「啊……不好意思，我太失禮了。」

「哪裡，我們才不好意思呢，在店裡吵吵鬧鬧的。」

「不！不是這樣的。呃……真的好開心，我是第一次碰到買鞋買到這麼高興的客人，真的很謝謝您。」

說完，他開心地笑了。這種時候只要以笑容回應就行了，可這幾天來，古手川已經無法自然地笑出來了。

「那，穿來的鞋子要幫你們丟嗎？」

不覺點頭的前一瞬，職業意識回來了。

「喔不，我帶回去好了，請幫我用袋子裝起來。」

為慎重起見，打算和公園留下的鞋印做比對。應該不會有什麼結果的，但這樣就太好了，至少可以成為洗刷勝雄嫌疑的證據。

離開鞋店時，勝雄繞到古手川前面直視著他，然後掛著那副笑容說：

「謝、謝謝。」

這回輪到自己被目光緊緊盯住。毫無矯飾的單純話語直直刺入心裡。古手川知道自己兩頰紅了，又一時不知如何是好，只得厭煩似地搖了搖手來遮掩害羞。

勝雄的宿舍位於澤井牙科診所的隔壁。果然是醫院才能這麼奢侈吧，這是一棟蓋了十幾年的小而美公寓。職員都在加班而窗戶暗成一片。勝雄的房間在二樓的左邊，「房間、什麼也、沒有。」他不好意思地說。於是古手川就不做出想進去的表示，直接離開了。

今天的事最好跟觀護人報告一下吧——多多少少，古手川算是隨便編個理由，便前往隔壁的佐合町去。這時候去見才剛辦完真人喪事的小百合，不免有點緊張，但心裡很清楚，不見的話只會更加擔心。

令人吃驚的是，相隔五日再來，佐合町的樣子整個變了。才剛過七點，路上便行人寥寥，且個個射出警戒的目光。趕回家與家人團聚以及歲末年終特有的匆忙感已蕩然無存，只剩下一片沉寂，宛如亟欲躲過野狼來襲的羊群般屏神歛氣。這種改變肯定是真人的命案引起的。連年僅七歲的小孩都不放過，青蛙男讓這個町持續陷入戰慄怖畏之中。

迴旋的風將路邊的銀杏落葉吹得團團打轉。

既然市街是由人群聚集而成，就與人群成為生命共同體。有謳歌春訪大地之時，必有靜待死神降臨之時。打個淺顯的比喻，市街的財政破綻，意味居民即將餓死，居民的高齡化，意味市街行將衰敗。人死的話，市街也會死。人被恐怖逼得發瘋的話，市街發瘋也就不足為奇了。

有慟家的玄關上還貼著「忌中」的告示。門口的燈亮著，表示有人在家吧。不會待太久，看一眼就好了——按下電鈴，打算等個幾秒鐘要是無人回應就離開。但，不一會兒門就開了。

「哪位……」

看見前來應門的小百合，一陣難受。

比在喪禮上看到時兩頰更為凹陷，眼神無光，憔悴不堪的臉上絲毫感受不到生氣。

「啊，古手川先生，辛苦你了。」

小百合倚靠著大門，說得有氣無力。彷彿不靠著什麼，整個人就要垮下去了。

「有働小姐！你有好好吃東西嗎？」

「真的很抱歉，我這張臉……因為沒吃什麼東西。」

走近一看，皮膚失去光澤且毛孔粗大。常聽人說「不吃妝」，指的就是這種狀態吧。勞心催人老嗎？看起來一下老了十歲。

「請進。」小百合打開門。「大家都識趣地不想打擾我，但剩我一個人反而悶悶不樂，你能來真好。」

當大門在面前敞開時，身體便自然地往裡面走。

家裡當然開著燈，但不足以拂去宛如從地板下悄悄竄升的陰森之氣。失去主人的電視遊樂器、折疊好的小孩子衣服、餐桌旁空著的椅子、放在相框裡的真人的臉——。彷彿哪裡破洞般的喪失感讓人待不下去，古手川不由得別開視線。可即便如此，那天那張被要求看著自己而害羞的微笑與怯弱的聲音，此刻不容抵抗地復活了。記憶中的聲音、容顏、遺物，所有令人想起死者的物品，有時會變成侵蝕生者的毒物。

環顧一下，發現客廳角落有類似供奉真人照片與水果的供桌，但沒有遺骨和牌位之類的物

品。小百合注意到了吧，她說：

「我們家沒有宗教信仰，所以沒有佛桌或神壇。納骨在葬禮當天就做完了。葬禮真是可怕啊，好多東西在眼前一下就都收拾掉了。」

古手川無言地點點頭。據說，當父母為子女治喪時，葬儀社會刻意盡速結束喪禮，以縮短喪主哀傷的時間。

「實在沒法待在這裡，都是真人的味道。」

小百合嘆息地說。

「家裡到處都是那孩子的味道，就算噴再多芳香劑也去除不了吧。」

虛弱無力地站起來。

「換個地方吧。」

看著小百合一副硬拖起身體的模樣，古手川猜到她要去的地方。跟在後面，果然小百合打開練習室的門。這間一直令人滿懷期待進去的房間，而今徒留空虛且無機質的印象。密閉又寬敞的空間裡，固定擺著的東西就只有鋼琴而已，的確比較沒有真人的味道。

小百合有氣無力似地癱坐在椅子上，好半晌只是呆呆看著琴鍵，兩手垂然。古手川除了看著她，無計可施。

兩人之間唯有叫人喘不過氣的沉默流淌著。嵌燈與聚光燈的熱度傳不到這裡，應該很溫暖的燈泡也只是蒼白。

「我是個差勁的媽……」

小百合終於開口了。

「唯一的兒子死了，我卻什麼也沒辦法做。別說是找凶手、協助警察，我連那孩子高興的樣子都想不起來。一整天，就只會哭而已。真沒想到原來我是這麼無能為力。什麼鋼琴老師、什麼觀護人，竟然頂著那種頭銜，真是噁心。你知道嗎？這四天中，我做的事就只有穿著喪服坐著而已，喪禮的籌備、到市公所辦理死亡登記、埋葬的手續，全是別人幫我做的。我真的是……真的是什麼也沒辦法做。」

「這種事大家都一樣。逮捕凶手好告慰亡者在天之靈，是我們的工作，家屬能協助辦案的地方本來就有限。……話說回來，真人的爸爸來過了嗎？」

「我老公嗎？啊，來過了。大概是從報紙或電視知道消息的吧。雖然他那個樣子，畢竟是真人的爸爸啊。他到喪禮的後面來，跟我說了很多話……奇怪了，他跟我說了什麼我怎麼都想不起來。等我回過神來，他已經走了。唉呀，他已經另外成立家庭了，當然沒辦法待太久吧。現在回想起來，如果喪禮上我們兩個人能夠手牽手，多少做出點夫妻的樣子，或許真人會很高興吧。但，我連那個也沒做到。」

小百合又靜靜垂下頭來。看她那個樣子，古手川心情真難受極了。明明人就在眼前，卻感覺那般遙遠。明明希望說些什麼來安慰這位母親，卻找不到可以充分表達心情的言語。

但，不說不行。

「有慟小姐，我覺得不是你想的那樣。」

能把想法如實表達出來嗎？

「不是你什麼都做不到啦。像我們會抓壞人，可說起來，也就只會這個而已。但一定有許多事是媽媽、是有慟小姐你做得到而我們做不到的吧？」

小百合的視線緩緩回到琴鍵上。悼念死者，安慰死者在天之靈，還有為此而演奏樂曲的才華，她與生俱有。

深深吐了一口氣，小百合將手指放在琴鍵上。

「那孩子啊，很喜歡蕭邦的這首曲子。」

接著，手指編織出來的是古手川耳熟能詳的樂曲。蕭邦練習曲第三號E大調《離別曲》。這是一首讓作曲者本人說出「我未曾寫過如此美麗的旋律」，而且收進音樂教科書裡的世界名曲。小百合壓抑向來強勁的打鍵方式，讓每一顆音珠粒粒分明地飄盪在空中。旋律誠如作者自己稱讚的那般美麗，難怪總是靜靜微笑的真人會喜歡這首曲子。不過，如今聽來，這首曲子似乎預見了真人的命運，令古手川備覺難受。

小百合的手指同旋律一起在琴鍵上華麗地滑行，一邊明確地彈奏出伴奏部，一邊仔細地刻畫出主旋律，溫柔、躊躇，卻鮮明突出。儘管刻意壓抑打鍵力道，卻緊緊抓住聽者的靈魂不放。哀淒優美的旋律中，真人那靦腆的笑容與怯生生的表情交互浮映出來。雖然虛幻得隨時就要斷掉似地，淡淡的音珠終究療癒少年靈魂般地連續下去。

曲調忽然高揚。旋律瘋狂而騷亂。與親愛的人生生別離的悲楚及慟泣，透過小百合向來的強勁打鍵一舉爆發——。

然後唐突地，樂音停止。

猶如自夢中清醒般，古手川睜開雙眼，見小百合猛地伏在琴鍵上。

「有働小姐……」

「拜託你，古手川先生，把凶手抓起來。」

小百合趴伏著說。

「我、現在才知道，原來心愛的人死了是這種感覺，簡直……簡直像是心裡破了一個大洞，不管再怎麼彈，鋼琴聲都會從洞口跑掉，根本留不住。所以啊，我沒辦法接受真人的死是命運的捉弄。我覺得，如果相信真人是被我身邊的人殺的，而且能夠追究責任的話，那麼多多少少就能填補這個破洞。所以拜託你，請你一定要逮捕凶手。」

說完，小百合仍未抬頭。

很想搭上她的肩膀安慰她，偏偏膽怯的手不爭氣地動也動不了。

但，當那瘦弱的肩膀開始顫抖時，古手川下決心抱緊。

可，小百合仍渾身發顫不已。

＊

他那股興奮熱勁還降不下來，因為從未接觸過的寶物入手了，是一雙還散發著橡膠味的新鞋子。那個男人最近常在自己的周圍徘徊，但好像是老師的朋友，一開始還挺討厭他的，但既然會送這種禮物給自己，說不定和自己是同一國的。

他把鞋子放在玄關擺好，然後轉身面對放著其他寶物的地方。儲藏室的下層，那個角落收藏著許多他心愛的寶物。

女性的衣物、內側沾上血漬的垃圾袋，還有愛用的武器。這三樣都是顯示自己就是青蛙男的證物。光看著心情便激奮起來。

今天在診所，大家的話題仍繞著青蛙男打轉。男的女的、老的小的，不論何人都無法忽視他。接下來是「エ」。到底會選上誰呢？

每次一想到那些提心吊膽的人，昏暗的喜悅就爬遍全身。別人不得而知的犧牲者，自己卻已經知道了，這種優越感讓人興奮到極點。擁有選擇權是王者的證明，最先知道也是王者的證明。

俯視著宮殿廣場上一堆可憐的廢物，身為國王的他高聲下敕令，「下一個玩具就是你！」

──光幻想這個情景，就令人滿溢幸福感。

寒風敲打玻璃窗，不斷發出啪吖啪吖的聲響。聽在他耳裡，宛如崇拜自己的拍手與歡呼。在這個昏暗窄仄的一人王國中，他無時無刻不陶醉在這片歡聲中。

四、燃燒

1 十二月十九日

這一天，衛藤和義的心情一樣很糟。

首先是那個年輕護士的態度太差勁了。取回餐點時，看到沒吃完，就不斷說教那個營養價值如何如何、那個費用又如何如何，一副當護士很了不起似地。當然要抗議了，於是把餐點一把打翻，那女人竟用最惡毒的眼神瞪向自己，最後還不斷碎碎念。真是叫聲超難聽的夜鶯㉓。

醫院伙食之難吃也叫人火大。這家醫院號稱市立醫療中心，果然腦外科、咽喉科、耳鼻科、胃腸科、心臟外科、泌尿科等幾乎所有醫療設施都齊全了，就只少了牙科，但會每半年從外面請開業醫師前來進行強制性檢查，只要發現異常，醫院也會派車接送就醫。拜此之賜，衛藤的蛀牙發現得早，也已經治療好了。儘管每天泡在各項檢查、各種藥物中，對這裡的設備倒無不滿，唯獨伙食比超商便當還差，讓人覺得這裡的廚房沒有鹽巴這種東西，喝的湯也只是白開水而已。魚煎得半生不熟，連飯都是六分陳米配上四分麥子。對挑嘴的自己來說，這些根本就是狗食。這種東西幹嘛非強迫人吞下去不可？更何況，自己可是鼎鼎大名的衛藤和義啊。

然而，最令人受不了的其實是自己的身體。糖尿病——真是一種讓人唯恐避之不及的疾病。不過才四十過半，為何非受這種老人病的痛苦不可呢？

那天發生的情景記憶猶新。正在法庭上為被告人是否具責任能力進行辯論時，突然腰部劇

痛，就這麼當場倒下。隨即送醫，醒來時人已經在床上了。醫師告知是因為過度偏食及飲酒而病發。一聽，果然想到一大堆日常生活中的徵兆，如視力衰退、頻頻暈眩等，偏偏就是不想上醫院，結果這筆賬一口氣來要了。但是，衛藤認為不養生、不忌口絕非他個人的自我管理能力太差，要怪就怪工作實在太忙了。

衛藤自開設事務所以來，一直以處理刑事案件為主。雖然律師是各自獨立的行業，業界卻存在著鮮明的等級之分。以債務整理等民事案件為主而賺取佣金的律師，在同行間很被瞧不起，還是以處理世人關注的刑事案件、向國家請求賠償的案件而揚名的律師才會受到矚目，也才會有更多生意上門。衛藤哪有閒工夫去處理欠債還不出來這種窮人家的事。事實上，衛藤會成為大忙人，是從被媒體炒得沸沸揚揚那椿松戶市少年犯罪案開始的。大多數人都判斷檢方有利，可結果，衛藤讓被告獲得無罪判決，打了漂亮的一仗。於是衛藤以新進氣銳的人權派律師之姿，一躍成為媒體寵兒，並如他所料，委託辯護的案件蜂擁而至。

衛藤原本就是個見機行事、能夠勝負立判的人，而且接案向來考慮周到，八成會敗訴的案子一概不接，因此戰功彪炳，屢戰屢勝為他帶來更多的委託案。除了累積實績之外，他在業界的風評也不錯，沒多久便被任命為律師會的幹事。像他這樣的新人竟能在一群律師老手的勾心

㉓夜鶯：英文 nightingale，剛好與護士的美稱「南丁格爾」的英文相同，因此在本文中有一語雙關作用。

鬥角中出線，可說是異例中的異例。不過，為了兼顧律師活動與律師會的運作，只得犧牲睡眠時間，飲食也多半是客戶作東的宴席，全是高蛋白、高熱量的山珍海味。

事業如此一帆風順，健康卻日漸惡化，惡性循環的結果終至今日的疾病纏身。對於放眼未來將進軍政壇的衛藤而言，不得不說是意外打亂人生布局。若是單純的過勞也就算了，但糖尿病這種疾病相當凶險，截至目前在法庭上交手的檢察官或法官根本比不上。視力衰退、動脈硬化，最後連行走都有困難，可憐的衛藤落到沒有輪椅就無法移動的地步。衛藤受到的打擊太大了，正所謂爬得愈高跌得愈重。即便客戶和事務所的職員們嘴巴上不說，但大家都視同衛藤已經退出律師界了。

然而律師這行只要沒被剝奪資格，只要人還沒死，誰也不能強迫誰停業。因此，雖然衛藤大罵一天天削瘦下去的兩隻腳，仍然夢想有朝一日自己能再站上法庭。不僅視力，連記憶力也衰退了，豈止下半身，連手腕到指尖都開始感覺麻痺了，但這個現實他卻始終視而不見。

吃完六點送來的晚飯後，衛藤便匆匆套上外套離開病房。路上遇見幾名護士，但她們只是投以責難的眼光，並不想阻止他。「沒在怕吧？明明晚上那傢伙會出來趴趴走的說。」當中也有人故意說得很大聲讓他聽見，可不用說，衛藤根本不放在心上。

外面的確冷颼颼，但還不到刺骨的程度。雖然坐著輪椅，但並非下半身不遂，而且這樣的寒冷，正好可以刺激被醫院的暖氣吹得昏沉沉的大腦。一天中要是不能有半個小時接觸外界的空氣，憤懣就會累積下來。而且消毒藥水的味道聞久了，便會覺得這個病永遠不會好似地，讓

人充滿不安。和這個不安相比，青蛙男算什麼。

外面的世界正陷入依姓名的五十音順序將人殘忍宰殺這種恐怖氛圍中。依照順序，下一個犧牲者好像是以「エ」開頭的人。難怪護士們會說衛藤㉔有生命危險。最先說這件事的護士表情好認真，但衛藤一笑置之，因為不論下一個被殺的人是誰，肯定不會是自己。不知幸或不幸，如今的自己已淪為醫院的俘虜，不住在家裡，也不住在事務所。院方也未對外洩漏住院病人的身分吧，因此除了家屬、事務所員工以及醫院的人以外，應該沒人知道衛藤和義的住處。一個住處不明的人，怎麼可能被瘋子鎖定目標呢？

衛藤坐的是電動式輪椅，不需要以腕力操作。散步路線是從醫院通到河川、鋪得相當好的自行車專用道，所以毫無通行障礙。再加上近來大家都怕凶手出沒，一過傍晚便不外出走動了，因此自行車也很少。

到了河川的堤防就折返回醫院，這是衛藤的固定路線。走沒多久，風向變了，改吹順風。衛藤從懷裡掏出香煙，點火。別說是個人房，醫院無處不禁煙，之所以強烈向院長要求單獨外出散步，原因之一便是為了能夠不必在意別人的目光而盡情吞雲吐霧。

深吸第一口煙時，背後傳來迫近的腳步聲。

㉔衛藤：日語讀音為エトウ（eto），首字「エ」是五十音順序中第四個字。

噠噠踏踏。

好難得啊。念頭這麼一起的瞬間——。

噠噠踏踏。

冷不防，後腦勺遭襲擊。

似要把頭打下來的攻擊。

眼球快要飛出去了，骨頭應聲破裂，同時無法呼吸，鐵鏽味在口腔和鼻腔間擴散。

衛藤的頭撐不住地往前倒之後，又向後反彈，拉長的喉嚨被什麼東西綑住。

隨即被用力一絞。

力道猛烈，似要將脖子擰碎。事出突然，痛覺消失，只感到喘不過氣來。

意識急速低迷下去。

要絞得更緊嗎？又被綑了一圈。

此時，嘴唇的右邊碰到誰的手指。

反射性地，張開嘴巴不顧一切地死命狠咬。

擰絞的力量瞬間暫停，但馬上又開始了。緊咬的下巴洩氣似地，沒力了。

數秒後——衛藤的呼吸停止，心跳也消失了。

但，掉在地上的香煙還點著火。

正田町的河邊發生火災。接獲鄰近居民的通報，消防隊員立即趕到現場，發現燃起熊熊火柱的是一個人。火勢雖已緊急撲滅，但等到縣警的搜查員趕來時，屍體已經三分之二以上碳化了。

河邊，煤油燃燒的臭氣和尼龍、肉燒焦的苦臭混為一體飄散著。闇黑中，警車的車燈照出煤煙竄升。野風吹襲，可全然無法吹散那強烈的惡臭。古手川用手帕緊緊摀住口鼻靠近屍體，因為光看便知道只要吸一口氣就要吐了。事實上滅火後，好像有幾名新進的消防隊員吐得亂七八糟。

屍體是坐在輪椅上被燒的，煤油似乎是從頭上淋下去，所以頭部最先碳化。也因為如此，和全身比起來，燒焦的頭顱顯得不成比例地小。輪椅還有些地方燒得火紅，冒出刺鼻臭味。

「燒得有夠慘的，明天就輪到我們了吧。」

渡瀨也用手帕按住嘴巴說。

「明天的報紙，會讓搜查本部整個著火，你看。」

遞上來的尼龍袋中，裝著筆跡熟悉的紙張。

昨天抓到的青蛙已經死掉了
不會動的玩具無聊所
以我把它丟丟看。燒著火的青
蛙一邊叫一邊跳又叫又跳真
是太好玩了，青蛙的味
道好好聞。

「會燒成這樣都是因為發現得太慢了。就像現在看到的，河邊的兩側被堤防遮住，使得堤防下方的民宅看不到這裡。通報者是住在大樓五樓的居民，但那個通報者一開始好像也以為是誰在河邊焚燒垃圾。」

原來如此。古手川心想。雖然是死角，但離民宅並不遠，常識上根本想不到會在這裡燒人。但，這名凶手至今已經連續幹了幾票違背這種常識的事了。

紙張和死者的錢包一起放在屍體旁邊，還慎重地用石頭壓住。

錢包裡有駕照，輪椅上也印有醫院的名字，得以馬上查出死者身分。隨即連絡市立醫療中心，對方也正在尋找死者，因此迅速照會完畢。倉惶趕來的主治醫師從燒剩下的部位特徵，立刻證實被害者就是衛藤和義本人。

「先不說一般人的印象，在檢察官還有我們這邊，他是個風評很差的律師呢。雖然頂著人

權派的頭銜，其實骨子裡是個利欲薰心、見錢眼開的勢利鬼。聽說去年夏天緊急住院的，真想不到已經坐輪椅了。」

「但是，通常這種時期、這個時間，這樣的人物會單獨出來散步嗎？他的膽子這麼大喔？」

「因為只有自家人和醫院的人知道他住在哪，所以不可能被當成目標。聽說那傢伙說過這樣的大話。最近大家都知道個資法，詢問處不必說，只要本人不希望，連病房裡也不會貼出名字。那麼，問題就在這裡。這樣的話，青蛙男是怎麼知道衛藤律師住處的呢？最合理的解答是？」

「……醫院的人，或者律師事務所的誰就是青蛙男。」

「那就趕快把所有關係人的名單列出來，列完後，還要查明所有人的不在場證明和背景資料。」

厭煩的口氣中聽得出些微的希望，這是因為終於能鎖定嫌犯了，可以說是前三件命案以來的大進展。然而，古手川隱隱約約覺得希望渺茫。

那樣狡猾且心機重的凶手，怎麼可能隨便做出留下自己地址這種蠢事。雖然是在人家的住處殺人，但還是挑選日常生活空間的死角。而且即便犯下三起命案，也極少留下任何直接連結上自己的東西。犯人百密必有一疏——這句老掉牙的話確實說中了不少案例，但就是覺得完全不適用於這次的命案上。

「班長，那個……」

驗屍官向這邊喊。

「什麼事？」

「請過來一下，有東西想讓你看。」

帶過來的是燒焦的屍體，正面朝上。整個頭顱焦黑，眼球也燒光了，只有牙齒還留下部分白色。驗屍官以職業性的冷靜抓住上下顎，慢慢掰開。

「知道了嗎？上下的齒縫裡夾著類似肉片的東西，因為是在口腔裡面，所以沒燒光。」

凝視手電筒的光輪中間。夾在牙齒內側的殘留物，確實像是吃剩的殘渣，大小差不多滿滿一耳挖勺。

「請趕快照會醫院伙食的菜單。很少人會讓這麼大的食物殘渣黏在牙齒裡面不管吧，為慎重起見……」

「你覺得是什麼？」

「我想是什麼肉片應該錯不了，所以，很難想像是在燒死之前咬自己的皮膚或肉。運氣好的話……這是凶手的。也就是被害人咬下了凶手的一小塊肉。」

「凶手的一小塊肉……」

「凶手從被害人的背後把繩子往後套在脖子上，然後在後面交叉，又繞回前面再交叉一次來絞死。碰到被害人嘴唇的部分恐怕是手指吧。」

「班長，你剛剛說搜查本部會著火？」

「是啊，說得難聽一點，從事發以來，我們一直遭各界指責，被來自各方的壓力壓得喘不過氣，警備部被奪走，甚至被解體。這都不算什麼，但最後的下場，就是我們要和屍體一樣被燒成炭。你看好了，明天各家報紙一定砲火對準本部，猛攻我們耗費這麼多時間和人力辦案，卻防止不了第四起命案發生。這已經不是換一兩個幹部就能了事的。主屋鬧大火，一定會延燒到幾個人身上。但，真正可怕的還不是這個。」

渡瀨壓低聲音。

「人人陷入恐慌狀態後，警察迫於外界壓力而一味急著破案的話，往往會錯抓犯人造成冤罪。這種事，從向來就不怎麼威風得起來的警察歷史就能得到證明。無論如何，這種事絕對不准發生。冤罪有三大壞處，會把無辜的人的一生都葬送掉，卻放真正的犯人逍遙法外，還會讓民眾對警察失去信心。會帶來這三大壞處的案件，讓它走進迷宮也好。如果會陷害一個無辜的人，還不如讓一個凶手跑掉。」

古手川嚇一跳，不由得東張西望。最後那句話，再怎樣都不是擔任搜查指揮的人應該說出口的。所幸渡瀨旁邊只有自己一人而已。

「喏，你有什麼感覺？」

「什麼感覺嗎？」

「該怎麼說，簡直像是被從上面監視那樣讓人心裡直發毛吧。」

有同感而默默點頭。

「這次的凶手不能光說他異常，叫人害怕的是他是個詭計多端的傢伙。搞不好被我說中了，我覺得不只是這個犯罪行為本身，連這個行為會對媒體和世人造成怎樣的影響，都在他的算計之中了……不，不對，我總覺得連我們都被那傢伙耍得團團轉，也不只我們，整個飯能市民全都被他玩弄於股掌間似的……」

說到這裡，渡瀨突然搖搖頭。

「唉呀，我剛說的你隨便聽聽，當成我在胡思亂想好了。」

古手川再次默默點頭。但，並非同意渡瀨是在胡思亂想而點頭，其實，古手川也一直有這種感覺。

2

十二歲那年的春天，有一個小女孩搬到 Natsuo 家附近。這個名叫鈴置美香的長髮女孩小 Natsuo 三歲，由於到校的路線相同，兩人總是結伴上下學，感情非常好。

因為父親工作調動的關係，美香自然要跟著轉學。他們租了一間透天厝。父親的收入應該

還過得去吧，這點從美香身上穿的衣服便可想而知了。美香的臉蛋、鼻子和嘴巴都小巧玲瓏，但有一雙烏溜溜的大眼睛，由於穿的都是很可愛的衣服，在 Natsuo 眼中看來宛如洋娃娃般。一牽手，柔軟得叫人吃驚，那軟綿綿富彈性的觸感，簡直感覺不到骨頭的存在，和自己凹凸不平的手指太不一樣了。一靠近便聞到怡人的香氣，是淡淡的香皂和牛奶味。頭髮總是飄散出洗髮精的芳香。

「我第一次住在可以看到田和山的地方。」美香說。應該是自懂事以來就多半住在都內吧。

「而且，有好多會霸凌人家的男孩子。」美香又這麼說。或許出於這個緣故，似乎很把 Natsuo 當成靠山的樣子。

「交、交給我吧，我會保、保護你。」

Natsuo 這麼說。但盤踞在 Nastuo 心裡的另一個生物可不這麼想。

這個女孩快死時，那可愛的臉蛋會痛苦得歪成什麼樣子呢——？

每當握起美香柔軟的小手，聞到她怡人的髮香時，這個想法就益發強烈。但，「她絕不是貓狗，而是自己的同類」這種倫理觀，勉勉強強壓抑住那個昏暗的欲求。

然而，這種狀況持續不了多久。某天晚上，一如往常，辰哉從背後侵犯 Natsuo 時，說出了這樣的話。

「每次、和你、一起走的、那個女孩、叫做美香、吧？」

「……嗯……嗯……」

「長得、就像個、洋娃娃似的。」

雖有同感，但不想附和，便保持沉默，結果辰哉又繼續說：

「那個小女孩要是我女兒、就好了啊，一定比操你、還要爽好幾倍。」

這一句讓 Natsuo 的自制力崩潰。被虐待也好、被凌辱也好，至少都是為了滿足父親的歡心，這下連這個最起碼的自尊心都被否定了。

明明自己正在承受這麼痛苦、這麼難受的罪。

這個男人卻說，那個連話都沒講過的美香比自己還要棒。

「那、那個小女孩的皮膚、一定摸起來、很滑很滑吧。那裡面，也一定比你的、更、更軟吧。」

邊說，辰哉邊射精了。

自制力一崩潰，美香是同類這種倫理觀也就同時崩潰了，只剩下因她奪走父親對自己的興趣而產生的憎惡感，以及把她那如洋娃娃般的身體當成玩具般玩弄的單純欲望而已。

Natsuo 心中的怪物慢悠悠地抬頭了。

隔天早上起，Natsuo 看美香的眼神就變了。不是看待感情好的妹妹，而是肉食獸在評價獵物的眼神。對於美香不是貓狗這個事實，也已經不是倫理觀上的，而是生物性差異上的認識。

因此，Natsuo 放棄之前認為眉間偏上一點的地方是要害的想法，因為若有凶器迎面飛來，就

算小孩子也一定會反射性地避開。

那麼，從後面呢？讓美香走前面，然後攻擊她的後腦勺讓她昏過去。這種事在電視劇上看過好多次了，應該沒問題吧。等她昏過去後，就跟洋娃娃沒兩樣了。但，還是有個問題，大家都知道美香總是跟自己一起上下學，要是她中途不見了，大家肯定會懷疑我。難道沒有什麼更好的機會嗎——？

沒想到機會就來了。

一到暑假，果然和美香在一起的機會變少了。Natsuo 雖然企圖和她接觸，但又怕被別人看見，就這麼每天煩惱著。

有一天，傍晚時分。

家裡附近已經很難看見貓狗蹤影了。殺了那麼多，似乎連野狗都心生警戒而避開 Natsuo 的生活圈。即便如此，Natsuo 仍如沙漠中求水的旅人般捕獵著。

那天，天色突然變暗，不到五分鐘就整個暗下來了。時間還不到四點，四周卻暗得猶如夜晚般。

一粒，又一粒。

大粒水滴瞬間霹靂啪啦變成傾盆大雨，不一會兒就下成銀色簾幕了。周遭除了雨的敲打聲，什麼也聽不見。雨勢猛烈得將地上的熱氣和塵埃沖刷一淨，連雜草叢生空地上的味道都沖散掉了。

Natsuo沒帶傘，被雨淋得受不了而躲進空地角落的廢屋裡。這間廢屋從前是民宅，住戶搬走後就變成放置農機具的地方。當然，屋裡沒電，躲進去也是暗成一片。

揮掉頭上、身上的雨滴時，有人從背後出聲。

「是Natsuo嗎？」

一回頭，沒想到竟然是美香。她也是全身濕嗒嗒的。

「我出來買東西，突然碰到下雨……」

話還沒說完，一道閃電，緊接著雷鳴轟然乍響。

「啊！」驚叫一聲，美香緊緊抱住Natsuo。濕透的皮膚失去溫度，如屍體般冰冷，但兩人貼在一起的部分又像炭火般一點一點恢復溫暖。

「Natsuo，你好溫暖喔。」美香雙手環住Natsuo的腰，天真無邪地說。Natsuo連忙握住她的手，因為就在她手下方一點點的後面口袋裡，插著一把鐵槌。這把用來攻擊貓狗的道具，沒想到會以這種方式派上用場。

廢屋中只有自己與美香兩人，空地上無其他人影，雨下得這樣猛，一時不會有人過來吧，然後口袋裡又有慣用的道具。所謂千載難逢，不就是這種事？Natsuo感謝命運。

閃電再度劈裂白晝的黑暗，雷鳴即起。當雷電同一時間出現時，表示雷暴雲就在正上方了。

「Natsuo，你說過會保護我的。」

美香抱得更緊了。她的頭頂正好碰到Natsuo的鼻尖，髮絲濡濕，以致向來的洗髮精香氣變淡，然後和著汗味撲進鼻腔，提醒Natsuo一個事實。

美香不是洋娃娃，她明顯是個有血有肉的人——現在還是。

因此，必須趕快奪走她的性命，讓她心跳停止，讓她再怎麼依偎再怎麼搓揉，皮膚的溫度都回不來。

為了把她徹底變成洋娃娃……

在雨聲隆隆的包圍下，仍聽得見美香的心跳聲。美香也聽得到自己的心跳吧。這個心跳聲正以她想像不到的原因噗通噗通作響。

「……來，美香，把眼睛閉起來，向後轉。」

「咦？幹嘛？」

「我有東西要送給你啊。」

「咦？是什麼？」

美香放開抱著Natsuo的手，然後轉身背對。

雖然處在高度緊張中，但Natsuo極為冷靜。迅速拿出鐵槌高高揮起，朝那一點準確地打下去。

像是被布包著的茶碗破裂般，發出輕輕的含糊的聲音。鐵槌陷進頭顱裡。沒吭半句話，美香一屁股坐在地上似地倒下。

拔出鐵槌的同時，周圍又放出電光。咕嚕一聲，溢出的血沫浮映在閃光中。尿失禁吧，一股尿騷味從地面竄進鼻腔，但 Natsuo 並未幻滅，這種事在貓狗身上早見過了，正是這種臭味，才證明活生生的動物已經變成玩具了。

慎重起見，從口袋裡掏出塑膠繩，在脖子上繞二圈後，用力一扯。且不論實際效果，這個動作半是一種儀式了。因為一扯再扯，尿就會一股一股流出來，也算是幫洋娃娃清潔身體內部。

把沒必要穿著的衣服三兩下脫下來，露出白晰又滑嫩的裸體。這麼漂亮的洋娃娃要怎麼玩呢？Natsuo 鍾愛似地用臉頰摩挲她的皮膚，雖然還有點體溫，但生命的火苗已然熄滅，如玻璃珠般黑白分明的眼珠也已失去光采。Natsuo 的胸口快被期待和好奇心撐破了。

然後，突然想到。因為沒料到事情會變成這樣，所以除了鐵槌以外，什麼工具都沒準備。但，一環顧四周便安心了。雖然沒帶工具來，但廢屋的角落裡不是一整排農機具嗎？Natsuo 站在農機具前面若有所思，沒多久便拿起一把鋤頭。鋤刀的寬度僅比美香的脖子粗一點，而且很有重量，比美工刀和水果刀之類要好用多了。

閃電把薄暗中的屍體照得亮晃晃。

動手之前，Natsuo 先脫下衣服，以免被濺血弄髒。雖是第一次切割人的屍體，但不難想像流出來的血一定比貓狗多。

兩腳站在頭的兩側，像是把頭夾在中間般。只要把鋤頭對準脖子，靠它的重量就足以讓鋤刀陷進肉裡。第一次使用鋤頭，但早知道訣竅了，就像之前使用的工具那樣，不要害怕，然後

管它三七二十一地直直砍下去。

將鋤頭高舉到後背，憑這股勁道，不必費什麼力，也能靠鋤頭本身的重量達成目的吧。屏住呼吸，像揮竹刀那樣揮下去。

正中目標。

肉破裂和骨頭斷裂的觸感傳到手上。血沫隨即飛濺到膝下。雖有心理準備，Natsuo 還是被龐大的出血量給嚇到。這一砍並沒完全砍斷，刀刃劈到脖子的三分之二深就停了，血沫順著刀刃噗嘟噗嘟不停湧出，眼看著血泊愈來愈大片。彎腰觀察噴血的情形好一會兒，沒多久就成了間歇噴泉。脖子就快斷掉的關係，頭顱搖搖晃晃。

這次換用一隻腳固定住頭顱。朝那張五官端整的臉踩下去的瞬間，一股涼颼颼的快感竄上背脊。

就在正準備再次揮動鋤頭時。

「住手！」

門口飛來怒吼聲。回頭看的同時，鋤頭被搶下。

眼前站著穿著雨衣的警察。警察以看見怪物似的眼光望著 Natsuo 全身，又看清倒在地上的東西是什麼後，大吃一驚。

之後的事情就不太記得了。

被強迫穿上衣服。廢屋裡塞滿了塞不下的警察。儘管人數這麼多，卻無一人開口說話，大

家只是默默低頭俯視美香的屍體。

腰部被綑上繩子，但沒銬上手銬。然後被押進警車，接著在一間除了桌子無其他物品的單調房間裡被問東問西，但到底怎麼回答的也記不得了。只是跟被辰哉凌辱時的感覺一樣，彷彿那個豪膽的自己正在觀察失魂落魄的自己似的。

會判死刑吧。Natsuo 迷迷糊糊地想，但似乎並非那麼回事，豈止如此，所有警察不分男女全都對 Natsuo 好溫柔，簡直像是用手碰觸膿腫的傷口般。

不可思議地，竟沒有辰哉前來面會的記憶。或許是忘了，但對 Natsuo 而言正好，因為面會的話，那傢伙準會把自己臭罵一頓而且更加瞧不起。被捕最大的好處，就是可以不見辰哉了。

電視上看到的那種審判情形也沒發生，只是站在三個坐著的大人前面，被告知什麼事情而已。坐在中間表情嚴肅的男人，在離開時以沉重的口氣說了一些話，但也完全不記得了。

而且也沒有入監服刑。Natsuo 被送進一間叫醫療少年院的機構，那裡的設備和職員令人聯想到醫院。他們給的房間有六張榻榻米大，牆壁新粉刷過，跟 Natsuo 原來的房間相比，簡直像是飯店客房。能夠和父親隔離、簡單但確實的三餐，而且是個人房。明明殺了一個人，生活水準卻提高，真令人不可思議。

入院後，有好一陣子都在進行各種檢查和診斷。心理檢查、腦波檢查、ＭＲＩ（磁振造影）檢查。然後沒多久，Natsuo 就接受一位醫師的問診。

這位醫師自稱姓御前崎。

「你叫做嵯峨島 Natsuo ？」

「醫生……要……開刀嗎？」

「開刀？沒有啦，不必，我又不是外科醫生。但你為什麼這麼問？」

「因為、我殺死美香了……要被換掉大腦吧？」

「哈哈哈，換掉大腦？你的想法真特別，所以跟像你這樣的孩子說話很有意思。你不必擔心啦，我沒打算改變你的個性或人格，但會讓你重新、從嬰兒時期開始重新再來一遍喔。」

「嬰兒……」

「沒錯。你會變成這樣，是因為在那種環境下長大的關係，所以我們會讓你在完全不同的環境裡回到嬰兒時期再重新開始。很不湊巧，這裡沒有你的爸爸和媽媽，但在這裡工作的每一個人都是你的家人，只要你願意，當然我也是你的家人之一。」

「要在這裡、住一輩子嗎？」

「不會的。只要你能學會人生重要的事，能夠成為一個會為別人流淚、會發自內心愛人的人，就可以到外面的世界去了。」

「……不行啦。」

「怎麼了？」

「大家都知道我殺死美香了，我出去的話，就會被大家欺負。」

「這樣啊，這個你也沒必要擔心。」

御前崎說完，親切地笑了。

「那就改名字啊。」

「咦？」

「有個地方叫做家庭裁判所，只要去申請，他們認為理由正當的話，就可以改名字了。其實不少人從這裡出去時都改了名字，而且你可以到別的地方、到一個沒有人認識你的地方去生活。這沒什麼不好，因為要以一個新的身分重新出發，有時候就是需要一個新的名字呢。」

新的身分——新的名字。

Natsuo 被這番話完全吸引住了。

3 十二月二十日

這天，搜查本部從八點半起召開搜查會議。

搜查會議在飯能署四樓的會議室舉行。古手川半被焦躁驅使地前往警署。焦躁感的原因是早報的一整面報導。第四起命案，而且這次是以住處不公開的人為目標，還把人燒死。換句話說，不光是住民票[25]的地址，兇手連隱匿不公開的個人資料都掌握得一清二楚。到底兇手在飯能市布下怎樣的天羅地網呢？

報紙的這個疑念直接化為飯能市民不安的因素。人人已經變成被暗處的網子捕捉到的俘虜。如此一來，根本無處可藏，即便逃到市外、躲到哪個機構裡，青蛙男必會使出何種手段來查明行蹤的——。從車站的小賣店到警署的一路上，盯著報紙猛看的人，全都面露這樣的不安。而且，早晚這樣的不安肯定會發洩到搜查本部上。

今日的天色依然灰暗凝重。再加上會議室的照明全是陳舊的日光燈，以致排排坐的搜查員個個臉色暗沉。所謂陰霾罩頂就是這個樣子吧。

正前方階梯式的座位上，縣警本部的栗栖一課長和渡瀨、飯能署的署長和刑事課長等大頭都該到齊的，但栗栖課長還沒到。已經就座的十名縣警本部組與二十一名飯能署員，全都被迫枯等。

就算開會，也不致做出搜查方向上的重大改變，何況顯然是增加一具屍體更讓案情混沌不明。會議上會公布的，頂多就是第四名被害人的簡介、解剖見解，以及乏善可陳的查訪結果。不就是這些事情而已，有必要擺這麼大架子讓人苦等嗎？

超過預定開會時間十五分鐘後，會場果然騷動起來，其他幹部們都皺起眉頭，私下責怪栗栖的遲到。

㉕ 住民票：是由市區町村單位所製作而成。記載著各市町村每位居民的住址、姓名、生年月日等記錄。在日本遇到必須證明自己的住址情況時，即可提出住民票。

此時，大官座位上的電話響了。署長拿起話筒，聽取報告。

突然臉色大變。

「怎麼可能……」

雖想刻意壓低音量，但這個聲音反而讓室內一時之間鴉雀無聲。驚訝得挑起一邊眉毛的渡瀨把臉湊近，署長便在他耳邊私語。

這回輪到渡瀨大驚失色了。他不發一語地憤然離席，走近窗邊——然後張大了眼睛。

察覺事情不妙的古手川和幾個人也跑到窗邊。

窗外異樣的光景正在擴大中。

警署大樓外面盡是黑壓壓的人潮，豈止十層二十層，從大門到玄關全塞爆了，不，連圍牆外面也是大排長龍正蜂擁進來。而且不是媒體相關人士，他們手上沒拿相機或麥克風，而是拿木頭、工具等更危險的物品。

「聽說課長的座車被那些人潮堵在外面一百公尺的地方動彈不得。」

從三層樓的高度往下看，可以看清每個人的表情。無一人是笑臉。默不作聲的、喊著什麼事的、破口大罵的、看起來凶巴巴的，共同點是被逼急的人特有的快哭出來的表情。地面被這群一看就知情緒不穩的人潮擠得看不見了，空氣中的喧鬧不安，連皮膚都感覺得到。

類似的場面在電視上看過。印象中是受災失去住家和食物的難民們，引頸等待不足的救援物資，或是對政府的橫暴大為不滿，而欲撲上警察人牆的抗議場面嗎？

古手川的本能發出警報。但，於此同時，渡瀨離開窗邊，走近署長。

「署長，請您下令封鎖警署。」

「你、你說什麼？」

「他們多半是來要虞犯者名單、姓名以『オ』、『カ』這幾個音開始的人吧。他們認為下一個犧牲者不就輪到自己了，在恐懼和疑神疑鬼的心理作祟下，就失心瘋地搞出這個場面來了。我們要是處理不當，他們甚至可能變成暴徒。正門不必說，其他出入口也要封鎖，被那麼多人闖進來的話太危險了，不知道會鬧出什麼事來。」

「飯能市民變成暴徒攻擊警察署？渡瀨班長，你在說什麼夢話？」

「我國的確很少發生這樣的事，但是署長，您忘了嗎？大阪西成區那起火燒派出所洩憤事件……」

署長的表情剎時緊張起來。

「就連在那個時候，相關的人，誰也沒料到派出所會成為攻擊目標。但是，被逼急的人變成暴徒只要一瞬間就夠了。」

「杞人憂天，不，根本可以說是你的胡思亂想。首先，這裡可是警察署，就算真的發生暴動，有一大票精銳部隊可以鎮壓暴徒。」

「署裡的警備課和縣警機動隊有一大半不在，都去保護議員諸公了。」

署長目瞪口呆。

「鎮暴專家不在。留在這裡的我們，要說武器就只有警棍和手槍。但數量沒多少，要對付那樣的人潮，根本寡不敵眾。再說，能拿手槍對市民嗎？萬一出個閃失有人開槍了，不就變成火上加油？別說有人受傷，搞不好還會出人命。而且，就算雙方都沒人受傷好了，只要虞犯者的名單外流出去，名單上的人一定會有生命危險。那時候該怎麼辦？等於是打開地獄的門，把負責這起事件的人和列在名單上的人一個一個丟進去。」

署長的五官煩躁得扭曲起來。一想像渡瀨提示的最糟狀態便不寒而慄，另一方面，還得衡量封鎖警署之後將招來非難的情形。不過，風險控管本來就是主管的必備能力，這點署長不愧是署長，他當機立斷說：

「沒什麼比防止不必要的傷亡更重要了。」

「大樓的出入口全部封鎖？」

「幸好這是棟舊大樓，只有正門、後門和地下停車場三個地方而已。」

「電話請借我一下。」

渡瀨拿起署長面前的電話筒。

「四樓、本部。……蛤？太吵了，聽不到！再說一遍！什麼，壓不住？好，我派人過去支援，你們要頂住。還有，馬上把後門和停車場入口的鐵門拉下，快快快！傳令給二樓和三樓，叫他們電腦都關機，千萬別讓資料給偷了。電梯停止，太平梯口和防火門全部關上，不准進入！」

渡瀨放下話筒後，嚴肅地望向在場提心吊膽的每一名同事，不折不扣就是指揮官的架勢。

「人已經殺到一樓的接待處了，目前有五名警察在應付，但恐怕保不住。七個年輕的立刻下去幫忙，跟警備課借盾牌以防暴動，絕不能讓他們上樓來。剩下的在這裡待命。去！」

七名搜查員彈開似地飛奔出去，古手川也是其中之一。

渡瀨的指示相當明快。飯能署的各樓層大約成正方形，升降電梯和太平梯居中貫穿，然後以此為中心，四周的空間做為辦公室使用。因此只要封鎖住中間的出入口，就只剩下北側的樓梯而已，防守便容易多了。反正不能讓外面的群眾上樓，尤其這次事件的資料都集中在本部，無論發生什麼事都不能讓他們闖進來。

然而，皮膚與本能雖能察覺到危機，思考上對事態的發展卻難以把握。市民襲擊警署這種橫禍真的會發生嗎？——署長透露出的不以為然，也是全體警員共同的疑問。手中握有搜查權，必要時可以進入任何場所，可以逮捕可疑人物，甚至連開槍都被容許，換句話說，這個組織擁有絕對的權利，而這樣的組織中心竟會被老百姓們造反，實在令人無法置信。過去確實發生過這樣的案例，但那是在大海的另一邊，而且是在有犯罪城市之稱的地方發生的。在這個以守規矩的國民性自豪、連災害時都不會發生掠奪事件的國家，不可能發生這種暴動的——。

想到這，古手川不由得背脊一涼。從第一起命案開始，飯能市民平穩的日常生活與冷靜的判斷力，已被一點一點剝奪掉了。不是被突如其來的災害，而是被悄悄走近身旁的恐怖剝奪掉的。凶手的目標及嗜好很清楚，因此只要一想，就會宛如被凶手布下的蜘蛛絲網住而動彈不得。

在那種狀態下不可能還守規矩的。雖說窮鼠被逼急了也會反咬貓一口，但被攻其不備的話，老鼠哪有反擊能力。不過，若是遭到長期玩弄，持續陷在死亡的恐懼中而發瘋的話，就會反咬貓一口了。人類不也一樣？只要有生存本能和機會，就會起來反抗。

三步併兩步地衝下樓，過了三樓，立刻聽到殺氣騰騰的爭吵聲。

「叫負責的人出來！」

「把那些神經病的名單交出來！」

「各位，請冷靜！冷靜！」

「怎麼冷靜？你說啊！我們命在旦夕，怎麼冷靜得下來?!」

「我們正在幫你們監視那些人啊。」

「這種事就讓我們警察來……」

「閉嘴，你這個混蛋！就是因為你們靠不住，我們才要自己來啊。交給你們這些飯桶的話，永遠也解決不了，不是已經四個人被殺了嗎？」

「就算抓到兇手，只要用腦筋不正常之類的理由就可以判那傢伙無罪。反正又抓不到兇手，就算抓到了也沒辦法判刑，你們這種警察有什麼資格阻止我們?!」

正常人與非正常人之間的決定性差別就在眼睛。即使言談和舉止動作都正常，一旦發生異狀，視點就會偏斜，狀似看著前面，卻是看著其他地方，而且只會看見自己想看見的東西。這批群眾的眼睛正是如此。

他們不是單純的群眾，而是失去理智的集團。

一旦下了判斷，身體便立刻反應。其他搜查員也有同樣感覺吧，個個緊挨在擋住群眾的警察後方築成人牆。只不過，為對付歹徒平時雖然訓練有素，但守在一樓的警察才大約十個人，相對地，群眾卻不計其數，落差如此懸殊實在難以抵擋。

持盾牌的搜查員們趕來支援了。這種聚碳酸酯製的盾牌，比從前杜拉鋁製的防彈性更佳，而且具有重量輕又透明這個大優點，擺脫以往在接近戰時看不見對方的不利。

此時，最前排有人大喊：

「四樓！上去四樓的搜查本部！」

不由得往聲音的方向看。怎麼會知道？是內部洩漏情報嗎？或者又是網路情報？無論如何，這下群眾的目的地十分明確了。

「從這裡！」

「讓開，混蛋！」

怒吼愈來愈凶暴，開始有人徒手推盾牌了。警方以兩人撐住一張盾牌來對抗群眾，於是，又有更多人上前推盾牌。雖然陸續有警員從二樓下來支援，但從玄關湧進的人潮占壓倒性多數，使得警方的人牆慢慢敗退。

人潮已經將一樓大廳塞爆得無立錐之地，而且確實往樓梯方向逐步接近。

砰砰！

砰砰！

出現刺耳的聲音。原來有人開始揮動木頭和鐵管打擊盾牌。難道他們不知道這種行為將構成傷害罪嗎？還是明知卻故意撒野呢？雖然盾牌並未破裂，但衝擊力道相當大，持盾牌的搜查員個個表情痛苦扭曲。緊接著，是群眾心理嗎？男人們紛紛拿出武器開始仿照前面的人。除了鐵管，還有鐵槌、扳手、鐵撬之類的工具，當中甚至有人揮起金屬球棒和高爾夫球桿。這些都是十分具殺傷力的東西，揮舞這種東西攻擊警方的集團，早就超出一般市民範圍，不是暴徒是什麼？

然而，與其對峙的警方卻只容許消極防禦而已。只要一開始應戰，暴徒就會變回善良的市民，警察也會被指責成橫暴的國家權力。深知這一點的警察們只能繼續忍耐被攻擊。

暴徒得知警方無意抵抗，攻擊便加碼猛烈。敲打盾牌的聲音急如驟雨，盾牌陣愈來愈傾斜，持盾者彎下膝蓋，用頭幫忙撐住盾牌。警方明顯屈於劣勢，持續忍受攻擊之時，群眾的數量還在不斷增加。

警方築出的人牆由第二層支撐第一層，再由第三層支撐第二層，但層與層之間的空隙愈來愈脆弱，好似抵擋不住強大壓力就要崩裂的水泥板牆，一旦裂開，便無法修補地持續崩裂下去。

不久，一名搜查員跪下了。

暴徒立即塞進這個堤防的破洞。

連呼吸都來不及，一支高爾夫球桿朝搜查員的頭上猛力揮下。

但沒打到搜查員。

因為旁邊的警察立即拔出警棍，擊中這名持高爾夫球桿、留平頭的男人的右肩。最近警察的應變方式改了，規定在拿出手槍之前，必須先以警棒應付。因此訓練有素的警察遇到狀況時，自然會伸手去拔警棍。

這是另一波災難的開始。

瞬間，寂靜不意降臨。

高爾夫球桿應聲落地。平頭男子似乎脫臼了，右肩不自然地癱垂。

即便仍在敵我混戰之中，這幅畫面猶似在聚光燈照耀下弔詭地浮起，成為眾人注目的焦點。

然後變成一個信號。

「我靠，竟敢！」

「他媽的，打人啦！」

「警察他媽地打人啦！」

一瞬的寂靜後，隨即湧上的是如怒濤般的反擊。

不見絲毫猶豫，群眾中殘存的一點點理性已被完全驅散，僅餘下攻擊本能。

「衝啊！」

「殺啊！」

並非只想突破警方的人牆，暴徒們明顯帶著打殺的企圖蜂擁而上。原本是攻擊盾牌，如今變成對準一個一個警察狂毆亂打。

古手川守在第三層，可即使隔著這樣的距離，暴徒的瘋狂仍直接傳到皮膚來。一對一單挑時，不會感覺到的猙獰殺意；光是被瞪視著，皮膚就要燒爛似的刺眼目光；既非敏銳也非冷靜，只是一種被狂熱激起而無法克制的野性意志，正朝這邊猛扎猛刺。

那這邊該怎麼辦？以防禦面對攻擊，以理性對待野性。無論如何都不能傷害市民這條鐵律，讓這邊陷入作繭自縛的窘境，宛如徒手佇立在受傷的野獸面前。

搞不好真會被殺死——。古手川首次切膚感到死亡的逼近。不經意看向樓層角落，應該坐在接待處的兩名女警緊緊抱著，背對這裡。但自己可不能像她們那樣背對暴民。

終於，暴徒的瘋狂攻勢讓警員們開始倒下。有人力氣耗盡而被盾牌壓在下面，有人頭部肩部滲血倒伏在地，但暴徒仍踩在他們上面奮力前進。旁邊的警察連忙伸手去拿落下的盾牌，手卻被好幾雙腳狂踢，手指的骨頭好似被踢斷了，那名警察痛得蹲下，表情扭曲。

即使明白不能放著倒下的警察不管，但此刻古手川他們根本連手都伸不出去。後列的兵隊要填補前方被衝破的破口就已經拚盡全力了。

戰線開始節節敗退。

球棒直揮過來，木頭橫劈過去。

忽然，一名年輕男子猛地踩過盾牌爬到警察人牆上。承受不住前方和上面的雙重壓力，人

牆兩三下就瓦解了。

「大家別手軟！」

「打垮他們！」

「往四樓衝！」

即使如此，古手川仍更加克制自己，卻冷不防飛來一物打中頭部。頭往後仰。

太陽穴遭到鈍重的一擊。

剎時，一陣暈眩。

搖搖頭，反射性地用手一摸，滑滑的。

有人丟石頭。

拳頭大的石頭紛紛從群眾後方丟過來。不只古手川命中，還有好幾名搜查員也都按住臉、睜不開眼睛。

連丟擲的武器都用上了？

膽怯令人向後看。映入眼簾的是已經下到樓梯一半來的援軍。

「後退！」一名援軍高喊。

「用樓梯來堵！」

即便思考開始混亂不清，也能勉強了解用意。只要想到重力，便知道不論攻擊或防禦，都

是位居上面的一方有利。一看，果然援軍在樓梯上組成如橄欖球賽中並列爭球的架勢，準備應戰。

就算沒有後退的指示，暴徒們的攻勢早讓戰線退到樓梯邊了。排在後面的古手川他們被人潮推擠似地背對著上樓梯。一名站在樓梯上的警察援軍頂住他的背。

「沒事嗎?!額頭上流血。」

回頭一看，那名警察正驚愕地看著自己。應該是血流得比想像的多吧。雖然故作勇敢地豎起大拇指，仍顯得有些逞強。

一回神，最前線已經退到樓梯前了。古手川排在第二層。自攻防起，到底過多久了呢？三分鐘嗎？還是三十分鐘？時間感早已錯亂，但暴徒的攻擊似無停止之勢。新加入的人潮從玄關源源不絕湧入，相對地，警方這邊卻一個接一個如梳齒般脫落。

一絲恐怖掠過大腦。如此僵持下去，我方人數只會愈來愈少，而且會被一路逼退，讓戰線確實爬上樓去。在這場沒有奧援的消耗戰中，我方若無起死回生、一發逆轉的奇招，警察很快就會死屍累累，然後，被暴徒踩著身體衝上四樓搜查本部並占領，只是遲早問題了。

旁邊搜查員的對話，讓人忍不住回頭看。

「有什麼手槍以外的武器嗎？」

「要、要向市民動手嗎？」

「只要沒殺傷力就行了！警備課總有對付恐怖活動用的催淚瓦斯彈或是閃光彈之類的

吧？」

「距離這麼近，用的話我們也會遭殃的，別鬧了！」

這話也有道理。不論對抗恐怖攻擊或鎮壓暴徒，當初的設想都是用於面積廣闊的街頭作戰。警備部自不必說，就連高層，誰也不會料到警察署大樓竟會遭到攻擊吧。

難道沒有其他手段了嗎？正在動腦筋時，突然眼前一名警察發出一聲短叫，隨即盾牌掉落，整個人從樓梯上滑下。原來有人從下面抓住他的腳踝，硬把他拉下去。滑下時還聽到不想聽到的聲音，大概是撞到樓梯的哪個水泥邊角了，肯定受傷的。就算輕傷，最後也會被暴徒淹沒而慘遭痛毆，反正不可能平安無事的。

古手川撤回先前的想法。在敵人的上方就比較有利這種認定太膚淺了。雖然位居上方，但立足處不穩反而不利。不回頭地背向樓梯往上退，實在比想像中更令人不安。

古手川拿起那名警員掉下來的盾牌。一站到最前線，暴徒的獠牙就要咬上來，那股衝擊力道直接傳到持盾牌的手上。與從旁觀看的感覺完全不同，恐怖、憤怒、憎惡，還有瘋狂——各種激情化成的力量凶暴且毫不留情。

一階，又一階，古手川他們不得不繼續往上後退。

穿透盾牌，男人們的一張張臉正迎面逼近。張得大大的嘴巴，嘴巴裡隱約可見的舌頭，以及焦點在古手川身上其實卻看著其他地方的眼睛——。

剛剛不是說什麼神經病嗎？

你們就是神經病。

頭腦處於亢奮，內心裡，古手川正以冷峻的目光回看瘋狂的男人們。

情緒雖激動，卻另有一個冷靜的思考者在角落裡悄悄咕噥著另一個疑念。

那麼，你自己又屬於哪一種人呢？

是屬於為自保而想要危險分子名單的人，或是擁護即便犯罪，但因無善惡判斷能力就不必受罰的人呢？

或許發瘋的是我們這邊也說不定，並非自己發瘋，而是制度令人在不知不覺中瘋了。

自己正在保護的東西，值得這麼拼命嗎？虞犯者的個人資料，值得犧牲這麼多警察去死守嗎？

一絲茫然產生一瞬的破綻。

一不小心露出藏在盾牌內側的左手時，慘遭鐵管擊中。

痛死了。

骨頭斷了嗎？

疼痛感不退。豈止不退，簡直像熊熊烈火般從腳下燒上來。

剎時，突然激起的憤怒驅走恐懼了。從前得到「不良剋星」封號時的感覺回來了——看見自己身上流血的那一瞬，膽怯感會消失，進而從體內迸出野獸般的能量。後來才大致推測那可能是腎上腺素的分泌作用——那種瘋狂又令人懷念的感覺復活了。

一聲咆哮後，古手川上半身前傾，利用體重和腰的彈力把盾牌猛力撞出去。像是整個貼在盾牌上的男人邊大叫邊跌落樓梯。

根本沒料到警方會反擊吧，於是驚詫引爆更大的憤怒，暴徒的攻勢益發苛烈。他們一邊痛打盾牌，一邊只要發現一點空隙，就抓住腳踝往下拖。落到他們手中的獵物就像撲火的飛蛾。眼看著苦守最前線的警察一個個倒下了。

要是能跟那群傢伙一樣完全喪失理性反而輕鬆——雖然動了這個念頭，可身為警察的職業意識並不會輕易消失。保護市民生命財產安全這道使命感，當下變成要命的緊箍咒。忠於使命的人一個個跌落樓梯，再沒比這更諷刺的了。古手川無處宣洩的怒火化成力量，繼續挺住手中的盾牌。

過了樓梯平台，再撐住一會兒，後退的腳便開始踩空，因為樓梯階已經沒了，失去支撐的身體連同盾牌一起向後翻。

腰部被猛力一撞後痛得張開眼睛的瞬間，一根金屬球棒迎面劈將下來。

迅即舉盾牌格擋，但遲了幾秒，左臉頰便被熱辣辣的一擊炸裂。

剎時，眼前全白，天旋地轉。

「古手川！」

倒地前一瞬，有人用手拉住，原來是轄區認識的搜查員。

慢慢恢復視線，但眼冒金星，口中彌漫鐵鏽味。
那名搜查員一手拿走古手川的盾牌，一手從背後抵住他的身體。
「怎麼……？」
「你下去吧，流了那麼多血。再讓本部的人這麼幫下去，我們轄區真丟臉丟大了！」
這種時候還爭地盤啊?!——頭昏腦脹中想表達不滿，但可以理解對方希望把前鋒位置交給他的道理。試著用手一摸，臉頰果然黏滑滑地，大量出血似乎不假。換句話說，對方判斷自己已經不適合站在最前線了。
被打到聽力受損的左耳，忽然聽到如波濤般洶湧的聲音逼近。不是暴徒，是二樓的警察們加入援軍陣容了。
可以休息一下了嗎——？但並非脫離戰線，頂多換到後衛去罷了。古手川欲起身走向三樓時，突然身體如蝶番脫落般，站都站不起來。
真沒想到身體如此脆弱。故做愁眉苦臉掩飾自己淒慘的窘狀，兩手用力慢慢撐起身體。移動步伐時感覺到了二件事，一，還能前進真是萬幸；二，左腳不太能動了。
拖著左腳好不容易走到二樓與三樓之間的樓梯平台時，成群暴徒已經蜂擁上二樓來了。警察們就這麼在樓梯口圍起盾牌牆。暴徒們照樣步步近逼，但後面擠進來的幾個人則往樓層散開。
二樓有交通課和生活安全課的辦公室，但警察署標榜完全開放空間而無牆壁與隔板設置，

因此無法防止外來的侵入者，暴徒們極容易隨便闖進。

「名單在哪？」

「交出來！」

「去找！」

搜查員在櫃檯前組成並列爭球的陣勢阻止闖入者。手無盾牌的他們，不得不以自己的身體權充人肉盾牌。他們也都心裡有數吧，只見個個表情僵硬得就快破裂了。

「這裡沒有那種名單！」

「現在馬上退出去！」

「再亂來就……」

制止的聲音說不下去，因為一波波暴徒如撲向獵物的肉食獸般開始摧殘人肉盾牌。

若說這是攻防，未免太過於單方面猛攻、單方面屈於防守了。顯然就是手無寸鐵的幾名搜查員對上抓狂的武裝集團。這種態勢比在樓梯上展開的攻防更勝負分明。被打的、被踹的、被推擠得一塌糊塗的——櫃檯前的並列爭球陣轉眼就被摧毀了。東倒西歪的搜查員發出喊叫與悲鳴，不斷有人把他們當踏板，踩著他們跨越櫃檯。

守護的人慘叫連連，攻擊的人怪聲不斷。電腦已依渡瀨先前的指示藏起來，桌上一台也沒有，但站在桌上的男子似乎不管，逕把東西亂踢一通，文具和事務用品應聲飛散在半空中。年輕男子揮起球棒，隨即發出輕輕的破碎聲，電話機四散。跳下櫃檯的人們手持武器開始敲破玻

璃窗。整個樓層東一個碎裂聲、西一個尖叫聲，宛如鬼哭神嚎。暴徒的目的已不在找尋名單，而是破壞。不論再怎麼找理由編藉口、再怎麼曉以大義，抓狂暴衝的結果就是破壞。

狂打搜查員不手軟的。

猛砸電視的。

推倒櫃子的。

亂摔椅子的。

敲碎日光燈的。

被飛濺的破璃碎片割傷吧，有暴徒流血了，於是被血激得又半瘋狂地拿起凶器亂揮亂砍。這個原理就跟剛剛古手川一樣。眼看著，物品被砸得亂七八糟，破璃碎片東飛西濺、流血驚叫聲衝天，惡性循環一發不可收拾。

不久，一名紅髮男子把目光投向僵在樓層角落、蜷縮著身體的三名女警。破壞衝動的對象不分男女，不，女人更容易成為嗜虐對象。發現紅髮男子意圖的搜查員高喊「住手！」後掄起拳頭。胸口遭使勁一擊的紅髮男呻吟一聲便昏死過去。但，混亂並未因而停止，下一秒，一名男人迅速上前反剪住搜查員的雙臂，另一名男人開始毆打，動彈不得的搜查員淪為一只被亂拳海扁的沙包。

古手川只能從樓梯上遠遠眺望這場亂象，即便想過去幫忙，奈何身體不聽使喚，況且，人潮重重阻擋，根本過也過不去。恐怖讓精神與肉體都極度疲弊，疲弊又帶來類似休息的安寧。

此刻的古手川正處於這種狀態。

那名勇敢的搜查員從打人男子的亂拳中唏溜唏溜滑下去時，男子們再次向女警伸出魔爪。他們的眼中除了凶暴，明顯還摻雜著好色，恐怕此刻指揮他們行動的是下半身吧。

其中，一名留著短捲捲頭的男子張開雙臂撲向一名嬌小的女警。

「快跑！」正想大叫的瞬間，女警出乎意料地採取行動，朝雙臂張開而毫無防備的男子臉上擊出一記正拳。因為正中目標，再加上男子本身飛撲的力道反彈，他鼻梁歪掉地倒在地上。古手川吃驚，那名女警更吃驚，目瞪口呆地凝視自己的拳頭，而拳頭正微微發顫著。

幹得不錯嘛，轄區的女警。

正想大呼快哉的古手川，發現女警後面站著一名少女時，再度吃了一驚。

那名少女嚇呆了。

從少女的長相和身材看來，肯定才十三四歲。她一臉蒼白、雙手抱肩，被其他女警保護般地扶著。那裡是生活安全課的辦公室，可見少女不是正在接受輔導，就是正在被保護吧。

以為被保護的女警，其實是在保護少女。

如同當頭棒喝。

被自己的恐懼搞瘋的人，以及被制度逼瘋的人，哪個才是真正的瘋子，或者雙方都瘋掉了？——先不管這問題。重要的是，現在有件事可以明顯區分出是不是以破壞為目的的暴徒與非暴徒，那就是那個人是否正在保護別人。而該被保護的對象具有何種價值也不重要，因為意

義在於保護這個行為本身。保護別人並非出於自以為是而揮起正義大旗，只要有人需要保護，戰鬥就絕非毫無意義。而且，為了保護別人，無論面對怎樣的威脅、不幸和暴力，都能夠挺身而出，就算只有隻身一人也豁出去了。

為我上了寶貴的一課。非向這三名女警道謝不可。

應該被保護的人——想到這，有慟小百合和當真勝雄的臉浮上腦海。虞犯者名單上有勝雄的名字，如果洩漏出去的話，勝雄本身或小百合都可能身陷險境。那麼，自己就有非防止那份名單外洩的理由了。

再次點燃沉睡的爭鬥心。正好戰線再度逼近眼前，一股帶火藥味的狂氣隨風吹至。古手川摸摸臉頰，滑溜溜的血已有黏糊感，表示止血了。

眼前的警察陣容撐不住盾牌地愈來愈向後傾。古手川用沒受傷的右腳一踢樓梯邊角，跳到盾牌上。

伸出的腳命中一名暴徒的下巴，他往後一摔，直接撞上牆壁。

見狀，警方剎時凍僵。

打破不能向市民出手這個默契，古手川知道所有非難的目光正射向自己。

但，管他的。

「你們看！再不動手就會被宰掉！」

古手川一喊，警察們全往辦公室裡面看。那裡的同事們正遭到群毆，剛剛的女警們為保護

少女而臉上出現淤青。

警察們全都目光大變。對同袍意識強烈的他們而言，同事的慘狀無疑發揮了興奮劑的效果。

「嗚喔喔喔喔喔！」

一名警察高聲吶喊，掄起盾牌跳到暴徒上。此時，盾牌已非防禦工具，而是武器。聚碳酸酯的硬度具有充分的破壞力，足以摧毀持刀相向者的戰意，被盾牌打到的男人一言不發倒地。

不過，其他暴徒卻更被激怒了。

這次換成暴徒們狂聲咆哮，兩邊如雪崩般撞上。

原本從數量上就已知警察屈居劣勢，因為他們的人數愈來愈少，暴徒反而愈來愈多。終於，三樓刑警課與警備課的同僚也下來助陣了，但刑警課有數人留在四樓，而警備課一開始就是人數不足的狀態，因此無法大幅增員。反擊的狼煙雖然點上了，要翻覆戰局依然不可能。

在二樓雖然無人丟石頭，但連手無寸鐵的人也開始展開攻擊了。抓脖子、橫撲亂打——一開始是拉頭髮，古手川的頭頂已經是鳥巢一坨，外套的腋下縫合處幾乎全破了，僅餘幾根線勉強連著。

不知不覺間，古手川再次站到最前線。鼻尖被拳頭揮過，臉頰被利爪抓傷，臉上的皮膚熱辣辣地刺痛著，肯定又受傷了。

警察們的行動顯然已脫離規定的羈絆，卻不足以彌補兵力落差之懸殊，因此戰況和在一樓時大致無異。這時候，放一槍嚇嚇他們或許能起些變化，卻不保證結果對己方有利。想著想著，如此敵眾我寡，戰局不論怎麼進行下去，結果只會是消耗戰這個事實又重新浮上腦海。

凶器與猛拳不斷越過盾牌襲來。持盾牌的手已經麻得漸失感覺了。一名高個子男人揮出球棒，反射性地舉盾牌格擋。

下個瞬間球棒滑下盾牌表面，就這麼直接打中受傷了的左腳。

確實聽到肉與骨頭破裂的聲音，隨即劇痛貫穿腦髓。古手川的意識一瞬彈飛，全身僵直如棍棒，衝擊大到連出聲都沒辦法，五感麻痺，甚至覺得痛苦就將這麼恆持下去。若能昏倒該有多麼幸福。然而，站在最前線的緊張感與保護當真勝雄的使命感，不容許他昏倒。

左腳僵直，古手川當場痛得喉嚨梗塞無法呼吸。淚水逼得視線模糊。

「你退下！」

有個緊張的聲音從頭上落下。是從樓上跑下來支援的警備課員。

前一刻還雄雄挺立，馬上就被人當成拖油瓶。古手川爬也似地上樓，但僅用兩隻手和一隻腳，實在拖不動過重的身體。早知如此，平時就該好好鍛鍊才對，現在後悔莫及，只能在這裡抱怨。古手川咒罵自己的體重和手臂無力。

將戰亂的喧騷暫且拋在腦後，古手川費盡千辛萬苦，好不容易爬到樓梯平台後，就將身體靠在牆上，把下半身伸直。想要吐口氣，但依然無法深呼吸。左腳的鞋子裡，發黑的血應該正

啪嗒啪嗒地流出襪子，卻一點都不想脫下鞋子看看。配合心跳似地，左腳也像間歇噴泉般一跳一跳，頭痛也是。腎上腺素的魔力正在解除中。

頭以下的部分就像別人的肉體般不聽使喚，而勉強匍匐前進的後果，就是兩手臂也宛如石頭一般。

真沒用——。

想緊咬嘴唇，連這樣的力氣都使不上。自然地臉頰鬆弛，彷彿在笑，不，其實古手川是在嘲笑。除了嘲笑還能幹嘛呢？雖然架式十足地失控大鬧了，但剛剛發下的豪語早已消失無蹤，唯一被前輩們誇讚的體力也全耗盡了，這副狼狽樣，除了嘲笑還能幹嘛。

往下一看，防衛線已近在眼前，距離只差三公尺多一點，時間上應該不必十分鐘就殺到這個平台來了。要當後衛兵的話，就得在他們上來之前站起來準備防衛，但這雙腳還能用嗎？

再下去就是肉搏戰了。當人肉炸彈也好，就從這裡跳進那波人潮吧，就算沒有五、六個，起碼可以狠狠報復到二、三個人。

正這麼有些自暴自棄時，胸前口袋瑟瑟地振動起來。

——手機？

古手川差點大笑。

戰場上的手機。

非日常中的日常生活。

現在，一群人正和一群人打得頭破血流，而在另一個地方，卻有人忙著吃喝拉撒睡。雖然很正常，卻也荒謬得叫人絕倒。

這種時候，會是誰打來呢？

古手川沒看來電姓名就直接打開手機。耳邊傳來的是：

「拜託你！古手川先生！」

是有働小百合的聲音，而且聲音急得完全不像她。

「是你，有働小姐?!我不知道你有什麼事，但現在我這裡……」

「拜託你！勝雄出事了！剛剛澤井先生打電話來，說有一大群人要他把勝雄交出來，在診所這……」

糟了！

古手川差點手機滑掉。

那些傢伙，直接殺到他那邊去了。

不過，怎麼會知道他在哪裡？已經拿到名單了嗎？

但，稍微一想，古手川便得出答案了。根本不需要名單，當真勝雄平常在澤井牙科，不就一整天光明正大地出現在大家面前？像上次那樣引人注目的出糗應該不是第一次吧。而且去看牙齒的患者中，或許有人已經知道勝雄的來歷。就算從前不知道，如今也很可能經由網路上氾濫的資料得知。無論如何，那些傢伙不會少看勝雄一眼的。

想到這，古手川又注意到另一個危險性。

「有慟小姐！不會你家也有奇怪的人找上門吧？」

「有啊！」

「有慟小姐！」

「但只有兩三個人而已，他們在玄關大叫，沒有硬闖進來的意思，所以不必擔心。還是先去處理勝雄那邊好嗎？他那邊人好多，好像還拿著武器。」

「知道了，我馬上過去。所以有慟小姐，你絕不能讓那些人進去，就算待在家裡，也務必隨身攜帶可以作為防身武器用的東西。我去救出勝雄後就會過去你那邊。」

「拜託了……」

最後的餘音仍迴盪耳際。雖說不必擔心，但就她一個女人，正被那些抓狂的男人包圍住，怎麼可能不叫人擔心。

關上手機後，古手川怪起自己。哪裡是什麼日常生活，他們兩人那邊也正遭受非日常事件張牙舞爪地襲擊。

不去不行。非立刻趕去勝雄那裡不可。古手川鞭策鬆弛下來的精神與肉體，使盡渾身之力終於站起來。

接著，想起一件荒謬的事便呆住了。

沒有出口。

為了盡可能防止暴徒入侵，電梯和太平梯都封鎖住了無法使用。假設從三樓開放哪個出入口下去，到了一樓也會被暴徒擠回來。而眼前這個唯一可以下去的樓梯，正陷入激烈的攻防戰中，人潮再差一階就滿上來了。憑這隻受傷的腳根本不可能穿過那樣的人潮。再加上各樓層的窗戶全都封死了，要從那裡逃出去也不可能。

進退維谷。古手川獨自佇立在樓梯平台上，看著眼下的騷亂狀態。

都沒有什麼地方可以逃出去嗎——？

沒什麼好辦法嗎——？

不行。心急火燎得什麼也想不出來，身心上的疲勞讓思考混沌不清。不過，沒時間呆在這裡進退不得，必須早一刻去救出勝雄，還有小百合。

類似被飢餓感逼得走投無路般，急中生智下總算想到一個人。

無論何時都反應靈敏的人。

而且，雖愛嘮叨，但總會把自己的話聽完的人。

要拜託的話，就只有他了。

一回神，發現自己的手指正在按手機的數字鍵。對方馬上接起電話。

「班長！」

『喂，幹嘛，緊急的事嗎？』

一如往常老大不爽的聲音，此刻不知為何反而讓古手川覺得安心。

「有件事拜託你，請立刻把我弄出去好嗎？」

『什麼?!』

「有慟小百合打電話來，要我們保護當真勝雄，她說有幾個市民殺到澤井牙科去了。」

『……這樣啊。』

「這樣啊？什麼意思？」

『不只當真勝雄，已經有幾個有前科的和觀護人家裡集結了一些混蛋傢伙。不，也不只是個人家裡，連市公所的戶籍科還有縣警本部，都被湧進大批民眾要求拿出資料，可以說是遍地開花。縣警那邊有機動隊總會設法應付，但據說因為隊員都被派去保護重要人物了，本部的防衛工作相當辛苦，根本沒有能力派遣人力到其他部署去。所以現在飯能市內才會變得有點無政府狀態。』

無政府狀態。意思是說不去管小百合和勝雄了嗎？

「請派我去。那兩個人根本不可能保護自己。」

『你要丟下這裡不管嗎？不行，不准任意行動。你怎麼可以偏袒那兩個人，我應該跟你說過不可以挾帶私情吧。』

「我知道啦！就算我說的話很任性、很幼稚好了，但是班長，警察的任務不就是保護市民的生命及財產安全嗎？不保護一個女人和一個未成年人，還談什麼保護市民的生命及財產安全呢？」

『喂，最近才剛派來的菜鳥，敢在這裡說什麼大話！』
「保護人的生命安全還分老鳥、菜鳥嗎？」
雖然覺得惹毛班長就完了，但已經停不下來了。
「就是為了保護人，國家才授與我們手銬和手槍的，不是嗎？既然這樣，不行使這個權力，不去保護現在正身陷危險中的人，而光是在那裡含手指看著，這有種混帳事嗎？如果這樣，那麼警察這工作的確沒什麼好威風的。我們要面對的傢伙全都不是什麼好東西，還有像這次，居然要去當那些大人物的看門狗，有時甚至還要為隱瞞自家人的恥辱去做些厚顏無恥的事。但就算這樣，我們還能繼續幹下去，不就因為我們還有那麼一點引以為傲的矜持不是嗎?!」
終於說出別人想說而沒說出口的話了——。只能這麼想。這下，腋下的冷汗如瀑布般不斷滴下來。
到底結果會怎樣呢？
明明自己就不是個會在這種時候說這種話的人啊。
回過神來豎耳傾聽，渡瀨卻默不作聲。烏雲般的不安迅速湧上來。剛剛說的話並沒有錯啊。
「呃……班長？」
『你說完了嗎？』
渡瀨的聲音比平時更低。腦中雖然響起警報，但古手川不覺有錯。都到這份上了，乾脆一

不做二不休吧。

「請教我怎麼做才好。電梯和緊急出口都封住了，從樓梯到一樓、玄關，都被敵人塞爆了。請教我怎樣才能從這個建築物出去。」

『……你知道你現在是在拜託誰嗎？』

「知道……但是，我不去不行啊，因為能救那兩個人的就只有我了。我沒辦法救她的兒子真人，所以剩下的他們兩人，無論如何我非救不可。求求你，班長！請讓我去他們那裡。」

沉默持續了好半晌後，對方掛斷電話。

那是當然的。古手川突然理解，因為自己給渡瀨的印象太差了。待這場混亂收拾完畢後，自己是會被忽視？斥責？還是停職呢？即便如此，心情卻是後悔中又感到無比地舒暢解放，這又是為什麼呢？

然而這麼一來，能拜託的唯一一條線都斷了，只會更孤立無援。再思考了好一會兒，想到的仍只有強行突破人潮這個不聰明又沒技巧的方法，但如果再想不出其他手段，也只有撂下去了。

古手川再次看著下面樓梯，直擠上來的暴徒和警察陣已經迫在眼前了。在一隻腳動不了的情況下，根本不可能下得去，而且無論如何都得保持足以開車的體力才行啊。

要去嗎——？

壓下膽怯的心，往前踏出一步時。

忽然，館內響起尖銳的警鈴聲。刺破耳膜般的巨響讓騷亂的人潮一下呆住。

傳出「嗶——」一短聲電子音後，迅雷不及掩耳似地，大量注水從天而降。原來是天花板上的灑水器啟動了。突如其來的噴水遍灑整個樓層，無一人能倖免，使得驚聲四起。

『這裡是飯能警察署。現在，火災警報器啟動了。』

警鈴之後，傳出的是女性的合成音。眾人再次呆住。然後，出現另一個聲音：

『現在警告大樓裡面所有的人，四樓發生火災了！』

任何人都不會聽錯，是渡瀨沙啞的聲音。

『有一個市民衝上來放火燒文件倉庫。我們拼命滅火，但火勢延燒太快，難以對付。請所有人現在馬上避難去。你們手中的武器會造成行動上的不便和危險，請當場丟掉。一樓、二樓的署員要負責引導市民避難，留下來的人就幫忙受傷的人送醫急救。還有，對警察施暴的人，以及破壞警署內公物的人，將來一定依法嚴辦，但自首就會從寬處理。以上。如果不想被燒死的話，快逃！』

館內廣播結束後，灑水依然持續著。不知不覺間喧囂已經消失，而由灑水聲和踩踏地板的聲音支配整個樓層。

於是，古手川注意到了，前一刻還襲捲整棟樓層的狂暴旋風已然停止，殺紅眼似的人潮全像失去憑靠般呆然若失。目前正值嚴冬，被冷水從頭澆下一定全身冷冰冰，再加上緊追而來的火勢慌亂人心。現在他們哪裡是凶暴的肉食獸，簡直變成找不到路逃出去的落湯鼠般面面相覷

著。

接到命令的署員動作相當迅速，立即讓群眾排好隊伍肅然地離開警署大樓，並陸續將雙方倒在水灘中的受傷者搬出去。原本人多悶熱得幾乎叫人窒息的大樓，已經從慌亂中慢慢冷靜下來了。

正為事態的急遽變化而不知所措時，胸前的手機再次震動，是渡瀨打來的。

「班長！你那裡還好嗎？」

『什麼啦？』

「剛剛說四樓發生火災?!」

『你真是個不會思考也不會懷疑的豬腦袋。唯一的通路就是樓梯，而樓梯明明被你們霸占了，要怎麼跑來四樓放火！』

「啊……」

『我只是把打火機的火靠近感應器而已。現在整個樓層淹水，文件一張不剩地全泡湯了，但比起造成更多人受傷、更多器物損壞要好多了吧。署長也了解這個事。』

「哇，竟然想得到這種點子。」

『就連正在發情的狗，一旦被水一潑，也會溫和下來，更何況不管在哪，只要聽到失火了，大家都會爭先恐後逃出去的。』

不知不覺地，古手川對著那張看不見的臉低頭鞠躬。

這個人當上司真是太好了。

『趕快去忙你的吧。但，回來以後，四樓的拖地工作就是你的了。』

「班長……」

『嗯？』

「謝謝你！這個人情總有一天、一定、一定……」

『用工作還！』

對方又把電話切了。

不斷在內心反覆著感謝之辭，古手川火速趕往地下停車場。由於拖著一隻受傷的腳，行動無法敏捷如脫兔，卻仍快得叫逃難中的人們瞪大眼睛。又因為腳踝以下已經感覺麻痺，無法判斷鞋子裡的出血到底止了沒，但管不了那麼多了。

坐進本田雅哥的偽裝警車裡。還好是自排，手排車的話，根本沒辦法踩離合器吧。出發時，輪胎發出巨大聲響，遠遠圍觀警署的人們紛紛回頭看，但這也管不了了。打警示燈，鳴警笛。去他的車道、去他的速限。跑在前方的其他車輛都嚇得倉惶讓路。

別擋！

讓開！

古手川開的雅哥持續疾馳於大馬路上，遇到十字路口轉彎時，輪胎發出慘叫聲。大失控的模樣讓行人與對向車上的人都嚇得縮起身體。但，管他會不會撞上別的車、會造成多少物損，

交通法規此刻根本不在考慮範圍內。

澤井牙科前面聚集了十幾名男人，可能由於人數少吧，比起殺到飯能署的群眾看來規矩多了。可對警察的不信任感似乎一樣，裝上旋轉警示燈的雅哥一進入停車場，便射來凶暴的目光。

「你來幹嘛？」

「來趕我們走的嗎？就你一個人？」

「少看扁人了，波麗士大人。」

到底是誰看扁誰？

古手川一下車，群眾便湊上來。只不過，一看見古手川的臉，全都倒抽一口氣地呆住。自己看不見自己，大概是一副連凶神惡煞都要望之卻步的惡魔模樣吧。古手川自顧自地往玄關走去，群眾跟上來挑釁。

「喂，幹嘛不說話！」

「我說，你是來保護當真那傢伙的嗎？」

「警察是人民的保姆吧，你怎麼能不站在保護市民安全的立場！」

古手川猛回頭，瞪向那些人。這張臉用來嚇唬人剛剛好吧。一試，果然效果立現，把臉湊近站在正前方的年輕男子時，他像挨了一拳般地向後退。

「市民的安全？是啊，我會保護市民安全的。我來這裡，就是要把那個姓當真的傢伙帶走，這樣你們就可以高枕無憂了不是嗎？喏，知道的話就請你們協助警察。」

一說要帶走，群眾的表情剎時溫和起來。「把人帶走」是警察最好用的說法，管他是保護還是逮捕，總之就是要把人帶走。

「我們要怎麼協助警察……」

「你們在這裡很礙眼，快走！」

此話一出，群眾又氣上來，但並未加以阻撓。

雖是看診時間，但診所的玻璃大門從內側上鎖了。這是必然的處理方式吧。透過對講機告知姓名與來意後，護士露出安心的表情過來，但走近一看古手川，立刻摀住嘴巴差點叫出來。

明明是來救人的，被帶進裡面後，反而受到急診病患般的對待。

「呃，勝雄他……」

「當真他藏在事務室，所以不必擔心。倒是古手川先生，請你擔心一下你自己吧。你剛剛和哪個暴力集團大戰一場是嗎?!唉，真是的！傷口我先幫你處理一下，但這裡是牙科，頂多只能應應急而已，你待會兒還是要到外科去縫傷口、打石膏喔。」

「蛤？但我要先去看他一下。」

「你腳都這個樣子了，你還要去?!」

不顧護士的大聲制止，古手川來到事務室，看見勝雄的確縮著身體待在角落，這才鬆了口氣。

「九點左右吧，有一通電話先打來問當真有沒有來上班。我才覺得怪怪的，就有一大票奇

怪的人從馬路對面跑過來，於是我趕快鎖上大門。然後他們就在門外大喊大叫要我們把當真交出去。我們也有打電話報警，但都連絡不上，大家就都躲到裡面去了。」

「謝謝。」

今天真是個一直向別人道謝的日子啊——邊想，古手川邊向這名護士鞠躬。

護士要古手川坐在診療椅上，準備幫他處理傷口。好特別的感覺啊，原來處理臉部傷口時，這種仰臥姿勢方便多了。已經沒用的外套直接丟進可憐的垃圾筒。

一邊看著天花板一邊躺下，這下身體的每個地方開始發出慘叫。臉、手臂、側腹、腰，還有左腳。跌打的鈍痛以及割傷的刺痛，聯合唱起最難聽的和聲貫穿腦幹。傷口是熱的，跌打處是冷的。竟然能夠憑著這樣的身體從警署來到這裡，連自己都佩服。就像護士說的，現在只是應急處理一下，不可能很快復原的。

連扭動一下身體的力氣都沒有，只是靜靜呻吟，突然發現牙齦和嘴唇之間夾著異物。雖然口腔裡上下顎都有傷口，但並沒痛到感覺麻痺。稍微抬起脖子吐到手心上。

是臼齒。

用舌頭在嘴巴裡舔舔看，果然有個洞，那麼一定是自己的牙齒沒錯。

想到了。在警署大樓二樓的攻防戰時，被金屬球棒狠狠擊中臉頰，大概是那時候斷的吧。之前因為其他部位痛得太厲害，就沒注意到牙痛了。

這樣的話，來牙科還真來對了——古手川一邊盯著沾血的牙齒，一邊撇起嘴。

此時，朦朦朧朧地，思考被什麼東西吸引住。

等等。牙齒？

這麼說來，第一起命案時，好像哪個人提到了牙齒——？

然後第二起命案也——。

然後，第三起命案也是——。

雜亂無章的記憶片斷飛快地連結。迷霧中有個東西隱約成形，細部一點一點浮現，愈來愈清晰。

荒尾禮子最近才做了植牙治療。

指宿仙吉的錢包裡有牙科的掛號證。

有働真人笑著時，嘴裡的銀牙泛光。

那麼，衛藤和義？——對了。醫療中心每半年會從外面請開業醫師前來進行強制性的檢查，恐怕衛藤也不例外吧？

古手川不由得從診療椅上跳起來。

終於找到了，這就是連結四名各為男女老幼無一致性的受害者的環。他們的共通點就是牙齒，他們在這幾年間都接受過牙齒的檢查或治療。喪禮上，自己原本打算詢問桂木、梢與小百合有關死者和醫生的事，只不過當時自己問的是「有沒有專門看哪位醫生」。如果是植牙或裝牙冠這種短期治療就結束的，就不會被認為是「專門看哪位醫生」了，那麼家屬忘記提牙醫也

是理所當然的，因為是自己的問法錯了。

等等——。

得出一個結論，隨即又浮上一個疑問。

說到同時有診療紀錄以及姓名、地址等資料的文件，就非病歷莫屬了。而青蛙男一定是根據那個病歷來選擇犧牲者的。換句話說，這四人還有一個共通點。這些病歷必然放在同一個地方，因此可以推論，這四人是看同一位牙醫。

那麼，這位牙醫會是誰呢？——

根本不必深思。

醫生是靠口碑招攬病人的。風評佳，而且在指宿仙吉和有働真人的生活圈開業的牙科只有一間。

就是這裡，澤井牙科。

古手川喊破喉嚨地大叫護士。

她連忙飛奔過來。

「怎麼了?!突然叫那麼大聲？」

「護士小姐，現在我問你的問題，希望你仔細想清楚後回答我。這家診所是不是保管著病人的病歷？」

「我以為你要突然問什麼呢……這不是理所當然的嗎？醫師法規定必須製作和保管診療

紀錄啊。」

「保管幾年？」

「病歷的法定保管年限是診療完畢後五年。但我們診所自開業以來還不曾丟過病歷，其實是永久保管呢。」

「保管在哪？」

「附設在藥局裡的病歷室。」

「誰有資格進入那間病歷室？」

「啊，我不是跟你說就附設在藥局裡嗎？所以只要是我們診所的人都可以進入啊。必須嚴密保管的重要物品都另外放在金庫裡。」

診所的人都可以進入。

喉嚨咕嚕一聲。

「拜託，馬上帶我去那間病歷室。」

「咦？但是，還沒幫你處理傷口……」

「那個下次再說啦。」

火速跳下診察椅，完全忘記身體的疼痛。恐怖的可能性與應該唾棄的想像在腦中團團轉。

如果這是真相，那麼今天一整天自己做的事到底算什麼呢？第一次有這種感覺，多想逃避現實啊。

拜託，但願是自己想錯了。

確認——反正先確認再說。現在這樣，不論下什麼判斷都只是臆測。

護士吃驚地不斷抗議，可古手川一逕催促她走，終於來到病歷室。根本等不及護士介紹，他搶著貼在櫃子前，顫抖地打開抽屜。

「不、不行！那是個人資料，就算你是警察，沒得到醫生的允許……」

「要追究的話，事後不管要負多少責任都行啦！我上司負責。」

病歷是一名患者一份地裝訂起來，而且是以五十音順序排列。

荒尾禮子的病歷就在眼前。

荒尾禮子　昭和五十六年一月七日生　飯能市緒方町四—三聖別莊緒方　初診平成十九年八月二十二日。

指宿仙吉的病歷在「イ」層的第一個。

指宿仙吉　昭和十二年五月十八日生　飯能市鎌谷町七—九　初診平成十八年三月十日。

接下來的資料都很容易找到。

有働真人　平成十二年四月四日生　飯能市佐合町一—二　初診平成十六年七月八日。

衛藤和義　昭和三十八年三月十五日生　飯能市市立醫療中心內　初診平成十九年四月二十一日（集體檢診）。

中了。

再一次確認四人的病歷。住址沒變，都是目前所住的地方。姓名住址的下面都有標註假名，因此即使看不懂難解的漢字也都會唸。

就算是當真勝雄也會。

天啊——！

古手川洩氣地跌坐在地。好一會兒，內心才慢慢湧現勝利感，只遺憾染上了悔恨與絕望。勝利感若得伴隨痛苦，不如令人安心的挫敗感要好多了。

不——現在下結論還太早。

即便這裡有顯示四人存在與所在的表單，即便診所人員中只有勝雄一個人的不在場證明是不明確的，這些都不過是情況證據。

還需要物證。

如果有的話，只會在那裡了。

「護士小姐，還有一件事要拜託你。我要把勝雄送去別的地方，他的隨身物品我現在去拿過來，所以在我回來之前，請別讓他踏出事務室一步，就怕外面還有危險分子埋伏也說不定。」

「這個啊？這個簡單。那你要答應我，你回來後，一定要讓我幫你處理傷口。」

「謝啦。」

說完，古手川就飛出病歷室了。

位於診所旁邊、小而美公寓二樓的最左邊。那裡就是當真勝雄的住處。既沒有常去的店家，也沒有長時間可以讓他待著的朋友家，除了每週有幾天到小百合那裡接受音樂治療外，幾乎不外出，那裡是他唯一的安身之處。

渡瀨的教導頃刻間甦醒了。以自己的住居為據點外出狩獵，先查明獵物所在後，再外出跟蹤，然後突擊。這次的犯罪方法完全就是此種模式。果真如此，那麼作為據點的自家中，很可能仍殘留著顯示犯案形跡的物品。

放輕腳步上二樓。手上握著向醫院借來的備用鑰匙。走到左邊的房間，門上沒有門牌，什麼都沒有。

開鎖後輕輕打開門。這是一間單人房格局，從玄關經過短短的通道就到房間裡了。雖然接近中午，但室內微暗，家具的輪廓靜靜沉入暗色中。看向窗戶，厚厚的窗簾緊閉著，難怪昏暗。開燈，卻刻意不拉開窗簾，要盡可能不留下任何痕跡。

快報廢的日光燈閃個不停，房間的細部於明滅間浮現。

一看，不覺吃驚。

低矮的寫字桌和煤油爐。三坪大的房間裡，能稱做家具的東西僅有這兩個。沒有電視沒有電腦，連書架也沒有，三坪空間顯得分外寬敞。角落裡還放了一個便器，如果再小一點，就跟看守所沒兩樣了。牆上只掛著一張月曆和一個時鐘，不見任何海報類的東西。不是寒酸，簡直像是搬家後的空屋般異常空虛。

有心理學家主張房間的光景是居住者心象的投射。那麼，真想請那位心理學家來對這間房間發表看法。從眼前這一切，那名心理學家會如何勾勒出當真勝雄的心象風景呢？

打開壁櫥看看。但裡面只有棉被和換洗衣物而已，並沒看到特別可疑的物品。試著在衣服和棉被的縫隙間尋找，結果一樣。於是環顧鴿子籠似的房間，除了壁櫥外並無其他收納空間。才這麼幾樣東西，其實也不需要了。

來來回回張望，最後視線落在寫字桌上。這張寫字桌十分簡單，桌子附一個檯燈，然後就是抽屜。抽屜很小，總是個收納空間。

一打開抽屜，木頭與木頭的摩擦音大過想像，讓手停了下來。

寂靜。

剛過中午，路上的行人與行車都很少，僅微微的喧囂從窗戶傳入，而室內又無使用中的電器用品，因此聽到的就只有自己的呼吸和心跳聲。

然而，這樣的寂靜並未帶來安適。於荒涼的三坪大空間裡流淌的靜，毋寧攪動著不安。

抽屜裡放著筆記本類和筆。混在筆記本中有小學六年級生用的教科書二本與算術練習簿三本。筆記本裡寫滿了計算的算式。看到那笨拙的數字直叫人心酸。以重返社會為目標而默默練習算術的身影，怎麼也無法與悄悄跟在犧牲者背後的殺人者身影重疊。

忽然發現當中有一本封面顏色褪得很厲害的筆記本。邊角彎折了，紙張也泛黃了，應該至少有十年了吧。

翻開來看，原來是日記。當真勝雄少年時代的日記。幼兒似的筆跡，一字一字大小不一且排得歪七扭八，不過，內容滿是日常生活中發現到的驚奇，讀著讀著，似乎也能嗅到曬太陽的香氣。

可，很快就翻到一面，釘住了古手川的眼睛。

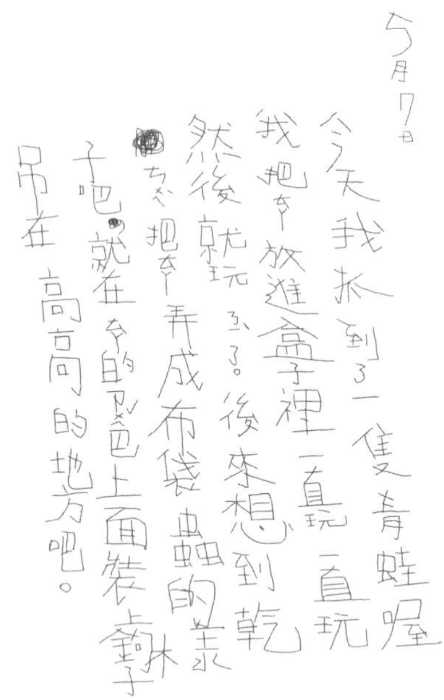
5月7日
今天我抓到了一隻青蛙喔
我把ㄊㄚ放進盒子裡一直玩一直玩
然後就玩ㄙˇ了。後來想到乾
ㄘㄨㄟˋ把ㄊㄚ弄成布袋蟲的樣
子吧。就在ㄊㄚ的肚[illegible]上面裝上[illegible]
吊在高高的地方吧。

錯不了。這和荒尾禮子命案現場留下的犯罪聲明文是一模一樣的。也就是說，這是原稿。將日記的這一段文字印下來，就成了犯罪聲明文。

一邊興奮得發抖，一邊繼續翻頁。

5月8日

我今天抓到了一隻青蛙了喔
我越來越會抓青蛙了今天
就把ㄊㄚ放進板子裡了扁吧
青蛙全部是我的玩具。

然後隔了好幾天都沒有青蛙男的記述。再次出現則是五月的下旬。

5月17日

今天我在學校看了圖ㄆㄧㄢˋ
上面有青蛙的解剖圖
青蛙的肚子裡有紅的白的
黑的內ㄗㄤˋ好漂亮我也
來解剖看看吧。

5月22日
昨天抓到的青蛙已經死掉了
不會ㄉㄨㄥˋ的玩具真無ㄌㄧㄠˊ所
以我把ㄊㄚㄕㄠㄕㄠ看，著火的青
蛙一邊ㄐㄧㄠˋ一邊ㄊㄧㄠˋ又ㄊㄧㄠˋ又跳真
是太好玩了ㄎㄠˇ青蛙的味
道好好ㄨㄣ好ㄒㄧ。

吐出安心又絕望的嘆息。這是完美的物證。有了這個，連指紋、DNA鑑定都沒必要做了。

但，要怎麼把這個事實告訴那位小姐才好呢——？

正在思考時——

感覺到背後有人。

一回頭，當真勝雄站在那裡。

既不吃驚也不膽怯，勝雄的臉上看不出情緒。

想立刻站起來，偏偏左腳不聽話，使得古手川失去平衡跌倒，呈兩手伏地的姿勢。

「那個是、我的。」

勝雄喃喃地說。

「喔，是嗎？我還希望不是這樣呢。」

古手川撐住桌子，總算站起來了。

「原來你就是青蛙男！」

指著他的臉，粗暴地喊道。勝雄依然面無表情，只是輕輕點頭。

「你不否認嗎？畜生！你他媽的幹嘛這麼做？你身邊的人都在鼓勵你、幫助你，大家都想幫你改變、幫你改變你的人生。而你、而你，為什麼還要走回頭路！」

明知白費唇舌，卻不吐不快。只是勝雄的表情依然毫無變化，古手川活像是對著人體模特兒唱獨角戲般。

已經無法溝通了嗎？再也看不見彈琴時、手上拿著新球鞋時的那種光彩了嗎？

滿懷苦澀的心情，古手川從腰間取出手銬。

「當真勝雄，我要以你是飯能市連續殺人事件嫌犯的身分逮捕你。」

一看見手銬，勝雄的神情立刻起了變化。

雙眼泛出野獸的凶光。

面對這個變化，古手川的反應遲了一步。

勝雄迅速伸手將古手川持手銬的那隻手往外撥。個子雖小，臂力卻超乎想像的大。古手川敵不住，手銬掉落。

身體一扭動便再次失去平衡，單腳又撐不住傾斜的姿勢，就要跌倒了——。

但，沒跌倒。

令人難以置信地，六十公斤的古手川竟被勝雄一手提住。
好大的力氣啊。
然而，在吃驚的那一剎那，古手川便被勝雄一把扔開了。撞到地板的瞬間，橫隔膜一陣激痛。此時腦中閃過的是「廉價的地板竟然這麼硬」這種不合時宜的念頭。
回過神來，發現手銬就掉在眼前。死命地伸出手去，不料被從正上方一舉踏下。手指宛如臨終前的痛苦掙扎般，不住打顫。
哀嚎因喘不過氣而變成呻吟。
脖子轉過來朝上，見勝雄正低頭看著自己。
那雙眼睛令人打心底發毛。
不是看著人的眼睛。
而是失去興趣的眼睛——類似小孩子看著壞掉的玩具。
這樣下去會被宰掉。
拼死抓緊勝雄的腳踝拉向自己。果然勝雄失去平衡，一屁股跌坐在地。跟他站著對打的話，自己毫無勝算，但先撂倒他，就能進行壓制。雖然沒有段位，但之前從教官那裡學到了格鬥的基本技巧。如今一隻腳不能動，對古手川最有利的戰術，就是靠勒頸、用關節鎖住及壓迫等技巧來讓勝雄喪失戰意。
然而，失算了。

伸手去抓勝雄的胸口時，腹部無防備而遭到膝蓋一踢。宛如被踢出一個大洞般的強力衝擊，讓伸出去的手發顫，胃裡的東西則像擠牙膏般從嘴裡溢出，消化到一半的飯和黃色胃液吐得滿地。

沒想到勝雄的動作如此靈敏。反射性地護住腹部，這次換成肋間飛來猛拳。幸好及時閃身，沒被命中，但拳頭擊中右肩，古手川只能呻吟。

習慣打架這點，古手川並不落人後，但身體已因先前的暴動而極度疲弊，因此狀況大不相同。再加上勝雄的體力完全超乎意料，才會被當成玩具般任其折騰。

想到荒尾禮子的屍體。一個男人要將吊在屋簷上的屍體抱下來是辦不到的，那麼要吊上去應該也辦不到吧，但，是勝雄的話，就有可能了。

襲擊正在散步的指宿仙吉後，把他的身體背到廢車工廠去，以及把真人五馬分屍後，將屍塊搬到公園去，是勝雄的話，都有可能。

還在地上痛苦掙扎時，勝雄先站起來了。兩人的體力如此懸殊，被他先站起來的話，絕無可能逆轉形勢。至少得先拉他下來，讓兩人在同樣的視線高度上對打才行。

再一次試著擒抱勝雄的腳，只不過，他並沒笨到會再著同樣的道。在古手川的手伸過來之前，就先用腳朝古手川的臉踢過去。

腳尖正中鼻頭。

閃電貫穿腦門。

見鼻血噴濺於半空中，但僅僅一瞬間，眼前倏地白茫茫，鼻子恐怕走樣了。防衛本能自動護住臉、喉嚨還有腹部，於是身體彎曲成「く」字形。

即便如此，勝雄的狂轟濫炸仍不知停止，簡直要掘開背部、側腹、屁股似地一陣海踢。每踢一次，呼吸就停止一次，感覺活像被當成沙包。

此時，靈光一閃。

手機——。

就算無法通話，只要接通，對方應該就能察知這邊的狀況了。

從胸前拿出手機。但就在打開那一瞬間，勝雄的手猛地撣掉它。

手機飛過半空，掉在房間角落。

失意與疼痛如波濤重重襲來，思考開始朦朧，但仍堅持守住一點，即要壓制對方的行動，否則等待自己的，將是塗染鮮血與污物的死亡。

手銬還落在同樣的地方。就算不能銬住他的手，也可以銬住他的腳。於是拼命伸手去拿。

搆不到。

還差二十公分。

簡直像差一公尺這麼遠。

用比蛞蝓還慢、比毛毛蟲還難看的姿勢，一邊扭動身體一邊爬。每動一下身體，被踢的痛楚就侵蝕一次意識。

還差十公分。

還差五公分。

就在指尖終於碰到手銬時——，

突然，左腳炸裂。

同時聽到咔喳一聲。

暴烈的劇痛讓身體彎成了大弧形。

左腳遭踐踏，應該是從上面使勁往下踹的。

先前被金屬球棒敲裂骨頭，只稍微做了止血和包紮處理而已，現在最脆弱的部分又被狠踹一腳，等於出現裂縫的模型被壓碎了。恐怕骨格已經嚴重走位，證據就是一邊的腳踝陷沒，破碎的骨頭斷面從皮膚四處刺出來。

意識開始昏迷，其他部位卻痛得叫人昏不過去。淚眼模糊的視線中，映入往內側扭曲的腳踝，實在變形得太離譜，形成一副奇異的圖案。自己終究是報廢的玩具了。

不僅意識到肉體的損壞而已，古手川不意地切感到死之將至，而且比被暴徒攻擊得最慘時都要來得現實，來得具體。

自己就要被殺死了。被勝雄當成玩具虐待不堪後，最後淪為報廢的人偶。

第五隻青蛙。

以混濁的意識領悟到了。

人類的原始情感並非喜怒哀樂。

是恐怖。

恐怖才是掌管所有思考回路與本能的情感。今天，自己目擊這個事實目擊得太夠了，而且，這個事實如今正降臨在自己身上。

逃吧。

出口遙遠，又無抵抗手段。但，在絕望之前，淒慘的求生本能仍激勵著肉體。利用兩條勉強還能動的胳臂拖著拖著移動身體，顧不了節節肢解般的劇痛了。

然而，敵人永遠是冷酷的。

拼命想活下去的模樣，對於俯視者而言，只會更加激起他們的嗜虐欲。古手川忘記這一點了。

再一次，左腳炸裂。

因為勝雄跳起來，以全身之力踩在腳上面。

古手川痛苦地尖叫。真恨自己的左腳還有感覺。視線的盡頭是勝雄的腳，襪子上還染血。一想到那血全是從自己的身體擰絞出來的，便湧上一股憎惡感。這下左腳更慘不忍睹了吧，但沒有心思去確認。

膨脹起來的憎惡感想出了另一個武器。

SIG Sauer P230，.32 口徑。

這是在警署遭暴徒襲擊時，也絕不會從皮套裡拔出來的殺人工具。雖是八連發，但彈匣會經常填充七發子彈。以槍口對準勝雄雖然還有一點躊躇，但想到在警署大樓中的奮鬥以及左腳的損傷，罪惡感便立時消失。威嚇射擊，最糟的情況下就是射擊他的腳、壓制他的行動就好。

手伸進胸前，碰到槍把——。

此時，陰影罩頂。

抬頭一看，勝雄正揮起桌子。

速度快得無從閃避。

垂直落下的桌子覆蓋所有視線，直接擊中前頭部。

腦中響起破裂聲響的同時，古手川的意識沉入深淵。

過了好一陣，古手川才恢復意識。

到底昏迷了多久？感覺上非常久，又好似只有一瞬間。輪廓漸次分明的視線中，天花板由上面跑到下面去。

片刻後才明白，自己的身體朝上，被拉著左手強行拖走。稍稍抬起脖子，可以看見勝雄的下半身，好像要把自己拖去哪裡。

哪裡？房間的構造在腦中浮現，前面應該只有廁所和浴室。

——浴室！

要在那裡把我分屍嗎？

和真人一樣?!

激起的憤怒叫醒了判斷力。右手插進皮套。手槍還在。用牙齒咬住滑套一拉。但，就在以拇指解除手動保險、握住槍把的瞬間，驚愕。

右肩舉不起來。無論腦袋再怎麼下指令，就是動都不動。

不知何時脫臼了，明明吃了勝雄一拳後都還能動的。是桌子砸下來最後打中右肩？還是昏迷時被勝雄弄的？

恢復的判斷力讓人意識到前頭部的疼痛。如錐子慢慢緊鑽進去般的痛楚伴著出血襲來。一低頭，從額頭滴下的血流進了右眼。紅色幕簾覆住視線。

左手被勝雄的神臂抓住，只有右手能用，偏偏上臂變得不聽使喚，再附贈個視線被流血遮住。目標雖近在眼前，但無法扣板機就沒意義了。

彎曲手指看看，手指還聽話。扣板機這個動作本身不成問題。既然手臂舉不起來，那就握著槍讓它滑到胸前，讓槍口對著勝雄的腳一點一點接近。但，每動一下，疼痛的電流就電遍整個右肩。

從胸部至頸部，然後接近左肩——。

右手只能伸到這裡了，剛好呈拉弓的姿勢。

瞄準勝雄的腿。槍口會因振動而偏離，但這個距離的話沒問題。

然後，唐突地想到，不管對方是誰，這還是第一次將槍口對準活生生的人。指尖施力，扣下板機時。

剛好被拖到起居室和走道之間的地板落差，肩膀一掉，槍口偏了。乾燥的槍聲在房裡回響。發射的彈力讓槍身一跳，右手彈開。子彈偏左，穿進牆壁。

勝雄猛一回頭時，順手將古手川的左手一擰。而古手川的手臂遭強行旋轉，身體便也跟著翻轉成趴伏狀，於是拿槍的手壓在胸部下面，消失於勝雄的視線中。

是因為搞不懂發生什麼事吧，勝雄放開古手川的手，慌忙地環顧四周。

絕佳機會──。

古手川用左手扶住右手，再次將槍口對準頭上的敵人。

勝雄正面看著古手川的這個動作。

扣板機的幾乎同一時間，勝雄的腳踢過來，直接踢中握著手槍的雙手。第二發子彈越過勝雄的肩膀。

古手川的死命反擊讓勝雄兩眼燃起昏暗的火光，火光中激起更強烈的嗜虐欲。

似笑非笑地嘴唇上揚了一瞬，便用腳跟狠踩脫臼的右肩。活像傷口被鈍刀深深挖刨般，暴痛讓古手川顧不得羞恥地放聲慘叫。右手隨即失去力氣而放開槍把。

只剩左手。然而，剛剛一直被緊抓住手腕拖著身體走，因此連握力也使不上了。才

四百二十克的手槍變得如啞鈴般沉重，以往放在皮套裡令人安心的重量，如今只是負擔。

立刻換手拿槍，但用不慣的左手簡直像別人的手。

都還沒拿好，鼻子又被一踢。

聽到鼻骨的斷裂聲，聲音之清楚說明骨頭之脆弱。血花四濺，花朵之大說明出血量之多。

古手川被往後踢飛。

從鼻孔噴出的鮮血不止，沒完沒了地流到都無法吸氣了。白色襯衫染紅了大半，地板上甚至形成一灘血。而額頭上的出血已經開始凝固，流進右眼的血液變得沾黏，更加擋住視線。

即便如此，還是要扣板機。抵抗的手段只剩這個了。然而，力氣耗盡的手掌和指尖撐不住槍身，無論再怎麼想扣板機，槍口還是朝下。沒時間思考了，古手川把槍底放在地板上，用下顎從上面壓住固定。

扣下板機。

槍聲劈裂耳膜。

脖子因後退的滑套與發射的反作用力而向後仰。

但，第三發仍沒打中。

下個瞬間，勝雄肥短的身體向上一跳。

砰！

受到勝雄身體的壓迫，肺裡的空氣被強擠出來，肋骨似乎也斷了。想叫，但這次被壓得叫

不出聲來。
或許是判斷站著反而不利，勝雄直接壓在古手川的身上。
肥厚的胳臂套住反仰的頸部。
要以騎馬姿態直接勒頸。身體遭嚴重反折。
鼻血逆流，嘴巴又被封住。不能呼吸。但在窒息之前，恐怕頸骨或背骨就先被拗斷了。
痛苦開始慢慢變淡，意識確實逐漸遠去。這次真的被逼到死亡崖邊了。
但，消逝的意識中，有人厲聲喝斥自己。
是真人？渡瀨？還是自己本身？
聽不見周圍的聲音，除了自己的心跳。
還能再戰——這個聲音不斷。
懸在半空中的左手仍握著手槍。已經沒有目標也無法瞄準了。在半失去意識的情況下，古手川扣下板機。
第四發槍響。
然後，勝雄悲鳴。
扣住頸部的胳臂鬆開，呈騎馬狀的肥短身軀橫倒。拘束解除後，古手川終於拉開和勝雄的距離。
勝雄抱著左小腿在地上打滾，按住的指縫間冒出血來。拼命瞄準的三發全打偏，無心扣下

板機的一發卻命中，多麼諷刺。

對方左腳受傷，這邊也是左腳受傷，那麼總算是勢均力敵了。不，這邊有槍，因此比較有利吧？

古手川環顧周遭，發現格鬥中不見了的手銬就在房間角落。敵人正因小腿中彈而喪失戰意，要逮捕他只有趁現在了。於是一邊爬向手銬，一邊伸出持槍的左手。

冷不防，左手被緊緊抓住。

瞬間，腦袋閃過一絲違和感，但來不及多想便消失了。

勝雄正以燃燒著憎惡烈火的眼睛瞪向自己。

手腕被翻來扭去。即使受傷仍力大如牛。手掌被強硬掰開，手槍掉落。

這下形勢又逆轉了。敵人能用兩隻手，自己只有一隻能用，而且遍體鱗傷，不聽使喚。看在敵人眼裡，無疑形同人偶。

一擊右拳炸裂臉頰。

下巴碎了吧。半開的嘴巴流出大量的鮮血和口水。就算想防禦，左手被扣住根本無法動彈。

又來一拳。

再補上一拳

勝雄的攻擊難說富於變化，反正就是執拗地猛攻同一個地方，完全無技巧可言，但要造成

傷害，這個方法的效果最好。下巴漸漸失去感覺，吐出來的血量比口水多，或許和鼻子一樣，臉也已經變形了。

唉呀，變形就變形，管他的。

每挨一拳，想反擊的念頭就被擊潰。

到底被揍了幾拳啊？

就在連數都忘了數的時候，拳頭突然停了。

緊握的拳頭張開，拇指抵住喉結。

猛地回神時，勝雄雙手緊緊掐住自己的脖子。豈止呼吸道阻塞，蠻力大得簡直要擰斷脖子了。

不知不覺地垂下眼瞼。就快睡著般的飄浮感包覆意識。

只要放棄抵抗，就可以這樣睡著死去，不會痛苦也不會流血。

內心甜甜地囈語。

但，才睡醒的「不良剋星」打斷這囈語。

睜開眼睛！

戰勝的前一刻會有疏忽。

瞇開眼睛，看見勝雄的眼裡閃爍喜悅的光輝。

將僅餘的一點點意識集中到左手。

手指還能動。

用食指刺進勝雄的右眼。

「嗚哇哇哇哇！」大叫的剎那，勝雄放開雙手。

像個失去支撐的人偶般，古手川上半身倒地。空氣霍地灌進呼吸道，邊咳邊急促呼吸後，痛苦終於甦醒了。

頭上，勝雄還在哇哇大叫，但他按住眼睛的手指間並未出血，可見剛剛那一刺的力量並不足以戳穿眼球吧。其實手指也只有按住水煮蛋那樣的感覺而已。

不過，無論是誰，被攻擊要害的憤怒都是最暴烈的。

勝雄已經不像人了。他如野獸般狂叫、如野獸般兩眼冒火、如野獸般錯亂。那雙獸爪再次舉起桌子。

古手川瞇著眼睛模模糊糊地看著那個樣子。不知為何，勝雄的動作顯得異常緩慢，缺乏現實感。

是要再一次砸頭吧。這次應該就是致命傷了，但已經了無閃避的體力和氣力。

勝雄高高舉起桌子，朝這邊逼近。

結局是抵抗也沒用。

完了。

閉上眼睛，靜靜這麼想時——

「不許動！」

有人出聲。

這次不是心裡的聲音，也不是幻聽。幾個人從門口一湧而入，擋在兩人中間。

勝雄被人從兩側按住，無法動作而放掉桌子。

「你被捕了！」

「乖一點！」

兩名大漢分別壓住勝雄的兩臂，但勝雄身體一扭便掙脫束縛，而且力道大得把右邊那名大漢甩開。

「混蛋！」

兩名大漢再施以擒拿術。勝雄還是用腳猛踹那兩人，但隨著愈來愈多人加入擒拿，終究失去抵抗能力了。

不久即聽到上銬的聲音。

一數，竟然用了五個人才壓制住勝雄。

「喂，還活著嗎？」

上半身被扶起，無力地內縮著，背後傳來令人懷念的粗啞嗓音。想回應，但說不出話來，只好豎起拇指示意。

「澤井牙科打電話來說當真勝雄不見，我們就來了。等一下你要去跟護士小姑娘說聲謝，

她沒擔心多年好同事的安危，反而擔心你這個臭囂張刑警的傷勢呢。」

好啦好啦。古手川在心裡嘀咕。今天好像還謝得不夠。

但是，在格鬥中感覺到的那個違和感，到底是什麼呢？

五、宣告

1 十二月二十四日

如古手川所料，勝雄的日記是證明他就是青蛙男的重要證據。但，另外還發現了更決定性的物證。在房間的儲藏室找到可能是荒尾禮子的衣物、裝有慟真人屍體的塑膠袋，以及凶器。

凶器主要是用於石材加工的一‧三公斤重的鐵槌，還有牛刀和厚刃的鋸子。鑑定的結果，上面都有四名犧牲者的DNA。此外，勒頸用的塑膠繩也在同一個地方找到，再加上古手川帶回來的勝雄的舊球鞋，鞋底樣式也與殘留在沙坑上的鞋印一致。有這些物證，檢察官要起訴可說綽綽有餘。

被逮捕後，勝雄不再那樣胡鬧了，但他說話完全不得要領，造成偵訊的搜查員莫大困擾。正因為他之前的經歷，搜查本部中很快有人提出必須做起訴前鑑定。

聽完逮捕嫌犯過程的報告後，里中縣警本部長立刻召開記者會。這幾個星期來的煩悶都已煙消霧散般，表情十分快活。

不，快活的可不光是本部長而已，會場上的媒體們無人不是同樣的表情，可以說宛如躲過災疫般鬆了口氣。

然而，不會報完喜訊就結束記者會，當開始說明嫌犯當真勝雄之前的經歷時，媒體陣便又恢復向來的黏液質。

因殺害幼女而入獄的當真勝雄，出獄後，對他進行保護觀察的體制是否不夠完備？

若能早點掌握他的行蹤，不就能早點逮捕到他了？

上次的事件讓他獲得不起訴處分，是否太過草率了？

這些都是可能與人權問題相抵觸的質疑，本部長自然避免做出明確的回應。無論怎麼說，離開醫療監獄又再度犯行，這個問題豈止警察，連行政、立法、司法全都大感頭痛，一個小小的縣警本部長擅自發表個人意見，形同踩地雷。此外，或許也明白這個情形，媒體們並不想深入追究。有必要檢討防止對策，也有必要重新檢視心神喪失者等醫療觀察法，但對各家媒體而言，目前最需要的是故事。稀世的異常犯罪者當真勝雄，究竟是如何變成青蛙男的呢？他們當前的興趣已經轉到這個點上了。

事實上，本部長描述的當真勝雄，已經讓媒體相當滿足了。過去有殺害幼女前科，但犯罪當時只有十四歲，加上被診斷出罹患肯納症候群而得以免除刑責。這次被自己從前的日記所觸發，而依照內容一再殺人，並從工作地點的病歷中選擇犧牲者。還有以五十音順序挑選犧牲者這種「幼兒性」。這些全都是大眾最感興趣的題材精髓。嫌犯落網，大眾得以安下心後，接下來便想大大獲得滿足了。恐怕從這個瞬間開始，當真勝雄十八年的成長軌跡、血親，還有其他親朋好友的隱私，都將取代那四件悲慘命案，成為大家茶餘飯後的話題吧。

對飯能市民而言，就是一片大快人心。市長盛讚搜查人員的英勇有為，甚至高喊安全宣言。幾個自衛團已自動解散，參加飯能署暴動的幾個人也聽從渡瀨的勸告到案自首，對女警施

暴的男子也當場跪地磕頭求饒。市民的臉上已不見膽怯，通學路上也不再出現專程的保護者。而到處冒出來的奇怪青蛙裝飾，已經自發性地撤除得乾乾淨淨。取而代之的是，傍晚以後街上的人潮回流，也拜耶誕節之賜，商店街恢復生氣了。彷彿要拿回被恐怖與疑神疑鬼折騰掉的三個星期似地，人人紛紛帶著錢包和手機上街，而且，開始有點躁鬱地用滑稽可笑的態度談論這起已經過去的事件。原本位居恐怖之王的青蛙男，如今降格成丑角，原本和自己同屬一列的四名犧牲者，已被視為只是單純的倒楣鬼。

那般光景，宛如附在整座城市上的邪魔已被驅走似的。

古手川躺在醫院的病床上，這些事情都是渡瀨告訴他的。勝雄被捕後，他被立刻送到這裡，畢竟年輕就是本錢，脫臼的右手臂當天就接上，全身達二十七處挫傷及八處切割傷，還有二根肋骨破裂，都在五天之內好轉。唯獨鼻子和左腳因為傷勢嚴重，目前還未拆掉繃帶，尤其左腳是完全走樣的複雜性骨折，醫師判斷需要一個月才能痊癒。

「但你啊，你的頑強真是天下第一，ＭＲＩ檢查好像也沒什麼異常。聽說你到勝雄宿舍時就只剩半條命了。」

「哪裡還有半條命，根本就只剩一口氣，這樣還沒掛掉真不可思議。」

「在那樣近的距離竟然打三發都沒中，我對你的爛槍法才感到不可思議。回來後要嚴加訓練，你皮繃緊一點。」

「那，打中勝雄……犯人的子彈呢？」

「漂亮地貫穿小腿後嵌進地板。因為是貫穿，他的槍傷好像會比你的骨頭更快好。」

「他現在的情形怎樣？」

「被捕後到現在都沒什麼變，承認自己就是青蛙男，針對那四件命案也得意地哇啦哇啦說個不停，但細節的部分根本沒辦法做筆錄，簡直像是在跟幼稚園的小孩子說話一樣。已經十八歲了，這樣太不正常了。精神鑑定醫師認為可能有其他方面的精神障礙。只不過，部分檢察官中，有人揚言絕不能讓他再次獲得不起訴處分，就算他確實有精神發育遲滯方面的問題，也不能免起訴，因為對社會的影響實在太大了。」

「那麼，那傢伙的律師是……國家指派的嗎？」

「不是。人權擁護委員會的律師成員中，有人率先舉手了，好像是個有人權派明日之星之稱的小伙子。」

「明明第四名犧牲者同樣是人權派律師啊，不是嗎？」

「屁啦，什麼人權不人權。這小子還不是因為衛藤這號中心人物被燒掉了，就想來爭他的寶座。聽檢察官說，衛藤還算老奸巨猾，但這個小伙子只是滿腦子膚淺的功名心而已。從當真勝雄的角度來看，搞不好是個麻煩。」

聽到「膚淺的功名心」，臉整個紅起來。那不正是不久前驅動自己的行動原理嗎？沒想到在旁人看來，竟是如此微不足道。

「唉，在現行的法律體系中，實際服刑的比例是五比五。反正不管怎樣，當真勝雄這次是

不會再被釋放了，會被關起來一輩子。但，對那傢伙來說，或許這樣才好。要在現在這個社會生存，就必須跟社會妥協。我覺得還是有必要找個地方收容他們。」

真是這樣嗎？——古手川自問。和自己對戰的那個勝雄，的確是一頭長得像人的野獸，根本不可能跟那樣的勝雄進行溝通的。但是，古手川也看見透過八十八個鍵盤和小百合心靈互通的勝雄。那是靈魂與靈魂的對話，完全超乎言語與肌膚接觸。既然那都辦得到，為何他不能跟自己住在同樣的地方呢？

「有働小姐那邊的情形怎樣？」

「情形怎樣？……唉，因為她保護的人就是凶手，所以備受責難呢。明明她的兒子也是犧牲者之一，大家卻都不管。聽說不斷有人打電話到她家騷擾，也不斷有人到她家貼海報。」

想到就要崩潰了。獨生子被殺，凶手竟然是自己的學生——。本來最該被同情的小百合，如今正遭受迫害。

那個在寬敞的練習室裡，趴伏在鍵盤上的小百合身影浮現眼前。那個自己必須保護的孤孤單單的女性，正在飽受無謂的誹謗中傷。

古手川從床上跳起來。身體到處都還在痛，但不至於妨礙走路。左腳的膝蓋以下全打上石膏，但撐拐杖的話總有辦法走的——應該吧。

「幹嘛突然爬起來？」

「我現在要去有働小姐那裡。」

哼。渡瀨不耐煩地嘆氣。

「你去又不能幹嘛。」

「還沒跟她說明事件的經過吧？」

「是啊，沒人要去。已經跟荒尾禮子、指宿仙吉和衛藤和義的家屬說明逮捕到凶手了，但是……」

「那剛好，我去跟她說。雖然我去也幫不上什麼忙，但至少能聽她講講話。」

「你這樣怎麼去？先說，我可是有事非到本部不可。」

「我自己去。」

看著用顫巍巍的手勢開始換衣服的古手川，渡瀨又嘆了一口氣。這次似乎放棄了。

主治醫師把嘴巴撇成「へ」字形，堅持不許古手川外出，理由是現在勉強移動身體的話，開始癒合的傷口也會癒合不了。的確如此。但，對古手川而言，現在不是癒合不癒合的問題。爭執了十多分鐘，最後由渡瀨保證傍晚以前一定叫他回來，古手川才得以離開醫院。

街上，在山下達郎與瑪麗亞凱莉熟悉的歌聲中，抱著大包小包的情侶，以及帶著小孩的夫婦身影回流了。聽他們談話，知道直到前幾天，大家都還是盡量少出門和逛街購物。天空依然濃雲低垂，但往來的行人個個容光煥發。

紅色、綠色和香檳金等五彩繽紛的耶誕夜熱鬧氣氛。然而就在十天前，這個城市還籠罩在

令人屏聲歛息般的肅靜中。看在古手川眼裡，此般熱鬧只顯得狂躁。

就像學生考完入學考試後大解放一樣吧。這段時間被莫名其妙的妖怪嚇得什麼事都不能做，現在當然要好好補償回來。恐懼感愈大，解放感就愈大吧。

古手川還是有個一直想不通的問題。當真勝雄為什麼會變成青蛙男呢？古手川在勝雄家親眼目睹變成野獸的勝雄。可即便如此，還是無法想像那個勝雄跟在鋼琴前兩頰泛紅、拿到新鞋時笑開懷的那個勝雄是同一人。人心終歸是無法捉摸的嗎？

世界上，一方面是虛偽與欲望、瘋狂與憎惡胡纏蠻攪，一方面是真實與奉獻、理性與愛情和諧共生。污濁之物和清淨之物始終並存著，而清淨物當中的一個，就是音樂。那麼，可能用音樂來淨化精神上的污濁嗎？

以當真勝雄的例子來看，是不行的。御前崎和小百合最終都失敗了，音樂的力量並無法驅走他內心裡的野獸。不過，古手川還是不願否定音樂的力量。動輒冷嘲熱諷的嫉妒心，動輒看不慣殘忍無道而心生厭世，能夠鎮靜這些憤世嫉俗心情的，就是音樂了。若不是因為這次的事件而遇上小百合和她的鋼琴，自己恐怕沒法這樣一路苦撐過來吧。

啊，對喔——古手川恍然大悟。自己並不是要去向小百合說明破案經過，要安慰小百合也只是個藉口。其實自己是想再一次陶醉於她的鋼琴旋律中，再一次於母親的懷裡撒嬌。自己真正想要的，其實就是撫慰已經疲於思考、且被信任的人背叛而受傷的脆弱心靈罷了。

真是無可救藥的小鬼啊——古手川咒罵自己，但前往有働家的腳步仍未改變方向。

玄關上還貼著「忌中」的告示，但讓古手川面色凝重的是別的東西。玄關門上被用噴漆大大寫上好幾個罵人字眼。

『殺人鬼的保護者』

『教鋼琴和殺人方法』

『滾出這個城市』

手指碰到電鈴時，躊躇了一下。

按？還是不按？

想來想去，決定只按一次。如果沒有回應，就打道回醫院。

果然是個無可救藥的小鬼啊——古手川再次嘲笑自己。簡直跟去初戀女友家拜訪的國中生一樣。

按下電鈴。才按一下，馬上就有回應了。

『哪位？』

「……我是古手川。」

玄關的燈亮了，打開門的小百合一看到古手川，大吃一驚。

「古、古手川先生，你的樣子……你不是住院了嗎？」

「沒有啦。」

「還說沒有！天這麼冷，你這樣子站在這裡真不像話，快進來。」

一進屋裡，熟悉的香草系香味撲鼻。好像還是沒點線香。但，即便如此，還是感覺得到死亡的氣息。

「我來向你報告破案的經過。」

「應該報告治療的經過才對吧。不只鼻子，根本是整張臉都變形了，而且你還拄著枴杖。」

「貼貼OK繃就沒事了，卻給我打石膏。那醫師在我們刑警之間是出了名的太誇張。前幾天才拔個刺而已，就給我打麻藥。」

「我聽警部先生說了，你被勝雄打得好慘……對不起。」

「又不是你的錯……」

被帶到客廳，看見餐桌上的盤子時，稍微安心了。正在準備吃飯的樣子，看來食欲似乎恢復了。

「已經逮捕殺害真人的凶手了，飯能市的連續殺人事件也因此宣告破案。只是……對你來說，應該很難受……」

「抓到凶手一看，結果是我自己的孩子，是吧？」

小百合落寞地微笑。

「我啊，不論當觀護人或當鋼琴老師，都不合格。應該掌握他的日常生活的，卻完全沒發現他和那四起命案有關。明明聽了他彈琴，卻渾然不覺琴音中的陰暗面。眼睛看不見，耳朵也聽不見，都是因為我只會講而已。」

「也不光是你，澤井牙科的人也都沒發現，唉呀，搞不好連勝雄本人都沒發現呢。」

「你的意思是說精神分裂？」

「嗯，但現在好像換個說法了。」

「不好意思，不是這樣喔，我有稍微研究一下，所以知道。勝雄是肯納症候群。肯納症候群的患者變成精神分裂症的比例相當低，所以他不會有其他人格的問題。勝雄是用彈琴的手指來勒死真人的，是用聽音樂的耳朵來聽真人慘叫的。你也不必安慰我了，因為這就是現實。不論再怎麼殘酷，還是得接受，這是戰勝現實的唯一方法。」

「你……好強啊。」

「我？笑話。我只是逞強罷了，其實很崩潰的。做家事、養小孩我都比別人差，唯一自豪的就是彈鋼琴。我的手指骨節凹凸不平，不適合做指甲也不適合戴戒指，但一碰到琴鍵，這十根手指比誰的演講都要雄辯滔滔，比誰的畫筆都要自由奔放。所以多少我也得到稱讚了，拿到許多獎項了，但還是沒辦法改變勝雄。終歸一句，想用音樂來治療心病是不智的。是我誤會了，從頭到尾就只是個鋼琴彈得還不錯的女人想出來的傲慢點子而已。」

「不、不是這樣！」

不由得語尾口氣變強。

「或許不能真的改變勝雄，但，你的鋼琴裡的確有改變人的力量，這點我可以保證。」

「你要怎麼保證？你是健健康康的人啊。」

「這世上沒有完全健康的人，也沒有完全異常的人。我是這幾天才領悟到這件事的。不論哪一種人，內心深處都藏著瘋狂。路上的行人、在辦公室上班的人、在操場上流著汗的人，全部都是，沒有例外。只不過，藏在內心深處的瘋狂，有時候會受到刺激突然跑出來。身邊的人看到後，就會對這個人貼上精神異常的標籤，然後希望他趕快遠離自己。為什麼大家會怕成這樣？答案很簡單，因為大家都知道自己也有可能變成那個樣子。所以，人們都很努力在馴服這個瘋狂，努力讓自己保持善良。有慟小姐，我認為你的音樂有拯救這些人的力量，當然……也包括我在內。」

「沒你說的那麼厲害啦。」

「可是，如果只有技巧，是沒辦法感動人的吧？不管製作得多麼精緻的美術品，要是沒把人的精神投進去，就只是個工藝品而已。」

「你什麼時候變成美術評論家了啊？」

「感動這回事是不分評論家或素人的。我就坦白招了，有慟小姐，我今天來是想聽你彈鋼琴。我也知道還在服喪期間提出這個很白目，你被信任的人背叛，內心千瘡百孔，我這個要求自私又任性，但，我還是想聽。雖然我受的傷害比不上你，但這幾天以來，我看到的都是人類惡劣的部分。在勝雄的房間找到那本日記時，我的心情就跟大便一樣。雖然事件結束了，但我的心裡還是冷到不行，簡直像全身的血液都結成冰似的。但我覺得聽你彈鋼琴的話，溫暖就會回來了。所以拜託啦，有慟小姐，你再彈一次給我聽好嗎？拜託啦。」

古手川深深一鞠躬。

一陣沉默後，忐忑不安地抬頭，見小百合勉勉強強點頭。

意外地，練習室並沒那麼冷。一問之下，原來是中午前使用時開的暖氣還沒散掉。除了空調的暖氣，從牆壁照射下來的燈光熱度也很高吧。這個房間完全隔音又完全隔熱，光這樣，就是與外界完全隔絕的另個世界了。雖然空間寬敞，但除了鋼琴以外，就只有放在西側的十張椅子，以及放在北側牆邊的樂器推車而已，沒有其他雜物。

「要開空調嗎？」

古手川回答不必。這裡的空調具備大空間用的輸出功率，設定成「弱」就很有效果了，但現在只想全心全意聆聽鋼琴，一點點運轉聲都嫌吵。

小百合坐在鋼琴前面，古手川已經在小百合正後方那張他的指定席坐下，並把外套和枴杖擱在旁邊。聽小百合的鋼琴演奏時，希望盡可能接近「身無一物」的狀態，彷彿這樣音樂就能直接滲透到體內似的。而離開醫院時，渡瀨把手槍交還給自己，現就露在襯衫外面，反正小百合看不到，無所謂。

「要點什麼曲子？」

「還不就那一百零一首，《悲愴》。」

躊躇般的寂靜後，那個如楔子般的琴音刺過來了。

對了。就是這個聲音——得償宿願的喜悅讓身體不覺一震。持續起伏的小調音階與一顆一

顆明確的音珠，開始溶化冰凍的心。

從初次見面那時候起，已經聽過幾次現場演奏，再加上用CD和iPod也聽過無數次了，因此整首旋律及強弱都紀錄在耳膜和腦髓中。常聽的阿胥肯納吉，他的打鍵強度與演奏速度都和小百合酷似，所以現在要是聽其他人演奏這首《悲愴》，也會覺得是在聽不同的曲子呢。

直接吐露出各種情感的第一樂章。一如往常，古手川將全身交給奔流的旋律。轉眼間，靈魂便離開肉體，與貼近而來的旋律同化。痛也好苦也好，已被拋到九霄雲外，只一心一意在音樂海洋中蕩漾。

不過，進入後半部時，意識忽地脫離愉悅。

因為記錄在腦髓中的樂音，與現實的樂音開始出現一點點偏離了。是身體狀況不佳的關係吧？再努力試著放鬆看看，無奈兩種樂音漸行漸遠，不再同調了。

再聆聽一會兒，終於知道原因出在哪。

演奏速度變快了。而且不是奔跑，簡直像是倉惶失措。

不只如此。有一部分旋律出現些微的違和感，感覺上像是描繪著一模一樣的線條，卻在那個點上歪掉了。

為什麼呢？古手川全神貫注地尋找原因。聽著聽著，被磨得極其敏銳的耳朵，以及把原本的樂曲刻在身上的大腦，終於找出解答了。

每個小節最高部的音都弱掉了。不是某個特定的音異常，而是各小節的最高部、彈最右鍵

時總是比平時更弱。換句話說，並非鋼琴本身出問題，而是小百合的演奏不對勁了。當然，這是用顯微鏡才能判別出來的差異，初次聽的人不會有任何違和感的。是把原始演奏以皮膚感覺記錄下來的古手川，才能感知到的極細微差異。

進入第二樂章，演奏速度愈來愈快，最高部的打鍵也愈來愈弱。

古手川不再關注琴音。他輕輕起身，越過小百合的肩膀偷看她彈奏最高部時的右手指。

原因就出在那裡。

右手的小指有傷痕。不是舊傷，因為肉的裂縫還紅紅黑黑的，指尖上也還有紅紅的貼過OK繃的痕跡。顯然是妨礙彈琴才把OK繃拆下來，但受不了疼痛，小指的打鍵才會變弱。

傷口的形狀不像割傷，也不像內出血。

簡直像是被狗咬到。

在河邊聽驗屍官說的話突然響起。

『碰到被害人嘴唇的部分恐怕是手指吧。』

心臟怦怦跳。

「有働小姐，你……」

小百合猛地轉頭。

古手川大驚。

那是母夜叉的臉。

不由得後退時，小百合一把抓住鋼琴上的節拍器朝臉部砸過來，把才剛癒合的鼻骨再次砸碎。聽到筷子折斷似的聲音，是節拍器破掉的、還是鼻骨碎裂的聲音？連結鼻子的耳朵也在那一瞬間喪失聽力。

激痛與衝擊把古手川摔到旁邊，餘光瞥見小百合離開座位，但自己光靠一隻腳實在沒辦法重新調整姿勢。

小百合兩手將節拍器高高舉到頭上。從下面往上看，那根本是另一個人，眉毛上吊，半開的嘴巴裡看得見腥紅且蠢蠢欲動的舌頭。

是魔鬼。

反射性地把手伸進手槍皮套，再用牙齒咬動滑套。

小百合瞪大了眼睛。

開保險的同時扣住板機。目標是節拍器——但，聚光燈變成逆光，刺眼的一瞬間，手槍就被揮掉了。

槍口往上一彈，射出的子彈擊中門上方的配電盤。

配電盤的蓋子同火花濺出——，

然後，一片漆黑。

不知是鼻骨斷了阻塞呼吸道，還是被血淤住，反正鼻子無法呼吸，只能呼哧呼哧地用嘴巴

喘氣。

腦袋裡麻痺般地暴痛。但生存本能命令自己快離開現場。古手川邊用手按住臉，邊扭著一隻腳極力遠離鋼琴。

電源切斷後，房間完全黑漆漆。別說自然光，連人工的光、電器用品的燈一個都沒有地暗成一片。這裡原本就沒有採光窗，空調這個唯一電器的電源又斷了。沒有任何地方可以發出光源了。凝視好一會兒讓眼睛習慣黑暗後，依然沒有任何東西浮現。試著伸出手去，指尖在地上徒然地滑來滑去，搆不到牆壁。究竟，自己身處房間的哪個地方、面對哪個方向，完全無法分辨。若是有個燈，應該就能以此推出自己的所在位置，但毫無光源，根本行不通。

混濁的腦袋裡，驚愕、疑念與恐怖交錯。

不久，恍然大悟，知道與勝雄格鬥時一閃而過的那個違和感是什麼了。抓住自己手臂的手、舉起桌子的手……有好多次機會看見那雙手，但都沒看到傷口。殺害衛藤和義的凶手一定會受的傷，勝雄卻沒有。

重新思考，又想到另一個疑點。就是真人被殺那晚的時間經過。真人不見的時間是九點，死亡推定時間是九點到十點之間。而十一點到三點這中間，受理報案的倉石巡查就在附近搜尋，因此這段時間起就無法行動。不過，十一點左右，勝雄人就坐在小百合駕駛的迷你休旅車裡。就算是小孩子的身體，在短短的一個小時內分屍後運到公園，排出展示的樣子後，再回來和小百合一起搜尋——。

這是不可能的。時間上辦不到。從勝雄房間找到的工具是鋸子和牛刀，光憑這兩樣工具來解體一個人，一小時根本不夠，因為人體的脂肪和體液比想像中還要黏，必須一再擦拭黏在刀上的脂肪才能繼續使用。再想到，勝雄除了走路以外沒有移動工具，要從自家浴室將支離破碎的屍體打包後再搬到遠處的公園去，那就更不可能了。整理一下心裡便有譜了，認定勝雄就是青蛙男時，細部的檢證工作被疏忽掉了。

那麼，在勝雄房裡與他對峙時，為何他要攻擊自己呢？那個攻擊行動明明等於承認自己就是凶手的。

等等，再想想當時的狀況。

被翻出日記時，被指謫是青蛙男時，勝雄並無任何反應。有反應是在——看到手銬的瞬間。

因為他意識到「要被抓了！」。就像四年前，被闖進犯案現場的警察以現行犯逮捕時一樣；就像之後的三年，正是因為被上手銬而從此失去自由一樣。對不具抗辯與思考能力的勝雄而言，那樣的攻擊完全是出於本能的。

至少當真勝雄並未殺害真人和衛藤。不，其他二起命案的發生地點雖然位於住宅區中間或附近，但都屬於人煙稀少之處。而勝雄只在診所與宿舍兩地來回，不太可能知道那種地方。不過，現場卻留下他的紙條，房間裡也有一大堆犯案證據，他本人也不否定犯案。

為什麼呢？因為他不過是個傀儡。有人利用他的智能障礙讓他背上青蛙男的污名。

而這個人，只可能是小百合。

小百合的話，就有可能殺害真人後，在十一點之前將屍體放在公園。雖然向警察報案時是說真人在九點出門，但說這話的只有小百合，事實上，說不定九點的時候，真人已經在自己家裡被殺了。然後，小百合在兩小時以內分屍完畢，向派出所報案後，就把屍體藏在休旅車的後車廂，趁和勝雄一起外出搜尋時丟到公園去。那時，小百合借勝雄的球鞋來穿，刻意在沙坑上留下他的足跡。小百合和勝雄都個子嬌小，步伐大小也很接近，只要手捧一部分屍塊，體重也就差不多了。

可同一時間，倉石巡查也在附近巡迴，竟敢如此膽大妄為？不過，那段時間倉石巡查並未向轄區尋求支援，只是自己一人在大馬路上搜索而已，因此和他在公園碰面的可能性極小。接受報案的一方做夢也想不到，同樣在四處找尋兒子蹤影的母親，她的車上竟會藏著兒子的屍體。這行動雖說大膽，其實經過縝密的算計。

這麼一想，姑且不論真人的事件，從第一起到第四起命案，都未曾查過小百合的不在場證明。即便從桂木和梢的立場來看也一樣，大家都被精神異常者所為的連續殺人事件這個成見給騙了，因此對無利害關係的人根本不加懷疑。

那麼，其他三起命案又是怎麼發生的呢？

衛藤和義是連電動輪椅一起被燒掉的。要將輪椅連同本人運到河川邊並不容易，但，是電動輪椅的話，就可以按個按鍵讓它自己走了。而且病人下半身殘障，毆打他的後腦勺後再絞殺，

應該很容易。

指宿仙吉的情形一樣，荒尾禮子的情形也一樣。既然是老人和女人，只要先把他們打昏，之後就都好辦。問題是搬離殺害現場的方法。用車子載出殺害現場。到這裡都還說得通。但，在廢車工廠前，或者在高樓大廈前，將屍體從車上搬下來後，一直到發現屍體的地方，這中間是如何搬運的呢？不可能背著走，憑一個女人的體力，要背著屍體走根本辦不到。

工具。應該有方便搬運屍體的工具吧？小百合的身邊有什麼東西呢——？有了。

隨身的搬運工具。

怎麼之前都沒注意到呢？這個東西一直在這個房間裡，而且還是古手川每次來都會看見的。

就是放在這個房間角落的推車。它本來就是用來拖行大提琴這類笨重的樂器，短距離的話，輕鬆運送一人分的屍體沒問題。加上又是折疊式的，可以放在迷你休旅車裡。

不光殺害，就連搬運屍體，小百合一個人都辦得到。

一連串眼花撩亂的自問自答，一連串的嘆息。從畫中浮上來的一小片一小片陸續放進正確位置後，終於完成四張醜陋的拼圖了，可完成的圖案叫人暈眩，因為站在圖案中央的都是小百合。只不過，站在那裡的不是身為鋼琴老師的小百合，也不是身為母親的小百合，是以魔鬼之姿咧嘴大笑的殺人狂小百合。

不，還有一片拼圖與整個圖案不符。

荒尾禮子的屍體是怎麼吊上屋簷的掛勾呢？要卸下那具屍體就需要三個大男人的力氣了，地點又在十三樓那麼高，而且不踩著欄杆根本搆不到。在立足點如此不穩的地方，是用什麼方法把那麼重的東西吊上去呢？那個時候是叫勝雄幫忙嗎？

不，不可能。兩人行動容易引人注目，雖說勝雄缺乏判斷能力，但讓他成為共犯的話，一不小心就會事跡敗露。如此慎選殺害場所與時間的凶手，不可能甘冒這種危險。

若不是身強力壯的男人，根本無法那樣擺弄荒尾禮子的屍體，因此一開始大家就認為凶手是男的。從絞頸致死所需要的力氣來看，也是如此。這也是報紙不知不覺就用「青蛙男」這個字眼來斷定性別的原因。莫非這是凶手一開始就在玩的詭計？

對了。司法解剖時，光崎這麼說過：

『上臂和腹部有瘀斑和繩索勒痕，只不過像是從布上面勒住的，所以不明顯。是搬運屍體時弄到的吧？』

搬運屍體時？用推車來搬運屍體，有必要固定得那麼緊嗎？不對。一定有其他原因才這樣綑綁屍體。但，原因是什麼呢？

各種可能性浮上來又消失，浮上來又消失。腦細胞從未動得這麼活躍。偏偏是發生在緊要關頭卻無法行走的身上，格外諷刺。身體動時腦袋不動，腦袋動時身體又不動，不由得狠狠嘲笑自己是個腦袋與身體八字不合的人。

然後——最後那片拼圖總算拼到正確的位置了。

「我知道了。」

自然地說出口。

「全部都是你幹的吧。」

由於房間的特性，這句話拖著長長的尾巴才消失於黑暗中。

沒有回應。但，小百合確實在這個房間裡。應該正屏住呼吸凝聽古手川的聲音。剛剛那個射擊，小百合已經知道古手川手中握有手槍了。只要門一開，走廊的燈光一照，就會暴露出自己的位置。隨便亂動發出聲音也一樣。因此她躲在黑暗中，不讓人察覺她的存在。

然而，古手川內心明白，即便是無一絲光線、無一個聲音的闃暗中，在這個似是伸手可及的地方，不祥的邪惡正露出獠牙伺機而動。

「你把人殺死後，都是用車子和推車將屍體運到發現現場的。全部都是你一個人幹的。」

依然沒有回應。

「我們一開始就被荒尾禮子的命案給騙了。要踩上欄杆才能把屍體吊到屋簷上去，這種事根本想不到會是女生幹的，所以一開始大家都認定凶手是男的。但是，真的是把屍體搬到那麼高的地方，然後吊在勾子上的嗎？不是。是有別的方法，是個單純到會讓人笑出來的方法。不是吊上去的，是吊下來的。」

說到這裡打住，確認對方的反應。但依然連呼吸聲都聽不到。

「你動手腳的地方不是在十三樓，是在上一層的十四樓。這個手腳很簡單。你先搭電梯上十四樓，用繩子將屍體連同帆布綁住，然後固定好繩子的一端，再將屍體從欄杆推下去。屍體下到十三樓後，你再把垂下的屍體掛在屋簷的勾子上，然後把繩子解開收走。屍體的上臂和腹部之所以有被綑綁的勒痕，就是吊下去時屍體本身的重量造成的。這樣的話，憑女人的力氣也辦得到。之前，我們都認為是因為十三樓沒有住戶，屍體才會吊在那裡，但其實同樣沒有住戶的十四樓才是主舞台。就算隔天早上屍體被發現也無所謂，但不會有人突然跑到十三樓去，所以就隔了幾天才被發現。比起這第一具屍體，接下來的三個就輕鬆多了。不論揮起一．三公斤的鐵槌或是勒頸致死，你都可以輕鬆辦到。」

「喔？」

小百合第一次發出聲音。古手川不由得身體一緊。

「被害人當中也有大男人，女人的手有辦法勒死他的脖子嗎？」

古手川著慌了。由於房間四面八方都鋪設了調音器材，以致小百合的聲音在黑暗中迴響，而且效果強到無法確定聲音來源。聽起來像是從房間角落傳來的，但立時又覺得是從身邊傳來的。這下沒辦法從聲音來捕捉對方的位置了。

「不論哪個被害者，只要後腦勺被攻擊，就都可能被繩索絞死，因為幾乎抵抗不了，事實上解剖鑑定報告上也沒有發現抵抗的痕跡。再加上你的手指很特別，因為你從十幾歲就開始彈鋼琴到現在。有慟小姐，我有稍微查一下，不是為了辦案，純粹出於個人好奇。鋼琴曲中，有

蕭邦的圓舞曲那樣流麗的曲子，也有貝多芬的奏鳴曲那樣激烈的曲子，也就是打鍵要很強勁。即使從練習曲開始彈，打鍵也非強勁不可，於是一天彈幾個小時下來，就算不想，手指也會變得很有力。所以參加比賽的鋼琴師無一例外手指都很有力，而你的演奏走阿胥肯納吉風格，當然就更……」

還想繼續說下去，卻在此時……

右腳被什麼東西撲上來。

立即察覺到危險，但身體呈仰臥狀，無法敏捷移動。

於是腳踝下方被尖狀物刺到。其實並不尖銳，而是有點圓有點厚的東西，因此不是被刺傷，而是像要鑿出洞般，被凶暴地砸個皮開肉綻。

古手川撕裂喉嚨般地哀嚎。

反射性地彈起上半身，把撲過來的那東西撞出去。那東西「碰！」一聲滾走了。

快逃！

不是大腦，而是求生本能命令自己轉身趴下後死命地匍匐前進。但依然搞不清自己的所在位置，只是滿腦子快逃的念頭而已。結果，聽到三次那東西彈到地上的聲音。受傷的腳踝著火似地發燙，即便黑暗中看不見，也知道肯定是大量流血了。不過，在這裡大叫會讓對方知道自己的所在位置，於是古手川咬牙切齒地咬住襯衫袖口，拼命忍住不發出聲音來。

奮力逃跑的過程中，才恍然大悟自己的愚蠢。這是一個鋪設了調音器材的房間，是一間反

響大、聲音來源不明的黑暗迷宮。但對習慣的人、對一整天花大半時間待在這裡而熟悉房間大小與音響特性的人而言，這裡是瞭如指掌的地盤。而剛剛自己得意洋洋地說了那麼一大串話，當然會被鎖定聲音來源。

但是——那個武器藏在哪裡呢？明明沒在這個房間發現任何像刀子的東西啊。閃過腦中的是節拍器的擺針，但那種東西應該沒硬到讓人皮開肉綻。

「你想不出刀子從哪跑出來吧？」

聽錯了嗎？

是小百合的聲音沒錯。

但聲音粗野又卑鄙。

「外面有很多奇怪的人，你最好口袋裡放把水果刀。就算待在家裡，也務必隨身攜帶防身用的武器。不知道是哪位先生這麼叮嚀我的呢。」

然後吃吃地嘲笑，是從齒縫間洩漏出來的摩擦聲。

全身起雞皮疙瘩。

猜的沒錯，這傢伙是——人面獸心的妖怪。

「我這裡也有槍喔。」

打算警告的，但得來的是嘲諷的笑聲。

「勝雄被逮時，我聽其他刑警說了，四發有三發沒中，命中的一發還是歪打正著的。聽說

一般都是裝七發子彈？那麼，剛剛又打一發後，現在剩下兩發。這裡這麼暗，憑你那三腳貓的槍法，打得中就打啊。」

該死！古手川內心恨恨不平。但就像小百合說的，在這種狀態下，開槍只能發揮威嚇作用，而且還會暴露自己的所在位置。雖然除了手槍還有手銬，但比起武器，此刻更需要的是燈和手機，偏偏放在脫下來的外套上。若要去拿，就得繞到鋼琴後面才行，但眼前什麼都看不見，根本是廢話。和勝雄格鬥時的慘況再現，不，這次的條件比那時更加不利。

在地上慌亂爬著，伸手到處摸來摸去，看能不能摸到東西。簡直像隻蟑螂。若能看得見，這模樣一定蠢到爆吧。就在這時，手指碰到垂直的平面了。

是牆壁。從房間的面積和剛剛自己的移動距離來判斷，應該是南側或東側的牆壁吧。古手川趕快貼著牆邊。比起待在房間中央，把身體縮在牆邊，被襲擊中的機率較低。

無論如何得先抓出敵人的位置——雖然傷口痛死人了，還是拼命思考。那就得讓敵人一直說話。即使不習慣這間黑暗迷宮，但只要集中聽力，或許還是抓得出聲音來源。況且，確實有非問不可的問題要問小百合。

「請教一個問題。為什麼你要這麼做？為什麼非殺掉四條人命不可？」

「你還沒搞懂嗎？因為這四個人之間沒有任何關連啊。我本來只要解決真人就行了，但只有真人死掉的話，我一定會被懷疑。可是，如果其他三個毫無關係的人也被殺，那我就不會被懷疑了。依五十音順序連續殺人這件事，是帶真人去澤井牙科時想到的點子。在飯能市隨機、

依五十音順序殺人……這個異常性會掩飾我原本的殺人動機。剛好勝雄在牙科上班，要拿到病歷並不難。之前跟你說過吧？勝雄的記憶力超強。人名、地址之類的，只要不是漢字，他看過一遍就記得。所以只要從病歷中挑出目標就行了，簡單得很。」

主要目的是殺一個人，其餘的人命都是障眼法。

渡瀨猜對了。

不過──，

「他不是你兒子嗎？為什麼要殺他？」

「那孩子死掉後錢就會進來了。很久以前，一個熟識的推銷員慫恿我買了兒童保險。」

「兒童保險？可是聽說那個只會理賠一千五百萬圓不是嗎？」

「保險金是只有這些沒錯，但現在有犯罪被害給付金制度。」

這麼回事嗎？──如此現實的話竟出現在如此非現實的場面，叫古手川整個傻眼。犯罪被害給付金制度，是針對在國內發生的犯罪行為導致死亡、重傷病和殘障的本人及其遺族的支援制度。給付金分為遺族給付金、重傷病給付金、殘障給付金三種，其中的遺族給付金是支付給被害者的第一順位遺族。

「可是，遺族給付金的上限應該只有三千萬圓左右。」

「用這個來付清房貸還有剩呢。」

「房……房貸？想不到、想不到會為了這種事把自己的兒子……」

「我已經快半年沒繳房貸，銀行就要來扣押了。我不想被扣押房子。我在比賽中獲勝得獎，最後還是當不成演奏會鋼琴家。在這種鄉下地方，會學鋼琴的小孩又沒幾個。我被生活逼得曾經去超市當收銀員。鋼琴離我越來越遠，我受不了了，音樂是我活下去的力量啊！這間房子是我好不容易掙來的，是我的城堡，怎麼可以被別人拿走！我會不擇手段來守住這間房子，區區四條人命又算什麼！」

小百合突然激動又大聲。不過，並非大聲就能鎖定她的位置，反而是聲音愈大愈會讓反響在牆壁間來回反彈，更難以確認音源了。

「這間房子就這麼重要嗎？比你的獨生子還重要？」

「他跟這間房子根本不能比。我本來就不覺得他可愛。他跟那個拋家棄子的男人長得一模一樣，那雙從下往上看時像帶著怨恨的眼睛，讓人討厭死了，所以我一逮到機會就打他、踢他肚子。總之，我從來沒抱過那孩子。」

那個是——那個腰上的瘀青不是被同學揍來的，而是被母親踢打出來的?!

記憶在腦海中倒帶，不久便明白了。真人被殺後，小百合發瘋似地、歇斯底里大叫、面色灰白、行屍走肉、兩頰凹陷，還有趴伏在鋼琴上……，她表露出一切承受喪子之痛的母親所該有的感情，卻沒見她掉過一滴眼淚。

「順便告訴你吧，剛剛你說是我一個人搬運屍體的。錯了，把真人那個四分五裂的屍體排在公園沙坑上的，是勝雄呢。我開車載著屍體直接去接勝雄，到了公園，就叫他依我的指示去

排列屍體。搞不好他根本不知道那是真人的屍體。」

「為什麼要叫他幫忙？」

「是那傢伙自己要的。」

「少騙人！」

「哪有騙人！我當他的觀護人時，確認過他的所有私人物品，當中就有他小時候的日記。做這個殺人計畫時，我就想到利用那個日記，讓勝雄去充當凶手。勝雄有肯納症候群，有殺害幼女的前科，而且到現在都還沒有判斷是非善惡的能力，是個絕佳傀儡。而意外的是，勝雄本身對於被捧成連續殺人事件的主角開心極了。殺掉那個女上班族的隔天，我就不斷跟他說，『她是你殺的，她是你用從前日記上寫的那種酷斃了的方式殺掉的！』不斷跟他洗腦。他深信我是唯一跟他同國的人，所以太好操縱了。然後我又跟他說『大家都好怕你』，他就高興得笑了。就因為他一直深深感覺到，連診所的同事都拿他當麻煩看，周遭的人都瞧不起他，這下他一定覺得總算報仇了。如果沒有真正摸過屍體，就不會有清楚的記憶，那麼後來接受偵訊時，就沒法做出具體的供述，就會失去可信度，所以我才讓他幫忙的。他實際碰過真人的屍體，而且洋洋得意，真是再好不過了。每當青蛙男的名字在報紙和電視上出現時，他就開心得不得了。我把殺人後的刀子和鐵槌交給他時，他也相信那就是他用來殺人的工具，半點懷疑都沒有。」

好個完美的傀儡。但，沒有心思去嘲笑勝雄。因為包括自己在內的搜查本部，每個人不也都被操弄著？就連享負盛名的資深搜查員們，都輕易掉進這女人設下的陷阱中了。

吃吃！

從齒縫間洩漏出來的摩擦聲又出現了。

「話說回來還真傷腦筋啊，到底該拿你怎麼辦好呢？」

哪是傷腦筋的口氣，聽起來更像是開心地盤算著該如何料理掉進陷阱中的獵物。

「你名字的第一個發音不是『オ』，所以不能和這起連續殺人事件連結在一起，況且，勝雄這個凶手已經被抓去了。唉呀，你別擔心，我把你殺掉後，會設計成你被車子或電車輾死的樣子。你拄著枴杖深夜一個人出門，出車禍也是可能的。高興嗎？我要在這個房間殺掉你，能和那孩子在同一個地方死掉，應該死也瞑目吧。」

「在這裡……殺掉他的？」

「你忘了嗎？這裡是與外界隔離的世界。在這裡，就算大象吼叫，外面也聽不見。當然，慘叫聲和槍聲也一樣。所以，你愛怎麼叫就怎麼叫吧，就叫到你喉嚨破掉、聲音啞掉為止。」

真人在這個房間裡被殺。在這個縈繞蕭邦、莫札特、貝多芬華麗樂曲的房間裡，被自己的親生母親殺害。牆壁耳聞真人的臨死吶喊，天花板目睹真人的氣絕身亡。而，自己竟在什麼都不知道的情況下，竟在毫未察覺這個房間充滿邪惡的情況下，在這裡陶醉於音樂的喜悅中。

自我嫌惡感鬱結在心頭。

「那，讓你選擇死亡的方式吧。你想趕快一刀斃命？還是想像蛞蝓那樣邊爬邊慢慢死掉？」

努力想憑聲音判斷出小百合的位置，但實在聽不下去了。小百合的一字一句就像毒素，愈聽就愈腐蝕身心。

「不回答啊？」

說完，便再次陷入寂靜。

連敵人的呼吸聲都消失了，只聽得見自己的心跳和傷痛。

窒息般濃密的寂靜。濃密得似要壓潰身體。

鼻子和右腳激痛不止，痛得無法全神貫注於耳朵。

被拋在完全的黑暗與完全的寂靜中，古手川才恍然大悟，只要沒有光，身體便會蜷縮一團，便會感到如全裸般的不安，如刀子對準喉嚨般的恐怖。

腹部麻木地冷起來。

身體緊靠牆壁，全神注意動靜。前一刻像滿地爬的蟑螂，此刻變成貼在牆面上的壁虎。

魔鬼住在黑暗中，邪氣藏在寂靜裡。而目前待在這個房間裡的，是兩者兼備的妖怪。沒有暖氣，沒有聚光燈的熱源，房間的溫度應該下降才對，額頭和腋下卻涔涔盜著難受的汗。

背部頂著牆壁，耳朵貼在地上。由於全面鋪設木質地板，只要對方一移動，多少就會傳來腳步聲。

不久——聽到了。

嚓。

但，不是腳步聲。

嚓。

嚓。

有一定間隔、鑽著什麼的聲音。凶暴且毫無人味的聲音。而且不是從地上，是從牆壁傳過來的。

嚓。

嚓。

嚓。

聲音愈來愈大。

尖狀物鑽牆的聲音。

是水果刀。

一邊用水果刀鑽牆，一邊慢慢接近中。

不移動不行！古手川死命鞭策不想動的身體前進。毛細孔全開的皮膚告訴自己，看不見的敵人已經逼近了。

但，說時遲那時快。

右腳踝被冰冷的刀尖刺中了。剛剛右腳踝下方就被刺傷，這下刺得更深，激痛如閃電劈來，旋轉的刀尖削掉肉，刺進骨頭。

古手川像個娘兒們般哀嚎。完全拋棄羞恥與自尊地，撕心裂肺地狂叫，打上石膏的左腳在半空中猛踢。好似要享受這個慘叫聲般，刀子持續錐心刺骨。全身的痛覺都集中在那個點，痛得無以復加以致腦中一片空白。要是有燈光的話，看起來肯定像一隻被針釘住而翅膀亂揮的蝴蝶。

死亡的恐怖及時喚醒思考。不快逃的話，下一刀準射到身上來。古手川抱著自己切斷右腳的覺悟，抓住插著刀子的腳踝一把拉過來，腳心的肉立即千刀萬剮。剛剛都叫到嘶聲力竭了，又差點叫出來。

嘴巴一時忘了呼吸，血液和分泌物從鼻腔逆流，流到喉嚨後，呼吸道瞬間塞住。一噎住，立即咳嗽。冷不防，鼻尖差點被什麼東西掃到。是丟過來的刀子。敵人連咳嗽聲都不放過。古手川將身體一躺，閃避追擊。果然如剛才所料，聽得見自己所在位置傳來撲在地板上的聲音。

腳掌的狀況一定慘不忍睹。末稍神經的集中部位被連根拔除，全身如罹患瘧疾般顫抖不止。只有一個部位受傷，卻痛得像是整隻腳被壓爛了。但，此刻的古手川別說叫出聲，根本連一丁點聲音都不容許發出來，只能咬緊牙關，兩手抱緊身體強忍痛楚。若能乾脆昏倒不知該有多輕鬆。儘管起這念頭，儘管被宛如浸在滾水中的激痛折磨得意識朦朧，生存本能依然不許自己休息或放棄。

已經被逼到牆角，逃不了了。敵人似乎看穿這邊的心思。宛如獵食動物熟悉獵物的習性

般，小百合正在解讀古手川的行動。

近十五坪的寬敞救了自己，若是像勝雄的房間只有三坪大的話，根本無處可逃，至少這裡還有回避的可能。只不過，這是幸或不幸要依結果而定，這場鬼抓人，對鬼來說再好玩不過，對人來說，可就再痛苦不過了。

小百合完全沒動靜。她移動了嗎？或者只是屏息等待？反正就是感覺不到她的動態。儘管呼吸困難，古手川還是稍稍喘了口氣。這邊不宜輕舉妄動，只能凝神靜觀其變，趕快想出逃脫之計。

第三次的寂靜。每當這種寂靜來臨時，古手川的心臟就噗通噗通似要從嘴巴蹦出來。他趴在地上極力想蓋住心跳聲，但心臟就像不受控的小鹿般撞個不停。右腳的劇痛也無一刻平息。

別痛了！

別痛了——！

正集中這念頭時。

傳來一道劃破空氣的聲音，緊接著腰部遭受猛烈一擊。發出金屬聲。粉身碎骨般的衝擊讓古手川的身體彎成弧形。

還沒結束——

又一道劃破空氣的聲音。第二擊直接命中胸口。強憋住的聲音終於忍不住喊出來。

第三擊打中側腹。

想逃而轉個身，第四擊打中右肩胛骨。每被打一次，就發出彈一下的金屬聲。

想到了。

是古手川的枴杖。小百合正拿著枴杖揮打。由於枴杖是供受傷者使用，重量很輕，而且堅固得不得了。

獠牙。古手川心想。自己正在被鐵製的獠牙狂啃濫咬。

獠牙咬到了肋骨，呼吸停止。才剛癒合的部位又裂開來了。這個衝擊讓身體一扭，獠牙撞到地上。

身體倒地連連翻轉，緊急更換位置。可每翻轉一次，被打到的地方就悲鳴一次，但無暇去聽了。

每挨一次打的傷痛都深入骨頭。不只肋骨，全身骨頭無處不破裂，甚至陷入骨髓開始分解的錯覺。慘成這種狀態了還不昏過去，古手川恨死自己了。

到底怎麼回事？如此漆黑中，小百合竟能正確捕捉獵物的位置。混亂中拼死拼活擠破腦袋，漸漸想出一個可能性，就是急促的呼吸與小鹿亂撞的心臟——小百合的耳朵很尖，一定聽到了這些聲音。

先前還認為這裡大得足夠回避，顯然想法過於樂觀了。這個房間就算有三十坪也逃無可逃。

全身嚇得驚顫不已。既然逃不了，就要找個掩蔽點。

從記憶中拉出房間變暗之前的光景。這裡面到底放些什麼和什麼？二架鋼琴、聽眾坐的椅子，還有──。

有了。

門的反方向，也就是北側的牆邊應該放著推車才對。那個搬運笨重樂器的台車，同時也是搬運屍體的工具，可以完全擋住一個人的身體。

先前雖然一直移動，但都沒有碰到推車或椅子之類的東西。這麼說來，目前自己是位在沒放置任何物品的南側或東側。

古手川伸出一隻手撥啊撥，開始找尋推車。

不快點不行。

儘管心急如焚，但兩隻腳已經動不了，肩膀也只剩下左邊還能使。被勝雄摧殘的傷痛甦醒，而且原處又再負上新傷。這也算是小百合和勝雄的聯手出擊嗎？目前全身上下要找出沒事的部位還真困難。想用左手和下巴來前進，但每移動一公分，就感到粉身碎骨般。

三十公分好長，一公尺是無止盡的遙遠。

幹嘛自己非這麼痛苦地撐下去不可呢？即便運氣好，能找到推車將身體藏起來，也根本無法逆轉形勢。即便對方沒先下手為強，以目前自己的狀態，最終不是失血過多致死便是休克致死。總之就如小百合說的，自己只能選擇快死或慢死而已。

甜蜜的誘惑又在耳邊低語。

長痛不如短痛啊！

馬上讓小百合知道自己的所在位置，請求她速速了斷自己這條小命。如果覺得這樣做太可恥，那就請她朝自己的頭部或心臟開一槍，自己絕不閃躲。這樣就能從地獄般的折磨解脫了啊。因此——。

別鬧了！

另一個反駁的聲音響起。

已經打到精疲力竭了，所以不想再戰、不想再抵抗……或許一般人能這麼想，但，是你自己選擇走警察這條路的，你沒有權利這麼想。因為不論受多少傷，流多少血，順一郎都不會原諒你的。

因此，不戰不行！要為了那四條被自私自利奪走性命的冤魂而戰，也要為了背上殺人鬼的黑鍋而被打進冤獄的青年而戰。

知道啦，少囉嗦！

看清事實後，古手川明白現下能夠逮捕小百合的就只有自己了。正因為自己一時把小百合當成母親般愛慕，因此不親自為她上銬不可。若非如此，對欺騙自己的小百合，對被欺騙的自己，都無法做出了斷。

管他，就來個困獸之鬥吧。

明知沒用，還是把頭放低爬著，免得被敵人發覺。隨著心臟鼓動而湧上來的激痛，反而有

助於提醒時不時就要昏厥過去的意識。

有了豁出性命的覺悟後，手指終於碰到橡膠類的東西了。指腹確實有感。

硬質的圓形橡膠。肯定是輪子——。

謝天謝地。古手川找到台座後，就將身體藏進推車與牆壁之間。

她一定在困惑目標怎麼不見了。不禁讓人聯想到目標突然從自豪的雷達上消失而慌張失措的潛水艇。

總算能休息片刻。

趁這時候思考。

都沒辦法逃出去嗎？

怎麼做才能逮捕小百合？

要逮捕凶暴的犯人，自己的確體力上、氣力上都不夠。對方占地利之便，武器又豐富，比自己優勢得多，但，這邊還有二發子彈。有何方法能在黑暗中有效使用這二發子彈呢？有何方法能夠捕捉到無聲無息潛進黑暗中的敵人呢？

快想。

快想快想。

快想快想快想。

此時，皮膚察覺到異樣的空氣。類似壓縮寒氣後形成的扭曲團塊——殺氣。

連忙把頭一縮，但遲了幾秒。

猛地左耳破裂。從正上方打下來的枴杖直接命中。發出水果被壓爛的聲音後，全身如起火燃燒，同時左耳失去聽覺。劇痛直擊大腦，瞬間意識飛散。

第二擊落在頰骨上。右耳只聽見嘎吱一響，一顆臼齒掉下來。

隔了一拍，可以從氣流判斷出枴杖正高高揮起，打算使出致命一擊。

休想——。

也不知哪裡竟還有那樣的力氣，左手將推車的台座一推。台座無抵抗地順著力氣滑出去，撞到了什麼。

然後，一個軟軟的物體倒下去。殺戮者被推車的角給撞倒了。應該能立即逮捕倒地的小百合才對，古手川的左手卻徬徨了。

往內彎曲的手指只是在空中虛晃，什麼也捉不到。敵人依然不動聲色地隱入黑暗中。

古手川已經不指望聽力了，即便左右聽力正常都靠不住，僅憑一個右耳根本想都別想。這下，除了像剛剛那樣用皮膚判讀空氣的流動之外，別無他法了。

不意想起之前聽誰說過，盲人的聽力比健常者更佳。這是因為人類的五官功能會互補，一旦失去某個功能，其他感覺就會自動補足這個缺失。以此推之，現在古手川用皮膚來代替眼見、用皮膚來代替耳聽，也沒什麼好奇怪了。

然而，考慮欠周的古手川正後悔莫及。因為一般來說，利用物品來掩蔽身體就能免於被察

覺——黔驢技窮了，儘管房間的主人一定想得到這招。而且在這個房間裡，就只有躲在推車後面才辦得到了。

反正，必須完全不動聲色才行。古手川想到潛身於下水道的老鼠。停止呼吸，盡可能縮小身體。

但，才剛蜷縮起身體蹲下，倏地一道寒氣襲來。

不是體表，而是一股熱氣從身體裡面逃出來所致。別說疼痛無一絲減輕，反而範圍擴大了，而且開始感覺麻痺。體表如燃燒般熾熱，體內卻肅寒一片。

意識漸次稀薄，不是淡遠，而是明顯地一點一點消失。驚覺不對而欲起身，可連一公分都動不了。肉體無一處聽從命令，似乎因持續忍耐激痛而把體力消耗殆盡了。

等等。內心吶喊。無奈開始消失的生命之火隨著呼吸愈來愈小。脈拍變弱，而且確實變慢。

這五天來二度徘徊鬼門關都苟活下來，卻覺得這第三次死定了。

清楚感受到死亡橫臥在身邊。

已經沒有掩蔽物也沒有閃避的力氣了。僅剩下聊以充當信號彈的二發子彈以及——。

不。

漸次稀薄的意識微微一閃。有一個方法能夠有效運用子彈。為什麼一開始沒想到這招呢？理由其實心知肚明。這種玉石俱焚的做法，非到最後關頭不可能想到。

再一分鐘。

再一分鐘就好，給我時間。

使盡渾身之力用左手支起上半身，於是背靠在牆上。太好了。古手川將全身重量交給牆壁。感覺上因為這是拼死一搏，幸運女神才特別可憐自己似的。

想咳嗽，卻吐出大量的血。

「有働小姐，我認輸了。」

總算發出聲音了。

「你說的對，不論你再攻擊我一次，或者放著我不管，我都毫無勝算，遲早都要翹辮子吧。但最後這大絕招我非狠狠使出來不可。剛剛，你說這房子是你的城堡，但，有個更重要的東西你忘了嗎？」

感覺到有個呼吸聲。

「在這個黑不溜丟的房間裡，唯一能確定位置的，就是坐鎮中央的鋼琴了，因為是兩架大鋼琴啊。老子的槍法再廢，也多半射得中吧。點三二口徑的子彈威力多大你知道嗎？近距離射擊的話，木製的樂器一發就讓它阿彌陀佛去了。」

「不要！」

好久好久沒聽到小百合的聲音了，但，現在聽來只覺刺耳。

由於背靠在牆上，能大約抓出房間的中心點。槍口朝向那裡，靜靜扣下板機。

黑暗中，槍口噴出火花。

破碎聲。然後是無數根琴弦炸裂的聲音——。
餘音消散之前，尖叫聲總算來了。
「哇哇哇哇！」
粗野的叫聲，也是猛獸暴怒到抓狂的咆哮聲。
下個瞬間，巨大的團塊飛撲到腹部來。
胸口一帶有鈍痛和冰冷的異物感。被水果刀刺中了。從被刺的感覺判斷出刀口是鈍的。
萬事休矣——但，對敵人而言也是。
豈能讓她跑了！
古手川確認緊握住刀子的手，然後銬上手銬。
「你被捕了……有働小姐。」
就在小百合驚呼一聲時，手銬的另一邊已經套上古手川的右手腕了。小百合發現古手川的意圖後，便抽出刀子欲掙脫手銬，然而手銬只是將古手川的右手腕高高吊起，怎麼也脫不下來。刀子拔出的地方大量噴血。聽著那聲音，古手川終於死心了。宛如空氣自氣球洩出般，生命也正自破洞的腹部流洩出去。
「為了讓你……這麼靠近……我只有使出……這一招了。」
「放、放開！」
此時，房間的角落傳來熟悉的電子音。是手機鈴聲。

這個時間會打來的只有一個人。

「是本部的……上司打來的。他看起來吊兒郎當，其實是個很細心的人呢……我跟他約好傍晚之前要回去的……他很快就會跟一票警察……趕過來了。」

「鑰、鑰匙？」

「很遺憾，沒有帶過來。」

古手川用槍口觸碰小百合，找到小腿位置後，擊出最後一發子彈。

小百合再度如野獸般嘶嚎。古手川胸口一陣刺痛，可後悔來不及了。

「抱歉啊，有働小姐，我不這麼做，你根本不會乖乖聽話……現在，要拿掉手銬就只能剁掉我的手腕了……但那把鈍鈍的刀子剁得掉嗎？……就算你掙脫手銬了，拖著那隻被子彈貫穿的腳也跑不了多遠啊……所以，我們兩個就在這裡等警車來吧……」

說到這裡，古手川的意識便消失在黑暗中。

2 十二月三十日

「有慟小百合原本叫做嵯峨島夏緒㉖。她從府中的醫療少年院出來後，就向家庭裁判所申請改名，家事部的法官也立刻同意。小百合是我取的，但她非常喜歡這個新名字。」

射進研究室的夕陽，染紅了御前崎的臉龐。

「沒錯。後來嵯峨島夏緒跟著離家出走的母親姓她的舊姓島津，就變成島津小百合，到了二十六歲跟有慟真一結婚，又變成有慟小百合了。經過這些事而一再換名字，難怪警察廳的資料會漏掉她。當然，申請過去的戶籍時，就會查出這個換名字的過程，但沒人會特別注意她的過去。不過，當有慟小百合自己說出曾經被收容在府中的少年院時，就應該注意到才對，因為府中市的少年院就是專門收容精神病患的醫療少年院啊。我想，她有觀護人身分，是讓人粗心大意的原因之一。」

渡瀨語帶諷刺，甚至接近非難。

「你這麼說還真難聽。觀護人遴選會把人選名單給我後，看到她的名字，其實我也很猶豫。如果我把她曾經待過醫療監獄這個事實告訴遴選會，他們當然會把她剔除掉，但是，我相信我對她的治療是成功的。再說，她還拿到各種鋼琴比賽的獎項，可以讓她在當時還很少見的音樂治療領域中發揮長才，遴選委員也是看中她能進行音樂治療這一點，所以我覺得再去翻舊

帳沒有意義。」

「原來如此。所以您就對遴選會隱瞞她的過去，不，豈止這樣，根本就是強力推薦她。」

「你說我識人不明，我也無話可說了。都是我太過相信她的精神狀態、太過相信我的治療技術，都是我太傲慢害的。」

「有慟小百合，不，嵯峨島夏緒的恢復情形真的這麼明顯嗎？」

「沒錯。她的病例和治療過程，可以說成為後來精神治療的一個雛型。她從十歲起一直遭受親生父親的性虐待。據說她本來就個性內向，在學校都沒有談得來的朋友，在家裡就是一直受父親操控。然後有一天，她開始學會殺害小動物，起初是作為自己長期遭受虐待的一種補償行為，但這個行為快速惡化後，就產生人格解離而造成身分認同混淆了。」

「多重人格障礙……就是現在說的『解離性身分障礙』，對嗎？」

「嗯。一個是被父親操控的夏緒，一個是掌握小動物生殺大權的夏緒，這兩種人格同時存在。一開始，殺害小動物這個副人格是作為主人格的防衛機制，但不久這兩個主從關係逆轉，終於導致夏緒殺死一名住家附近的小女孩。」

「我想起來了。這是當時媒體大炒特炒的一起命案。結果案情失焦，加害者少女所承受的

㉖夏緒：日語讀音為ナツオ（natsuo）。

性虐待反而沒被關注和譴責，後來又連續發生多起獵奇性的殺人事件，人們就漸漸淡忘這件事了。」

御前崎有點自虐地微笑說：

「人們失去興趣對我們才好呢。我和其他同事剛好可以不必被其他雜事干擾，專心在治療工作上。」

「您對她進行什麼樣的治療呢？」

「多重人格的治療方式，以往是將人格一個一個消去，叫做人格統合。但是……唉呀，這個說來話長，那邊那位身體受得了嗎？」

說著，御前崎看向渡瀨身邊那個動也不動的古手川。不想注意他也難。第一次來訪時，古手川還意氣風發地，如今卻只能坐在輪椅上。雙腳都被打上石膏，右手也被固定住，臉上貼滿OK繃，沒什麼皮膚露出來，簡直像一尊木乃伊。可即便如此，古手川仍揮揮左手說：

「我沒關係的，請別在意。」

「真對不起啊，教授，讓您看見這麼不堪入目的東西。但這傢伙不聽話，說什麼都要跟來。別管他了，您請繼續。」

「喔，如果不要緊的話……那麼，有批評指出，勉強消除已產生的既有人格，反而會加速症狀惡化，目前一般的看法是認為，應該安定各個人格的精神狀態才對。嵯峨島夏緒的情形正好處在主人格與副人格的轉換期。所以我，不，是我們小組，我們並沒有要改變她現有的人格，

而是想讓她重新再成長一次。為此，在矯正過程中，我們設定了兩個主題，也就是尊重生命和贖罪意識。我們讓她養熱帶魚，培養她對生命產生愛，然後讓她在人際交流的過程中，修正偏差的認知和價值觀，試著讓她擁有和一般社會共通的感覺。換句話說，就是對她重啟情操教育。我們醫療小組成為她的模擬家人，十分關注她的成長狀況。但意外的是，提高她的情操的，並不是小動物或是與模擬家人的相處，而是遇上音樂這件事。因為在我們當成情操教育的一環送她一部鋼琴後，她就對彈鋼琴表現出極高的興趣。或許本來就有這個天分吧，她把練習曲彈過一遍後，技巧便明顯提升，而且彈琴的這段期間，還能把放進音樂中的喜怒哀樂、熱情、溫柔這些情感，放進平時的精神狀態中。說起來也沒什麼，我們小組十幾個人團結起來都敵不過一架鋼琴哪。她把音樂當父母或者當老師，也拿來當朋友，就這樣，她又快又明顯地恢復正常人的性格了。經過日常會話和各種心理測試，我們確認她的認知和正常人沒兩樣時，就要她演奏鋼琴給著名的鋼琴家看。那位鋼琴家一聽完她的演奏，便立刻建議讓她去上音樂學校。於是幾年後，鋼琴家有働小百合就誕生了。」

「好感人的成功案例啊。」

「這是在酸我嗎？唉，現在你要這麼說，我也沒辦法，但當時我們確實認為她是希望之星。她的成功讓我們對於精神治療多麼深具信心，這點外人恐怕難以想像吧。但也因為如此，這起事件真的很令人遺憾。我真是痛恨透了，也慚愧不已。得知有働小百合被逮捕的消息後，當時的治療小組成員個個都垂頭喪氣的。就算擁有深遠的音樂力量，還是沒辦法將她的瘋狂因

子連根拔除……以殺人為樂的人格一直潛藏在她的精神深處，我卻沒能看出來。」

說完，御前崎深深低下頭。這是精神醫學界權威一敗塗地的瞬間。

渡瀨以一貫的半眼望著。

「她接下來會怎樣？」

「恐怕就跟教授您預期的一樣吧。當真勝雄是精神遲緩，有働小百合則有明顯的人格障礙。辯護律師一定立刻提出三十九條，最後她就會被醫療機構收容吧。」

「可憐啊。經過了二十五年，她還是被送回原來的地方。」

「可是，教授，像我們這樣的外行人還是有一個不能理解的地方。那個潛藏在她精神深處的人格，為什麼又會突然出現呢？我們認為有働小百合虐待兒子是從她先生跑掉以後才開始的，怎麼會隔這麼久又復發，這之間有什麼關連嗎？」

「唉呀……在她的精神鑑定報告出爐之前，我們什麼也無法斷定。況且，我已經沒資格發表意見了，我再多說什麼只會讓自己蒙羞而已。」

「嗯。那麼，請您聽聽我這個外行人胡思亂想出來的推論好嗎？反正您應該很習慣聽病人說他們的幻想吧。」

「我覺得我沒有資格批評渡瀨先生的推論……」

「您太客氣了。我們搜查本部也被這次的事件害得慘兮兮，因為犯人實在太狡猾了。搞得像精神異常者犯罪般殘虐的殺害方法、有效利用當真勝雄的日記來煽動群眾的恐怖心理、從病

歷中依五十音順序選出被害者，尤其聰明的是創造出青蛙男這個凶手形象。當然，青蛙男這名字是媒體取的，但從屍體的呈現方式和紙條的內容，我們都認定青蛙男是個冷靜沉著的殺人享樂者。由於印象太過鮮明，市民深受這個強迫觀念的影響而心生恐慌，這點您也知道。而且，青蛙男的角色由罹患自閉症的當真勝雄來扮演，真是角色分配得太妙啦，因為當初把他視為一連串命案的凶手時，並沒有任何人起疑。有働小百合的確是極少數相當熟悉人性心理的犯罪者，她的計畫十分完美，除了一個點之外。」

「除了一個點之外？是什麼？」

「讓勝雄本人涉入有働真人的屍體處理過程。雖然可以充分理解這麼做是為了讓現場留下勝雄的腳印，而且要在勝雄的腦海中刻進處理屍體的記憶，但這麼做有個危險，就是也會同時刻進聽從小百合指示去做的這種記憶。她不是心理學專家，才會做出這種簡直像是一場賭注的行為。與其這樣鋌而走險，不如都不要到現場去，不要留下任何蛛絲馬跡才是聰明的做法。怎麼說呢？因為她早就做好讓澤井牙科的病歷遲早曝光的準備了吧，而且勝雄宿舍裡的日記和凶器就足以讓他背黑鍋了。這麼一想，讓勝雄去幫忙處理屍體完全是多此一舉。她打的主意是要讓現場留下勝雄的足跡，但其實是留下了自己的足跡，不但沒必要，反而有危險，即便這個計畫如此周延，仍能清楚看出這個破綻。」

「的確，這點我也很難說我看得懂。但是，犯人不都會犯下失誤嗎？不然你們警察就抓不到他們了吧。」

「我要說的是這個失誤的類型很不一樣。犯罪者，尤其是智慧型犯罪，他們的犯罪過程會整體一貫，當中如果有失誤，一般也會是類型差不多的失誤。但這個案件的失誤是，原本是設計成讓當真勝雄充當凶手而自己躲在後面的，結果卻與這個目的相違背。明明在這之前都布局得無懈可擊，偏在這裡留下像在水彩畫上塗上油畫顏料那樣的違和感，也可以說是不自然。沒錯，這個失誤簡直像是故意犯下的，簡直像是故意留下暗號讓人知道就是有慟小百合幹的。那麼，您不會產生這樣的疑惑嗎？這個殺人計畫真的是她想出來的嗎？說不定，她也是受某個人操控的傀儡？」

「你到底想說什麼？」

「被認為已經消失的其他人格為什麼又會突然出現？我們應該可以認定是什麼契機造成的吧。那麼，是誰給她這個契機呢？這起事件有三層構造，一是相信自己就是青蛙男的當真勝雄，一是操控勝雄讓他充當凶手的有慟小百合，還有一個第三者，就是讓有慟小百合相信自己就是整起案件主謀的人。這個第三者精心策畫出全盤計謀，把有慟小百合和當真勝雄當傀儡耍，然後演出這場惡夢。這個人物巧妙運用會被不安驅使的群眾心理，為了實現計畫，毫不猶豫地讓可憐的當真勝雄充當凶手，讓有慟小百合殺害自己的親生骨肉，真是個殘忍又冷酷，而且心機重又狡猾的編劇兼導演。這個人就是御前崎教授您。」

古手川以為自己聽錯了，倉皇地看向御前崎，但被指名的老教授既未驚慌也未發怒，只是平靜地直視著渡瀨。

「你說這些話當真？」

「難不成您還真當我是在幻想。」

「你這個人真有趣啊。你的意思是說，那場犯罪從頭到尾都是我這個老傢伙一手策畫的？」

「為了拿到三千萬圓而殺害自己的兒子。為了隱藏這個動機就濫殺無辜讓人誤以為是隨機連續殺人事件。而且，利用有智能障礙的少年來充當兇手，在他的腦海中印上犯罪的記憶——讓有働小百合認為這一切都是她自己的主意。這種驚人的把戲，只有為她進行精神治療的您才辦得到。而且，原本她的病情已經緩解了，要再重新喚起她那些可怕的其他人格，也只有您才辦得到。」

「你似乎把人的精神看得太單純了。人心並不是像電腦資料那樣可以輕易刪除、輕易啟動的。」

於是，渡瀨從外套裡拿出一本小冊子秀給御前崎看。

「那是什麼？」

「《創傷再體驗療法之批判》，是二十年前您寫的論文。我讓他們在這裡的資料室找到的。」

「哦，這麼說來，我還真寫過那種東西呢。唉，多令人懷念啊，連我本人都忘了說。」

「創傷再體驗療法是當時美國精神醫學領域所提倡的一種治療方法。先找出造成精神障礙

的主要事件，然後讓精神障礙者在催眠狀態中再次體驗那起事件，並在醫師的幫助下克服它，換句話說，就是去除精神性創傷。從案例來看，的確有很多治療成功的例子，但由於是新的手法，也常遭受批評。我拜讀了這篇論文，似乎教授您對這種治療方法也是抱持相當懷疑的態度。」

「沒錯。因為往往為了讓患者痊癒而操之過急，欠缺慎重。簡單說，這是一種催眠術的應用。患者和催眠師之間如果沒有堅固的信賴關係，就不會成功。」

「是啊，而且再次體驗後要是處理不當，反而會讓心理創傷更明顯，就有可能誘發恐慌或自殺。造成因素屬於輕度的這種先不說，如果是傷害、虐待這種嚴重因素造成的，也有可能再次喚醒內心中的怪物……論文的主旨就是在談這個。患者和催眠師之間要有堅固的信賴關係。以有慟小百合來說，對她從頭施以情操教育又給她音樂的這位教授，就是能夠絕對信賴的人。比起把女兒當成性欲發洩對象的父親，這位教授更像是真正的父親吧。換句話說，只有您才有可能對她再次造成精神上的創傷。您有能力讓她復原，也很了解如何緩解她的精神分裂狀態，所以只有您有可能引出她那些沉睡的瘋狂因子。」

「哼，你說她絕對信任我，這點我同意，還真謝謝你啊。可是，我為什麼要這麼做呢？看著一個母親為了還房貸就殺害親生兒子，我就會很高興嗎？看著青蛙男這個殺人鬼四處囂張砍人讓市民提心吊膽，我就會很開心嗎？」

「不是，您還有更明確的動機。您的主要目的是殺人，為了隱藏真正殺人動機，就製造出

連續殺人事件來混淆視聽。您的真正殺人動機絕對比殺死兒子來領取保險金更明快且深刻……就是報仇。」

「我？向誰報仇？」

「三年前那起松戶市母女殺人事件中，一名少年殺害您的女兒和孫女，然後，提出刑法第三十九條讓他無罪開釋的那個律師，就是第四名被害者衛藤和義。您一開始就是為了向衛藤和義報仇，才擬定這個殺人計畫。雖然有働小百合認為是自己為了隱匿殺害親生兒子而想出以五十音順序殺人這個點子，事實上殺死衛藤和義才是計畫的真正目的，殺死有働真人不過是個障眼法。」

「這樣啊。當時那名律師的確叫做衛藤什麼的。可是，光這樣就說我計畫殺掉四個人，不會顯得有些牽強附會嗎？」

「您說的沒錯，但是，這裡出現一個巧合。教授，您去年年底受邀到飯能市市民會館進行一場演講對吧，根據記錄，是障礙者教育的研討會邀請您去的。」

「嗯，是有那場研討會。」

「就在那場研討會之前，您突然牙痛，於是透過在地的有働小百合，介紹您去看那家醫術評價很高的澤井牙科。而曾經是您病人的當真勝雄也在那裡工作，所以多少也是有緣。然後，您去澤井牙科，在那裡看到了衛藤和義。」

渡瀨停頓下來，但御前崎仍默不作聲。

「其實是因為逮捕當真勝雄那天，我在病歷資料中看到了您的名字。就在您跑去澤井牙科那天，衛藤和義剛好也被他住院的那家醫療中心送來治療牙齒。您的初診日期剛好和那一天重疊，所以我說這真是個巧合。更意想不到的是，你們兩人的看診時間都是在下午一點。這個也是從病歷上確認出來的。但是，對您來說，這算是冥冥中註定的吧？您愛女和孫女的仇人現在淪落到必須坐輪椅，可說下場淒涼。而有時候有働小百合會找您商量房貸付不出來的事，您就覺得這個巧合正是千載難逢的好機會，於是想出了讓有働小百合當主犯、讓當真勝雄成為傀儡的五十音順序殺人計畫。您曾經是當真勝雄的治療小組成員，一定看過他的日記。從病歷資料中挑選犧牲者是醫師才會有的點子。您擬定全盤計畫後，就把這個計畫內容刷進有働小百合的潛意識中。當然，為了留下她的足跡，所以您也沒忘記在公園的沙坑處理屍體時，讓當真勝雄加入。整個事態從頭到尾都在您的沙盤推演中，您的構想是，如果我們不知道有働小百合涉案，就讓當真勝雄一個人頂罪；要是勝雄想起那天小百合也在場，而我們抓到她時，也只是主角換人而已，您還是一樣能夠逍遙法外。真是太完美了，教授，您都不必把手弄髒就能向衛藤和義報仇了，而當真勝雄、有働小百合和我們，不，甚至是整個飯能市民，全都變成您的傀儡了。」

渡瀨說完長篇大論後，正面盯住御前崎。御前崎眉毛動也沒動。

「真是了不起的幻想啊。一個即將退休警官的誇大幻想，還滿值得一聽的。只不過，不論你的長篇大論說得多麼合理、多麼鉅細靡遺，幻想終歸只是幻想。」

「怎麼說？」

「因為沒有可以成形的證據啊。現實認識和幻想的差別就在這裡。你唯一提出來表示我和這一連串事件有關的東西，就只有牙科診所的病歷而已，要憑那個就起訴我是不可能的。」

「確實如您說的，所以我才會說這個計畫太完美了。就算對有働小百合進行催眠療法，從她的深層心理探聽出您的聲音，教唆殺人這個罪名還是扣不到您頭上。」

「是啊，因為再怎麼說，對象都是不被認為有責任能力的心神喪失者。就算她的心裡有著什麼，也根本不能在法庭上當作證據採用。而且，如果她本身也受惠於刑法第三十九條的話，就不會被處以刑罰。你不覺得不可思議嗎？渡瀨先生，雖然奪走了四條人命，但只要凶手是精神障礙者，就誰都不必被問罪，誰都不必被處罰，這就是這個國家的法律精神啊。」

「難道……難道您的報仇對象不是衛藤律師個人，而是三十九條嗎？」

御前崎歪起一邊嘴唇地嘲笑。第一次看見這位溫厚的老教授做出這種表情。

「渡瀨先生，你的頭腦真是太聰明了，而且看起來也是個誠實的人，該不會和我見面還做出偷藏錄音機這種愚蠢的行為吧。聲音資料有多少證據力，你應該早就曉得的。」

渡瀨掀開外套的裡側，顯示沒有藏著錄音機之類的東西，御前崎才滿意地點點頭。

「那麼，我剛剛聽了你那麼多極其失禮的幻想了，現在換你來聽聽我的幻想好嗎？工作上都是我在聽別人的幻想，偶爾也容許我發洩一下吧。」

「您請。」

「剛剛提到三年前的事，但對於心愛人被奪走的我來說，就像昨天才發生的一樣。對於那

名少年凶手自私自利的理由，還有好奇心盡出的媒體採訪大戰，我不甘心，也很氣憤，但那都算了，最無法忍受的就是辯護律師的主張，以及支持這個主張的輿論。他們做的精神鑑定就像在勾起凶手回憶似的，而且負責鑑定的醫師是個乳臭未乾的小子，又是律師的好朋友。但，輿論大多不去管鑑定醫師的背景，光憑心神喪失者這個鑑定結果，就要赦免那個少年。一審跟著輿論走，然後高等法院也是。雖然檢方做出不需要再鑑定的判斷太天真，但，那個少年狡猾的演技、造假的鑑定，還有姑息的法庭戰術，才是扭曲整起事實的最大因素。上訴被駁回後的記者會上，那個律師竟然厚顏無恥地亂說這是社會弱勢者的人權戰勝了報復情感。聽說輿論和法界都認為比起追究刑事責任，少年的健全教育更重要。這樣對嗎？一個殺人凶手只要被認定精神狀況恢復正常後就可以重返社會。這樣對嗎？那等於是把吃人的野獸再次野放一樣。那些大聲疾呼要野放的人，就有義務嘗嘗與野獸一起生活的恐怖。」

「所以，你是為了這個目的而利用心神喪失者？」

「他們無論犯什麼罪都不必受懲罰，被害四人的家屬一定很冤吧，這次，輿論一定會為當初挺三十九條而後悔吧。那時候，法庭上的主審官這麼說，『遺族情感和處罰情感不同』，他懂嗎?!『法庭不是報仇的地方』，他懂嗎?!那我只好選擇法庭以外的地方來報仇了，而且發誓就算變成泯滅人性的魔鬼也在所不惜。如同你說的，我因為臨時牙痛就醫，在牙科診所看到衛藤時，就認為這是復仇之神給我的絕佳機會。加上那陣子，有働小百合常來找我談付不出房貸的事，我知道她的情緒很不穩定，於是馬上想到何不好好利用她。後面的經過就跟你的妄想一

樣。要叫出有慟小百合內心中的嵯峨島夏緒，超乎意料地簡單，從前也跟你們提過，就算恢復正常，也不代表她心中那個完全享受殺人之樂的人格消失，只是沉睡在她的精神深處罷了。我因為知道她偷偷虐待兒子，就讓她為了一筆保險金去殺兒子，而且，讓她為了隱藏殺人動機而去殺害無辜的三個人，這點也比想像中容易。就像嵯峨島夏緒服從父親一樣，我也要重生後的她把我當父親那樣服從。況且，我也不是第一次做創傷再體驗療法，她的創傷類型也不是用音樂就能完全去除的，就算心裡忘了，肉體記得那個痛苦會更嚴重。」

「創傷再體驗……難道您?!」

「她的心理創傷是她親生父親連續侵犯造成的，所以，知道了吧，當我被找去她家談事情時，就在那間隔音完善的房間侵犯她！好幾次好幾次，而且好幾個小時！我情同她的父親，被我凌辱後她茫然自失，在那種狀態下，我把殺人計畫刷進她的腦海中，就像把自己的聲音錄進錄音帶那麼簡單。我一邊凌辱她一邊在她耳邊喃喃私語，告訴她，在壓倒性的暴力面前，音樂根本派不上用場，還告訴她，在這個世界上只有靠自私自利和奸計才能活下去。培養了整整三年的情緒，要破壞只消幾個小時就夠了。接下來，你們的行動也完全在我的預期中。你們從累積下來的心神喪失者的犯罪資料中鎖定了當真勝雄，在衛藤被殺後逮捕到他。市民的反應也在我的預料中，大家對神出鬼沒的殺人魔極度驚慌失措，於是對警察笨拙的辦案速度大力施壓，但造成更大的恐慌，甚至去攻擊警察署，倒是出乎我的意料。」

御前崎淡淡笑著，慢慢站起來。

「感謝你們傾聽我這個老人家的胡說八道。其實我心裡一直癢癢的，很想找人一吐為快，畢竟自言自語式的勝利宣言太無聊了，如果沒人聽、沒人稱讚，就不會有真正獲勝的感覺。」

「你這個邪魔歪道！」

古手川一大叫，就要連同輪椅往御前崎衝去。

但，渡瀨出手制止他。

「別去！」

「難、難道就讓他這樣……」

「你剛剛沒聽見嗎？我和教授說的都只是我們的幻想，是什麼證據都沒有的胡道八道。而且，就算多麼嚥不下這口氣，憑現在的你，根本動不了老先生一根汗毛。再待下去只是自己找罪受，走！」

「聰明的選擇啊。」

渡瀨橫眼一瞥沾沾自喜的御前崎，推輪椅往門口走去。

然後回頭。

「教授，衛藤和義已經死了。但是，做出假鑑定的鑑定醫師和殺死您女兒的少年還活著。您還打算找那兩個人報仇嗎？我最後跟您說一句，能報仇的是神，不是人。」

御前崎沉吟了一會兒，哼一聲笑了。

走出大學校舍，眼見被大樓擋去一半的夕陽呈血紅色。

古手川咒罵起自己動彈不得的身體。坐在輪椅上，連要靠近御前崎都做不到，更別說要從他脖子後面一把抓起來了。明明惡魔就在眼前，明明玩弄人心、一根手指都沒動，就把四條人命如螻蟻般殺死的罪魁禍首就在眼前嘲笑……

結果，自己什麼都做不到。連碰一下這個真正的凶手都做不到。

「畜生……畜生……畜生……」

伸進口袋，拿出那個做得亂七八糟的風車。這是真人送給自己的勞作。那天，還沒送給自己之前，真人一直拿著，片刻也沒離手的。

風車迎著風，開始輕輕旋轉。

夕陽的紅色刺痛眼睛，突然眼角一熱，意識到時已經來不及了。水滴答答地落在膝蓋上，母親和好友去世時都沒流下的淚，像潰堤般止不住地溢出。自己也分不清是哀傷或氣憤，只知道眼淚是熱的，還有揮之不去的愧疚感。情不自禁的哭泣聲。已經顧不了旁人了。不想擦去奪眶而出的熱淚，古手川號啕痛泣。

太可憐了。如果被老人的報仇心牽累而慘遭母親毒手的真人很可憐的話，那麼小百合被迫再次面對受人隨心操弄的不祥人格，不也很可憐？

哭了一會兒，不再那樣嗚咽後，渡瀨的手搭到古手川肩膀上。

「古手川啊，這種事我只講一遍，你聽好來。」

慢慢恢復情緒後，發現這是渡瀨第一次叫自己的名字。

「你的心應該很痛吧，一定要記得這個痛，只要你還當刑警一天，就絕對不能忘記這種痛苦。你聽好！這不是為了獎章也不是為了自我滿足，你要為你所哭泣的人戰鬥。手銬也好、手槍也好，都不是上面給你的，是脆弱的人和沒有聲音的人託付給你的。只要不忘記這點，你就不會犯下不能自我原諒的過錯。如果這樣都還遭受嚴重的背叛或報復，那麼或許是笨，但絕對不可恥。」

這男人竟然也會說這種話？

無論如何，這番話正一點一點滲入內心的裂痕中。

不為報仇，是為拯救而戰。

等到我能那樣的時候，手掌上的傷痕一定意義不同了吧。

但，還是有揮之不去的心情。

「……這根本不叫報仇。」

「什麼？」

「雖然剛剛班長你這麼說，但我認為那個老教授做的事不叫報仇。說是想為女兒雪恨，卻不弄髒自己的手就把一票無辜的人牽累進去，這根本就是為了出氣而已。那個老教授在騙人。」

「你說的沒錯。只是啊，謊話通常不是拿來騙別人的，是拿來騙自己的。那種騙法最後會害死自己。」

「班長，那個老教授還會繼續這麼幹嗎？直到他把那名鑑定醫師和在監獄裡的少年殺死……。就沒有辦法阻止他嗎？我們已經知道那個老教授幹的事了，也知道他接下來還要幹什麼，這樣還不能阻止他、不能讓他接受法律的制裁嗎？」

渡瀨把嘴唇抿成一條線，沉默不語。我明白了。一旦有了方法，這個人總是先做再說。

不久，眼前的夕陽已經完全隱沒，降臨的黑暗中，風車依然持續旋轉著。

「我最後跟教授說的那句話。」

「啥？」

「那是聖經中的一句話，但佛教中也有比較含蓄的說法……就是『因果報應』。」

＊

眼前這個人反正就是喋喋不休。

「就像我現在跟你解釋的，警察對你做的，絕不是單純的誤認逮捕，也不是單純的違法搜查，而是嚴重的人權侵害。對於像你這種的，怎麼說，就是不太會自我表現的人，他們愛怎樣就怎樣，也不顧慮會不會冤枉好人就強行逮捕，而你手無寸鐵不能抵抗，他們還對你開槍。看著好了，一定要縣警本部出來謝罪，並要求相當程度以上的損害賠償金。」

這個自稱律師的人也不管我有沒有回應，就自顧自說個不停，一定不是在跟我講話吧。當

真勝雄如此判斷。

「警醫說，你腳上的槍傷兩週內可以拆繃帶。很遺憾，過年期間你得在床上度過了，但出院後就能馬上恢復原來的生活。至於訴訟的事，你不必擔心，全部包在我身上就行了。」

「恢復原來的生活」這句話勝雄聽懂了，終於鬆了口氣。

什麼訴訟、什麼賠償金都無所謂，因為勝雄只關心能不能重回以前的生活而已。

恢復從前的生活後，已經決定第一件事要做什麼了。

要去附近的居家賣場買和那個一模一樣的鐵鎚。當然，塑膠繩也不能忘記。什麼都可以不要，這兩樣是必需品。

為什麼呢？因為這是證明青蛙男的東西。

勝雄覺得有慟老師有點狡猾。因為她在勝雄住院期間，把青蛙男的稱號一把搶去了。不過勝雄也知道，有慟老師是代替自己被抓的，這麼做是為了要自己繼續幹下去。

一定不能辜負她的期待。恢復原來的生活後，非馬上去找第五個獵物不可。

已經知道地址在哪裡了。第五個人不是有慟老師指示的，是自己選的。松戶市白川町三——一。一度映在視網膜裡的病歷資料就會刻在記憶中，不會消去。車站名是用平假名寫的，因此連勝雄也能解讀。只要換搭電車，從勝雄的住處總是到得了的。

第五個人的姓名，當然也記住了。

——御前崎宗孝㉗。

㉗御前崎宗孝：日文讀音是オマエザキムネタカ（omaezaki-munetaka），首字「オ」是五十音的第五個字。

本作品為創作作品。如有雷同，與實際人物、團體等一概無關。

〈參考文獻〉

《現代殺人論》（現代殺人論）作田明著 PHP 研究所 二〇〇五年
《精神鑑定之事件史》（精神鑑定の事件史）中谷陽二著 中央公論新社 一九九七年
《犯罪心理學入門》（犯罪心理学入門）福島章著 中央公論新社 一九八二年
《我們為何能不發瘋地活著？》（私たちはなぜ狂わずにいるのか）春日武彥著 新潮社 二〇〇二年
《少年A矯正 2500 日全記錄》（少年A矯正 2500 日全記録）草薙厚子著 文藝春秋 二〇〇四年
《音樂療法之省思》（音楽療法を考える）若尾裕著 音樂之友社 二〇〇六年
《梅菲斯特的牢獄》（メフィストの牢獄）Michael Slade 著 夏來健次譯 文藝春秋 二〇〇七年

可窺見中山七里思想深度之傑作

解說／茶木則雄（書評家）

可窺見中山七里思想深度之傑作

解說／茶木則雄（書評家）

二〇〇九年度第八屆「這本推理小說了不起！」大獎的二次選考會，是我身兼二次及最終選考委員以來，印象最深刻的一場討論會。

這次的應徵作品總數為三百五十本，通過第一次遴選的作品有二十一本，約比往年超出三成之多，而且這些候選作品中，還出現一位作者同時有兩本以上入選的情形，讓我們必須做出史無前例的決斷。

在新人獎上，以數本作品參賽的新人並不罕見，短篇獎尤其如此，就連長篇獎，亂槍打鳥似地送來二本、三本作品的奇葩也不少。不過，這種應徵作品大半連第一次遴選都未必過關。如果有工夫寫來幾本作品（即便是拿參加其他新人獎落敗的作品過來），倒不如徹底花心力在一本作品上來得有益多了。話說回來，當中仍有極少數具潛力的新人以數本作品參賽，並且通過第一次遴選。碰到這種情形時，一般都是比較作品的優劣，然後從中擇其一。看出明日之星的才華，精選出佳作，正是預備選考會的任務。

然而，中山七里的《再見，德布西》（バイバイ、ドビュッシー）和《災厄的季節》（災厄の季節）都是程度極高、難分軒輊的傑出之作。不，如果只是難分軒輊，還能徹底經過辯論後做出抉擇。問題在於這兩部作品的類型完全不同。

「這次，同一位作者有兩部作品進入決選，應該是『這本推理小說了不起！』新人獎上前所未有的例子，而我們就要在這種情況下做出決斷。這兩部作品的水準很高，而且風格迥異，實在難以決定哪一本勝出。」（千街晶之委員）

「在新人獎的預選時，閱讀一位投稿者的數本作品並不稀奇，但這還是第一次碰到兩本作品都如此優異，而且類型不同，我認為兩本都寫得好極了。」（村上貴史委員）

以上是兩位二次選考委員所寫下的評語。

一本是洋溢清新感的青春音樂推理小說，一本是橫溢殘虐畫面的連續獵奇推理小說，打個比方，就是「明」與「暗」風格的正對比。它們之間的共通要素是鋼琴與結局大逆轉，但處理方式很不一樣。其實我個人甚至認為，預備選考會要決定哪一本得獎（姑且不論是大獎或優秀獎），都是一種越權之舉吧。

今年的「這本推理小說了不起！」大獎，可說是史上最豐饒的一年。大獎由中山七里的《再見，德布西》（由《バイバイ、ドビュッシー》改名為《さよならドビュッシー》，二〇一〇年一月出版，二〇一一年一月「寶島社文庫」收錄）和太朗想史郎的《東曉》（由《快楽的·TOGIO·生存権》改名為《トギオ》，二〇一〇年一月出版，二〇一一年三月「寶島社文庫」收錄）雙雙獲獎，優秀獎則由伽古屋圭市的《柏青哥密碼》（由《カバンと金庫の錯綜劇》改名為《パチプロ・コード》，二〇一〇年二月「寶島社」出版）奪得，接著，以「遺珠」之姿，高橋由太的《怪物本所深川事件帖　御先到江戶》（《もののけ本所深川事件帖　オサキ江

戸へ》，二〇一〇年五月）和七尾與史的《插上死亡的旗標》（《死亡フラグが立ちました！》，二〇一〇年七月）皆由「寶島社文庫」出版。這次輪到《災厄的季節》改名為《連續殺人鬼青蛙男》問世，這一年進入最終決選的七部作品，有六部得以出版，真是大豐收的一年。

最終選考會上，大家的共識是擇選一部中山七里的作品為大獎之作。問題是該選哪一本？如果基於商業性而著眼於讀書群較廣這個理由，就會選擇《再見，德布西》。不過，兩者的完成度都很高，這點最終選考委員們所見略同，唯獨吉野仁委員表示：「以同一位作者的候選作品來看，我寧願給《災厄的季節》更高的評價。大膽的設定以及故事鋪陳都拿捏得相當好，而不是落得僅僅抄襲某海外作品而已。」而判本書獲勝。

本書的最大特點是，一看，會以為是一般常見的精神驚悚題材吧。一開始就寫到某棟大廈的十三樓吊著一具全裸女屍，上顎被勾子勾住，從嘴巴裡爬出無數隻蛆蟲蠢蠢欲動，旁邊還留著一張紙，上面的筆跡宛如小孩子寫的那般稚拙，「今天，我抓到了一隻青蛙喔。」以這句開場白做為犯罪聲明，然後，在第二、第三起死狀淒慘的命案現場，也都找到如出一轍的聲明紙條，於是，事件的舞台埼玉縣飯能市，陷入波及全市民的恐慌狀態中。搜查本部一邊參考精神醫學界權威的意見，一邊雄心壯志地展開調查，然而，「青蛙男」好似故意嘲笑警察地一再犯下慘絕人寰的惡行。到這裡，都是典型的精神系懸疑小說。

「但是，一再翻轉的情節大逆轉也好，隱藏於殘虐事件中的深遠主題性也好，富可讀性的劇情鋪陳也好，品質之優，皆足以與海外的精神驚悚作品相抗衡。」（茶木則雄）

「正統的故事發展，但具有類似於著名翻譯推理小說那樣的獵奇趣味，以及情節一再扭轉的高超技巧。」（香山二三郎委員）

「僅是不出錯地寫出常見的精神懸疑小說——才這麼想，結局卻以怒濤洶湧般的氣勢大逆轉。喔，他的對手是邁可·史萊德（Michael Slade）！如此一路執拗地寫到這種程度，我想該說這是一本足以大快享受B級感趣味的作品。」（大森望委員）

以上，顛覆一般常見的作品而富意外性，以及不輸海外推理小說的大膽意趣，是全體委員給予這本書的高度評價。

「在寫《災厄的季節》時，我自己設定了幾個要超越的門檻：一口氣讀完、情節大逆轉、最後一行必定讓人吃驚。」（摘自《推理小說雜誌》〈ミステリマガジン〉二〇一一年一月號的採訪文章）

從作者的這段話，不難看出他的志氣之高。

我認為作者厲害之處，並不在於他以這三個高門檻來做自我要求，而是他能夠在依然維持住整體性的狀態下，完美超越這三個門檻。更厲害的是，並非只有充滿驚愕的意外性與拔群的可讀性，而是書中寓涵著深遠的主題性。

本書主題要處理的，就是追問是否具責任能力的刑法三十九條。該條文第一項中規定「心神喪失者之行為，不罰」。所謂心神喪失，是指由於精神障礙而喪失判斷是非善惡的能力（事理辨識能力），以及因而喪失行動能力（行動控制能力）的狀態。這則條文經森田芳光導演、

並於一九九九年上映的電影《刑法第三十九條》而一躍成名。包含精神鑑定的可信度以及被害者的人權等，本書同樣針對這個條文發揮，許多內容令讀者沉吟再三。

只不過，或許本書也有把這個主題當做一種手段的傾向。事實上，在第一次選考時，擔任選考委員的古山裕樹先生就斷言：「本書只不過將日本司法制度上的種種問題，拿來當成嚇嚇讀者的素材。」還說：「為了欺騙讀者、驚嚇讀者而不擇手段。」如此大大盛讚作者的服務精神。要怎麼看待，完全取決於讀者。無論如何，成為今日司法問題之一的刑法第三十九條，無庸置疑地主宰了本書的整體性與意外性。

作者榮獲大獎作品的續作、岬洋介系列第二作《晚安，拉赫曼尼諾夫》（寶島社）於二〇一〇年十月發行。作為一本青春推理小說，充滿本格派意趣的不可能犯罪，以及年輕人以音樂為志的苦惱與哀歡，於本書都獲得更出色的發揮；而彷彿聽得見鋼琴聲似的魅惑感十足的演奏畫面描寫，也更顯技藝精湛。此外，作為岬洋介系列的衍生作品，以得獎作的女主角的爺爺「玄太郎老先生」和介護士美智子小姐連袂活躍演出的短篇系列〈要介護偵探的賽跑〉（「這本推理小說了不起！二〇一一年版」收錄）以及〈要介護偵探的冒險〉（「『這本推理小說了不起！大獎』STORIES」收錄）也已經發表*，兩篇皆類似於筒井康隆的《富豪刑警》，屬於幽默感十足的本格派推理短篇。由此不難窺見中山七里思想之深，令人刮目相看。

前面提到的《推理小說雜誌》的採訪文章中，作者對於身為一名作家的態度是這麼說的：「就是平常心，但會抱持著下一本書要寫出個人的最高傑作這種心情，希望一本一本能更

受到讀者喜愛而持續創作下去。基本上就是一種當藝人的心情啦（笑）。」

我覺得不是藝人，而是職人，這種志向太棒了！

中山七里目前已是推理小說界的明日之星，極可能在不久的將來，會成為不負眾望的作家之一。

祝福他今後在文壇更為活躍，我們拭目以待。

二〇一一年一月

＊包含這兩篇在內的短篇連作已集結出版，中文書名為《五張面具的微笑—要介護偵探》（瑞昇文化）。

讀小說
Reading Novel

好書推薦

五張面具的微笑

中山七里

刑警們都在混吃等死喔？
非得靠我這個輪椅老人才能破案嗎？

★話題沸騰！ TBS 電視節目「國王的早午餐」（王様のブランチ）**精彩介紹。**

★日本累計突破 430,000 冊的超人氣系列最新作！

★推理評論家．百萬部落客－喬齊安專文導讀

史上最強悍的要介護偵探！火爆開罵痛擊奸佞，真實之眼洞穿虛偽！
《再見，德布西》裡的玄太郎爺爺，因腦中風半身不遂而坐上輪椅。
以為他會灰心喪志垂垂老去嗎？不不不，老人家才剛要大展身手！
天衣無縫的密室殺人、泯滅天良的完美犯罪、裝神弄鬼的障眼騙術、銀行搶案的人質逆襲、國會議員的毒殺命案……五張面具隱藏五宗罪惡，請看，壞脾氣的爺爺和愛吐嘈的看護如何聯手破案！
最靈活的被照護者，最可愛的老頑固！

瑞昇文化 http://www.rising-books.com.tw
＊書籍定價以書本封底條碼為準＊
購書優惠服務請洽：TEL：02-29453191 或 e-order@rising-books.com.tw

讀小說
Reading Novel

好書推薦

開膛手傑克的告白

「這本推理小說了不起！」受賞作家
日本暢銷百萬冊《再見，德布西》奇才作者
中山七里

今年度推理小說最具威力代表作！

台灣推理作家協會　理事
第一屆島田莊司推理小說獎首獎得主 **寵物先生** 專文導讀

在東京深川警察署跟前，發現一具器官全被掏空、慘不忍睹的年輕女屍。自稱「傑克」的凶手寄出聲明文到電視臺，簡直像在嘲笑慌張失措的搜查本部。媒體報導極盡煽情之能事並唯恐天下不亂似地，緊接著發生第二、第三起命案。與此同時，一位器官捐贈者的母親竟然行蹤不明……。警視廳搜查一課的犬養隼人，他的女兒也正準備接受器官移植手術，於是在刑警與父親身分之間擺盪，還必須鍥而不捨地追捕凶手……。究竟「傑克」是誰？他的目的是什麼？以人命掩蓋血色真相，最後 30 頁扣人心弦！

瑞昇文化 http://www.rising-books.com.tw
＊書籍定價以書本封底條碼為準＊
購書優惠服務請洽：TEL：02-29453191 或 e-order@rising-books.com.tw

讀小說
Reading Novel

好書推薦

十津川警部
東北新幹線
黑幕殺機

西村京太郎

棘手的政界暗殺事件，十津川警部能否成力揭發黑幕 ?!
旅情推理 X 政治議題的巧妙演繹

東京開往新青森的東北新幹線列車「隼」的豪華座艙裡，坐在該車廂最後方的一名男子莫名身亡。正好身在現場的「鐵道之友」專刊雜誌編輯立花與攝影師白石由美認為事有蹊蹺，為了獨家頭條開始追查真相。過於深入追查的他們，竟因觸及政治中最深不可及的黑暗而招來殺身之禍……

保守黨大老 ‧ 君原清道議員遭人槍殺一案，十津川已鎖定涉嫌重大的嫌犯——住在東京六本木高級大樓裡的一名經營管理顧問。但就在十津川追查下落不明的該名嫌犯時，該名嫌犯竟命喪在東北新幹線列車「隼」的豪華座艙裡……

隱匿在這兩起案件背後的殺意似乎涉及政界……

面對這棘手的狀況，十津川該如何破案、揪出真兇—— !?

讀小說
Reading Novel

好書推薦

十津川警部 消失的大和撫子

西村京太郎

西村京太郎作家生涯 50 週年紀念作！

奧運前夕，22 名女子足球隊選手遭人綁架，
贖金高達一百億日圓！
人質命在旦夕，十津川再次挑戰棘手案件。

贏得女子世界盃比賽，同時也獲得國民熱愛的日本國家女子足球隊，全隊 22 名選手在奧運比賽前夕離奇失蹤，而嫌犯要求的贖金竟然高達一百億日圓！……

十津川警部請求幸運逃過綁架的澤穗希選手協助辦案。能文能武，頭腦清晰的澤選手與十津川警部的夢幻組合，兩人攜手共同面對這樁棘手的案件。

瑞昇文化 http://www.rising-books.com.tw

＊書籍定價以書本封底條碼為準＊

購書優惠服務請洽：TEL：02-29453191 或 e-order@rising-books.com.tw

TITLE

連續殺人鬼青蛙男

STAFF

出版	瑞昇文化事業股份有限公司
作者	中山七里
譯者	林美琪
總編輯	郭湘齡
責任編輯	黃雅琳
文字編輯	黃美玉　黃思婷
美術編輯	謝彥如
排版	謝彥如
製版	明宏彩色照相製版股份有限公司
印刷	桂林彩色印刷股份有限公司 紘億彩色印刷有限公司
法律顧問	經兆國際法律事務所　黃沛聲律師
戶名	瑞昇文化事業股份有限公司
劃撥帳號	19598343
地址	新北市中和區景平路464巷2弄1-4號
電話	(02)2945-3191
傳真	(02)2945-3190
網址	www.rising-books.com.tw
Mail	resing@ms34.hinet.net
本版日期	2019年9月
定價	320元

國家圖書館出版品預行編目資料

連續殺人鬼青蛙男 / 中山七里作 ; 林美琪譯. --
初版. -- 新北市 : 瑞昇文化, 2015.05
348　面 ; 14.8X21　公分
譯自 : 連続殺人鬼カエル男
ISBN 978-986-401-020-2(平裝)

861.57　　104006006

瑞昇文化
Rising Publishing Co., Ltd.

廣　告　回　信
板橋郵局登記證
板橋廣字第 984 號
郵資已付，免貼郵票

23578
新北市中和區景平路 464 巷 2 弄 1-4 號 1 樓

瑞昇文化事業股份有限公司 收

請沿虛線對摺寄出，謝謝！

瑞昇文化
Rising Publishing Co., Ltd.

書號：RA11
書名：連續殺人鬼青蛙男

請於此處用膠水黏貼

《連續殺人鬼青蛙男》回函贈書

有機會獲得讀小說系列作品！

【活動時間】即日起至 2015 年 9 月 30 日（郵戳為憑）
【得獎公布】2015 年 10 月 2 日
【活動辦法】填寫《連續殺人鬼青蛙男》卷末回函，寄回瑞昇文化即可參加抽獎。
【活動贈品】瑞昇文化讀小說系列作品乙本！

❶跟我們簡單分享《連續殺人鬼青蛙男》的閱讀心得，好嗎？

____

____

____

❷你喜歡這本《連續殺人鬼青蛙男》嗎？原因是：

☐故事引人入勝 ☐內容發人深省 ☐翻譯流暢好讀
☐封面設計美觀 ☐版面編排得宜 ☐喜歡中山七里

❸古手川刑警曾在中山七里的哪本著作中登場？

☐開膛手傑克的告白 ☐五張面具的微笑
☐七色之毒 ☐永遠的蕭邦

❹你擁有中山七里的哪些作品呢？

☐開膛手傑克的告白 ☐五張面具的微笑 ☐再見，德布西
☐七色之毒 ☐永遠的蕭邦 ☐晚安，拉赫曼尼諾夫

姓名：__________ ☐女 ☐男 ※資料請以正楷詳填。
生日：西元____年___月___日 連絡電話：__________
地址：______________________________
E-mail：__________ ☐願意收到瑞昇電子報

詳細辦法，請上本公司網站查詢：http://www.rising-books.com.tw/

活動注意事項：
①回函影印無效。
②公布日會將得獎人資料公告於瑞昇文化網站，並主動與中獎人聯絡核對資料。為了抽獎人的權益，請將抽獎人的姓名、連絡電話、收件地址以正楷填寫清楚完整。
③獎品限國內寄送。且獎品不得折換現金或其他商品。
④如有任何因電腦、網路、電話、技術或不可歸責於瑞昇文化之事由，而使系統誤送活動訊息或得獎通知，瑞昇文化不負任何法律責任，參加者亦不得因此異議。
⑤若得獎人不符合、不同意或違反本活動規定者，瑞昇文化保有取消中獎資格及參與本活動的權利，並對任何破壞本活動行為保留法律追訴權。

請於此處用膠水黏貼

讀小說
Reading Novel

讀小說
Reading Novel